なき神の子一
ranza

Esperanza —名《な》もなき神《かみ》の子《こ》—

華藤《かとう》えれな
ILLUSTRATION：雪舟《ゆきふな》 薫《かおる》

Esperanza —名もなき神の子—

LYNX ROMANCE

CONTENTS

Esperanza
もなき神の子—

序

甘い花の香りがする。

そのむこうから、もぎたてのオレンジの甘酸っぱい匂《にお》いが、さっと身体《からだ》の上を流れていく。

まばゆい光を浴びながら、窓の外のひまわり畑がゆらゆらと風に揺れている。

果てしなく広がっている地平線のむこうまでずっとずっと。永遠に続いているかのように。

そんなスペインの午後――セビーリャの町中の人人が一斉に昼寝をするシエスタの時間帯、シンとしたパティオの片隅に、さっきから卓人《たくと》の甘く咽《むせ》ぶような声が響いていた。

「ん……っ………ああ……やめ……っ」

ひんやりとしたタイルに横たわり、降りそそぐ太陽にすべてを晒《さら》され、皮膚のすみずみまで男の視界に暴かれながら身悶《みもだ》えている。

「ん……ふ……っ」

舌先で性器の先端をつつかれ、そのたび、ぴくっぴくっと反射的に身体をそらせながら。

「いいのか?」

低い声で囁《ささや》くように問いかけられ、卓人は無意識のうちに、こくりとうなずいていた。

それでも喉《のど》から出る言葉は、まだ恥ずかしさを訴えている。

「……お願い……ん…………こんな明るいところで……あ……っ……あっ……っ」

もう何時間くらいこんなことをしているのだろうか。

朝、起き抜けにシャワーを浴び、ひんやりとした風に涼みたくてバスローブ姿のまま、卓人がパティオにやってきたのはまだ午前中だった。

皮膚には、昨夜の濃厚な行為の熱がまだこもっている。

あちこち噛《か》みつくようなキスをされ、その感触が生々しく残っていた。

ベンチに座り、ガーデンテーブルによりかかってバレンシアオレンジの皮を剝《む》いていると、うっかりナイフをタイルの上に落としてしまった。

『待ってろ、俺《おれ》が拾ってやる』

パティオに現れた彼――フェルナンドがテーブルの下をのぞきこんだ瞬間、ひざに触れたあたたかな手の感触に、卓人はぴくりと身体をこわばらせた。

『――っ!』

内腿《うちもも》の間に入りこんでくる指先。

肌に触れるフェルナンドのあたたかな吐息。

さらりとフェルナンドの髪が腿を撫《な》でたかと思うと、性器の先端を舌先でつつかれていた。

『ん……っ』

昨夜、彼の口のなかに射精させられたばかりだというのに、もうそこはぐっしょりと濡《ぬ》れていた。

『んん……っあ……っ』

とろとろと己の性器の先から流れる蜜《みつ》を舌先で掬《すく》いとり、フェルナンドが舐《な》めていく。

テーブルの下で起きていることを想像しただけで、ぞくぞくと腰に震えが奔《はし》った。

『お願い……っ……そんな……んっ、ああっ』

引き剝《は》がしたいのに、反対に口内に含まれ、たまらず卓人はオレンジの欠片《かけら》をぎゅっと噛みしめた。

そのはずみで、甘ったるい香りが広がり、どくどくと果汁が首筋へと流れ落ちていく。

『ん……っ』

鎖骨をたどり、胸肌にそってオレンジの汁が乳首を撫でていく感触が、昨夜、この男から嬲《なぶ》られた刺激を甦《よみがえ》らせる。

たったそれだけで火がついたように全身が熱くなっていた。

そうして気がつけば、タイルに横たわって足を広げ、卓人は身体をのけ反らせ、自分の下肢に顔を埋《うず》める男の髪をわし摑《づか》みにしていた。

腰骨のあたりで紐《ひも》がゆるみ、腿の付け根までまくれあがったバスローブ。

ちっ、ちっ、という小鳥の囀《さえず》りと呼び合うように「あ、あ……」と石造りのパティオに卓人の声がやけに甲高く反響していく。

「挿《い》れるぞ」

腰を浮かされ、熱い塊が触れた。その肉の生々しい感触に、卓人はぶるりと震える。

「……っ……んんっ」

ぐちゅっと濡れた音を立てて体内に熱いものが侵入してくる。

「い……っ……う……っ」

じわじわと肉の環《わ》が広がるにつれ、足の爪先《つまさき》に力が入っていく。

たまらなくなってなにかを摑もうと床の上をさまよっていた指先にオレンジの欠片が触れる。

「ん……っ」

爪《つめ》の先でぶつりとそれを潰してしまったとき、ぐいっと男が腰を揺らして最奥《さいおう》まで挿《はい》りこんできていた。

「あ……ああ……っはあ……っ」

あたりに広がっていくオレンジの香り。その濃密な匂いを息苦しいまま嗅《か》ぎ、ドクドクと粘膜に伝わる男の脈動に息をつく。

己の内臓がはっきりとその形に変えられているのがわかる。

「いい……最高だ」

最高？　なにが――？

「おまえのなか……狭くて……たまらなく熱い……スペインの気温よりも……」

すっぽりと体内に埋め尽くし、身を伏せてきた男の体躯《たいく》の重みがずっしりと身体に加わる。

「あ……っ……あぁ」

汗ばんだ皮膚と皮膚がこすれ、ぷっくりと膨らんだ乳首を押しつぶされる。

愛撫《あいぶ》のような刺激を感じて、たまらずその背に腕をまわしていた。

「あ……っ」

ゆっくりとフェルナンドが腰を動かし始め、結合部に摩擦熱が奔っていく。

突きあげられ、噎《むせ》び泣くような声をあげながら、卓人は必死にその背をかき抱いた。

「ああ……っ……ああっ……っ」

ストロークが激しさを増していく。肌を濡らす互いの汗が蒸れたように溶けあう。

いつしか身も心も快楽の海のなかを溺《おぼ》れている。

こうなったらもう止まらない。

ただ欲望を貪《むさぼ》りあう獣となって、あまりの心地よさに我を忘れ、ひたすら相手の肉を求めることを止められないのだ。

なにかに駆り立てられたように求めてくるフェルナンド。

「……好きだ……おまえとこうしているときが……最高に幸せだ」

それは自分も同じだ。こうしているときが一番幸せで、たまらなく切ない。

「っ……ぼくも……ぼくも……そうだから」

だから、いつもの内気な自分からは想像もできないほど、羞恥《しゅうち》も理性も捨てて、必死になって同じように彼を求める。

ひとかけらの快楽をも逃さないように。この男が生きているという、一瞬一瞬の時間を証明するように、なにひとつ、とりこぼさないように。

この男は、いつ死んでしまうかわからないから。

今夜、いなくなってしまうかもしれないから。

これが最後の逢瀬《おうせ》になるかもしれないから。

「ああ……ん……ああ……あぁっ」

やがて身体の奥に、どっと熱いものが注がれる。

快感にふるふると痙攣《けいれん》している粘膜に、熱っぽい迸《ほとばし》りが溶けていく。

はあはあ……と荒く息をつくフェルナンドの、その美しいあごから滴る汗の雫《しずく》がこめかみに落ちてくる。

見あげてほほえむと、まぶたを閉じてフェルナンドが唇を啄《ついば》んできた。

ちゅっと音を立てるその唇のむこうからオレンジの香りが流れてきた。

いつの間に陽射《ひざ》しが移動してきたのか。

さっきまでひんやりとした日陰だったのに、今は全身を太陽が焙《あぶ》り、足先は焦げそうなほど熱い。

ちょうどシェスタの時間帯なので、家の外からは人の気配はもちろん、車のエンジンの音ひとつ聞こえてこない。

自分たち以外、生きている者がいないような時間帯に、欲望に下肢を濡らしたまま、結合部を解くこともないまま抱き合っている。

じりじりと肌を灼《や》く太陽。ゆらゆらと地面から揺らぎ出る蜃気楼《しんきろう》。

自分たちの濃い影だけが揺れているパティオでこんなふうにしていると、世界が消滅し、二人だけでとり残されたのではないか——という錯覚を抱きそうになる。

ふいに物陰から飛びだし、「みゃあ」という野良猫の声も、黄泉《よみ》からの生き物の声とかんちがいしてしまうほどの、ただただ死んだかのような世界。

それなのに自分は生きている。まだこの世界に存在している。

もちろん生きているのは自分だけではない。フェルナンドもまだこの世界に存在し続けている。

こうして唇に触れるあたたかな吐息も、胸から伝わってくる振動も。

再び体内で脈打ち始めている彼の欲望もなにもかも、生きているからこそ。

1

スペインの南部に広がるアンダルシア地方。

その最大の都市セビーリャは、闘牛とフラメンコの街として世界中に知られている。

半年前、日本から転勤してきた芳谷《よしたに》卓人がスペイン人マタドール——フェルナンドと出会ったのは、セビーリャの街が一年で最もにぎわっている春祭《フェリア》の季節だった。


「……着いた……ここがセビーリャか」

モダンで広々としたホームで高速新幹線ＡＶＥから降りると、卓人は階段を駆けあがり、インフォメーションやカフェの前を通って駅の外に出た。

「……うっ」

信じられないほど濃密な青空が広がっている。

降りそそいでくる突き刺さるような太陽の陽射しに、一瞬、視界が暗くなるような激しい立ちくらみを感じた。

「……っ……空気が重い」

ずっしりとのしかかるような大気が身体を包み、太陽の光に全身が蕩《とろ》けてしまいそうだ。

足を止め、卓人は熱風が長めの前髪を乱すのもかまわず、大きく息を吸いこんだ。

季節は五月初旬。

灼熱《しゃくねつ》の季節というにはまだほど遠いものの、ここ——スペインの南部アンダルシア地方の都市セビーリャの街は、日本の真夏よりも強烈な陽に焙られていた。

アンダルシアは、地中海を越えればアフリカという位置にあるので、それを考えればこのくらい陽射しが強くても仕方ないだろう。

少しずつ視界が慣れ、卓人は眼鏡《めがね》の奥から目を細めてあたりを見まわした。

まだ正午前だというのに気温計は三十七℃と表示している。

おそらく体感温度は四〇℃を超えているだろう。

タクシーに乗ると、大通りにはフラメンコ風の衣《い》装《しょう》を着た女性や、馬に乗った民族衣装姿の男性が集まっていた。

スペイン三大祭のひとつ——春祭の真っ最中ということもあり、夜にむけてにぎやかになっていくだろう。

見あげると、恐ろしいほど真っ青な空に、椰子《やし》の木々が天高く伸びている。

ジャスミンや夾竹桃《きょうちくとう》の甘い芳香。

町中に貼《は》られた春祭の闘牛のポスター。

彫りの深い情熱的な顔立ちと豊満な肢体にフラメンコ衣装をまとった黒い眸《ひとみ》と黒い髪の女性たち。

オペラ「カルメン」の舞台になり、コロンブスがアメリカに旅立った街セビーリャは、フラメンコと闘牛の本場としても名高い。

日本人がイメージする「スペイン」という光景がそこに広がっていた。

「フラメンコと闘牛の街……か」

半年間もスペインにいるのに、まだどちらも一度も見たことがない。

日本にもどるのは二週間後。その前にせめてフラメンコだけでも見ておこう。

乾いた風が窓のすきまから入りこみ、長めの黒髪が風に乱れてほおに落ちていく。

毛先を耳にかけ、卓人はハーフフレームの眼鏡のふちをそっと指であげた。

「お客さん、日本からの留学生？　まだ肌が白いから、この国にきたばかりなのかな？」

卓人の顔をミラー越しにちらりと見たあと、濃い顔をした運転手が子供に話すような口調で話しかけてきた。

卓人は内心で苦笑しつつ、ていねいなスペイン語をかえした。

「いえ、これでも会社員です。もう半年以上もマドリードで働いているんです」

「信じられないね、そんな子供みたいな顔をして会社員とは」

大げさなほど驚いた声をあげ、運転手が首をすくめてみせる。

卓人は窓に映る自分をちらりと見た。

くせのない黒髪、大きな黒い眸の日本人がそこに映っている。

一応、鼻梁《びりょう》はくっきりとしているものの、やわらかそうなほおや唇、それにこの細く小柄な身体のせいで、スペインでは中学生くらいにまちがえられてしまう。

だが中学生ならまだいい。二、三回、小学生かと訊《き》かれてしまったこともある。

一応、これでも年は二十六歳になるというのに。

日本の大手自動車メーカーのクラハシ自動車の社員として首都マドリードに半年間の海外研修のためにやってきていた。

尤《もっと》も、研修といってもショールームや工場ではなく、日本人とスペイン人が数人ずつ働くオフィスで輸出入の事務処理をしているだけなので、海外にいるという実感がなかなか湧《わ》かないでいた。

だが、今日は違う。新車の営業をするため、卓人はマドリードから数百キロ南下したセビーリャまできていた。

「セビーリャには春祭を見にきたのか？」

「え、いえ、あ、はい」

違う、商談のためにきたのだと正直に否定しようかと思った。

けれど卓人にはそれ以上の説明をするほどのスペイン語の能力がない。なので、祭の見学にきたということにしておいたほうが無難だろう。

実際は新車の営業のため、紺色のダークスーツを着こみ、マドリードからこのアンダルシアまで日帰りでやってきた。

営業の相手はフェルナンド・ペレスというスペインでもトップクラスの正闘牛士《マタドール》。

セビーリャ郊外に住む二十一歳の男性で、端正な顔立ちとスタイルの良さが受けて昨年は日本円にして二億円は稼いだと新聞に記されていた。

この闘牛士が新車をさがしているという噂《うわさ》を耳にしたのは先週のことだった。

スペインでは有名サッカー選手や花形闘牛士に自社の車を使ってもらうことが自動車メーカーの宣伝となる。

だが哀《かな》しいことに卓人の会社の車はマタドールどころか一般のスペイン人にも人気がない。

性能はいいが、外観の華やかさに欠けているのが原因らしい。

研修期間も残すところ二週間あまり。

業績不振の支店に活気をもたせるため、帰国前に闘牛士やサッカー選手の新規開拓をしろ――と支店長から言われたのは先月のことだった。

卓人は思い切ってスペインの闘牛協会に電話をかけ、フェルナンド・ペレスという闘牛士を紹介してもらった。

そして電話をかけ、車は必要ないか訊いてみた。するとすぐに色よい返事がかえってきた。

『ちょうどいい、車が欲しかったんだ。ハイブリッドカーなら、二台買ってもいい』

『二台も買って頂けるのですか』

『ああ、おたくのとこの車は、デザイン的にはぱっとしないけど、事故率が一番低いじゃないか。だから前から欲しいと思ってたんだ』

『それはありがとうございます』

『一台は改造したい。くわしい話が聞きたい。明日は闘牛の予定だが、明後日《あさって》なら入っていない。正午くらいに俺のセビーリャの自宅まできてくれ。住所は、サフラにむかう街道沿いだ』

そんなふうに言われたので、今日、朝早くに資料を鞄《かばん》につめこんでマドリードを出発し、卓人はセビーリャにやってきたのだった。

（二台のうち一台を改造したいって言っていたから、この街にあるショールームに一緒に行って、技術関係の社員と話をしてもらったほうがいいだろう。それから見積もりを立てたほうが）

この商談を終えれば、あと、卓人は簡単な引き継ぎをして、二週間後には帰国する。

それからは東京本社の輸出関係の部署で働くことになるだろう。

長いようで短い半年だった。

観光らしい観光もせず、ひたすら仕事にあけくれてきたように感じる。

だからこそ最後に、この大きな商談を何とか決めたいのだが。

シートにもたれ、卓人は車窓を眺めながら息を吐《つ》いた。

もうすぐ日本に帰れる。そう思うと、自然と心が浮き浮きとしてくるのを止められない。

一刻も早く東京に戻りたかった。

時間にきちきちとした毎日。息ができないほどの満員電車。人であふれかえりそうな雑踏。そのなにもかもがなつかしくてたまらない。

陽気で人なつこいスペイン人は憎めないのだが、この国にいると、のんびりとしたラテン系の生活に自分までなじんでしまいそうな不安があった。

卓人自身はこの国の人間とはまるで正反対の、典型的な古いタイプの日本人である。

それから十数分。

やがてタクシーが郊外の一軒家の前に到着する。たわわに咲く真っ白な夾竹桃に囲まれた黒い鉄柵《てっさく》の門を抜けていくと、オレンジの木々のむこうに白壁の本館が見えた。

二階建ての館《やかた》は白壁の下半分をイスラム風の緻密《ちみつ》な模様の紺と緑のタイルで埋められ、月桂樹の生け垣が木製の玄関を飾っていた。

「どうぞこちらへ。今、マエストロを呼んでまいりますので、そちらにおかけください」

使用人らしい女性にそう言われ、ひんやりとした廊下のむこうにある応接室に案内される。

途中、廊下に置かれた白いキャビネットに金色の闘牛士像や牡牛《おす》のトロフィーが並べられていた。

闘牛はスペインの国民的祝祭《フィエスタ・ナシオナル》――つまり日本でいう相撲か歌舞伎のような国技にあたるらしい。

しかし最近では動物虐待を批難する風潮もあり、公共のテレビでは放送されていない。

有料チャンネルだけなので、卓人はテレビでさえ見たことはなかった。

これから商談をするのだから、フェルナンド・ペレスがどういう闘牛をするのか見ておこうとも思った。

だが目の前で牡牛が殺されるのだと想像すると、とても怖くて見る気にはなれなかった。

ここにくる前、長年、スペインに住んでいる日本人の支店長もそんなことを言っていた。


『スペインは好きだが、闘牛だけは好きになれないね。円形の闘技場で、華やかな衣装をまとった人間が牛を嬲り殺しにして観客が楽しむんだ。殺生を娯楽とするのなんて信じられないが、まあ、車を買ってくれるのだから、そのへんは見て見ぬふりをしたほうがいいだろう。いいな、芳谷、闘牛士の前では絶対に闘牛を否定するな』

支店長ほど激しく否定するのもどうかと思うが、確かに卓人自身も動物を殺す行為に心が拒否反応を示してしまいそうになるのは事実だ。

けれど自分は異国からきた人間だ、スペインの文化を否定するのはよくないとも思う。

それにフェルナンド・ペレスを始め、闘牛士たちは、命がけで牡牛と闘っている。命を落としている人も何人もいるという。

そんなふうに一生懸命、働いている人がいるのなら、尚更《なおさら》、異国の人間がどうこう言えるものではないと思うのだ。

そんなことを考えながらソファに座ろうとすると、カーテンのむこうから甘いオレンジの香りがしてきた。

見れば、そのむこうのガラス戸がひらき、美しい花が咲いているパティオの姿が見えた。

さすがアンダルシアだ、パティオがある……と、卓人は誘われるように戸口にたたずんだ。

家の内部を四角く切りとったようになっている白亜のパティオは、アンダルシア地方の風物詩のひとつである。

広々としたパティオはレモンの木や薔薇《ばら》の鉢植えで飾られている。

きらきらと泉水が水を煌《きら》めかせ、天人花《テンニンカ》が咲いた生け垣からは甘い芳香が漂う。

日陰になっているのか、パティオからはひんやりとした冷たい風が流れてくる。

何て心地よいのだろう。

日の当たる場所と日陰では、あきらかに気温が違う。

「さすが……光と影の国だな」

半年前、マドリードに転勤してきたときは、まだ十一月だった。

ここはカトリックの国なのでクリスマスのイルミネーションは美しかったが、光と影の国、情熱の国というイメージからはほど遠い冬のスペインしか経験していなかった。

ようやく春らしい陽射しになったとはいえ、今もまだマドリードでは肌寒く、長袖《ながそで》のセーターを着ている日もある。

それなのにアンダルシアは立っているだけで目眩《めまい》がしそうなほどの陽射しが降りそそいでいる。

「こういうのがスペインというのか」

思わずひとりごとを呟《つぶや》いたそのとき、ふいにパティオのむこうでガタンという大きな音が響いた。

木々のむこうにある木製の扉がひらき、ぱたぱたと音を立てて白壁にぶつかっていた。

風で開いてしまったのだろうか。

扉のむこうには白いグラウンドのようなものが見える。

扉を放置しておくのが気になり、卓人はパティオを横切った。

取っ手に手を延ばした瞬間、カッとグラウンドに反射した強烈な陽射しが目を貫く。

「……うっ」

たまらず、卓人は目を閉じた。

すごい。一瞬で髪が熱くなり、眼鏡のフレームまで熱くなってしまう。

ゆっくりとまぶたを開き、手をかざして逆光に目をこらす。

すると、地面に延びた大きな濃い影が揺れているのが見えた。

その影を追うように静かに視線をむけた先に、まばゆい陽光を浴びた男のシルエットがあった。

「あれは……」

長身の男性の後ろ姿だった。

視界が陽の明るさに慣れるにつれ、男の輪郭があらわになっていく。

その端正な横顔を確かめた瞬間、鼓動が大きく脈うつ。

それが誰なのか、男が何をしているのか、瞬時に悟ったからだ。

闘牛士フェルナンド・ペレス。

スペイン人にはめずらしいくせのない金髪はいくぶん前髪が長めだが、襟足はすっきりとしている。

父親は闘牛士、母親はブロードウェーのミュージカルにも出ていたダンサー兼女優として人気らしいが、確かに彼の愁いのある横顔は上品に整っている。

日向《ひなた》にいる彼から、日陰にいる卓人の姿は見えないらしい。

扉の影から卓人はその様子をじっと凝視した。

木製の壁に囲まれたこのグラウンドは仮設の闘牛場で、フェルナンド・ペレスがどうやらここで闘牛の練習をしているのがわかった。

艶やかな褐色の上半身を陽の光の下に晒し、黒い細身のズボンを穿《は》き、闘牛用の赤い布を手にして大きく揺らしていた。

卓人は息を呑《の》み、彼の姿を凝視した。

フラメンコにしろ闘牛にしろ、スペインの衣装は躰《からだ》のラインを強調したものが多いように思う。しかも美しく、より官能的な感じで。

それはプラド美術館で、エル・グレコやリベラの絵を見たときも感じた。

この国の人は、男性の肉体の美にフェティシズムを抱いているのではないかと。

確かにこの闘牛士の妖《あや》しいまでに完璧《かんぺき》な肉体を見ていると、本当にそうなのかもしれない。

同性の肉体に見惚《みほ》れたことは一度もなかったけれど、このときばかりは純粋に美しいと感じた。

だが、その男の左の胸を見て、卓人ははっと息を呑んだ。


細く長い傷痕《きずあと》がくっきりと刻まれていたからだ。それに鎖骨から右胸には斜めに縦断した細い傷痕もある。

闘牛をしているとき、牛の角によって傷つけられたのだろうか。

（この人も……死ぬような怪我《けが》をしたことがあるのだろうか）

首都マドリードにある闘牛場の正面玄関には、二十一歳で死んだ闘牛士と彼と刺しちがえた牡牛の銅像が建てられ、今では待ち合わせの場所にされているとガイドブックで読んだことがある。

そのときは、渋谷のハチ公と同じようなものだと思った。

けれどこうやって遠目にもはっきりと見える傷痕の存在を知ってしまうと、あらためて闘牛は命がけの行為なのだと実感する。

この人は何のために闘牛士をしているのだろう。

どうして闘牛士はそんな危険なことをするのだろう。

この人たちの家族や恋人は不安に思ったりしないのだろうか。

父を早くに喪《うしな》い、母が苦労して育ててくれたこともあり、卓人は安定した人生こそが最良だと思ってきた。

公務員試験の日にアクシデントがなければ、今のように民間企業で働くこともなかっただろう。

（この人は……きっとぼくからは……想像もつかないような人生を歩んでいるのだろうな）

そんなことを考えながら、卓人の目は男の姿に釘《くぎ》付《づ》けになっていた。

視線に気づくことなく、フェルナンド・ペレスは赤い布を華麗に揺らし、グラウンドに映る自分の影を確認していた。

動きがゆったりとしているせいかどこか物憂げで、けれどしなやかな獣のように優雅だった。

グラウンドは時間が止まったように静まりかえっている。

どのくらい見入っていただろうか——ふと、闘牛士が動きを止めたそのとき、沈黙をやぶるように一人の青年が現れた。

「フェルナンド！」

細身の青年が建物のむこうから現れ、フェルナンドに声をかける。

絹糸のように美しい金髪の、上品そうなベージュ色のスーツをまとった繊細な風貌《ふうぼう》の男性だった。

「今、車の業者がきているそうだよ。会いに行かなくていいのか」

抑揚のある声がグラウンドの上に響く。

車の業者とは、自分のことだと、卓人ははっと背筋を伸ばした。

一瞬、動きを止め、フェルナンドが我に返ったように顔を上げる。

「なにか言ったか、アベル」

夢から覚めたような面持ちで、フェルナンドが問いかける。陽射しが降りそそぐなか、その風貌が写真で見るよりもずっと美しいことに気づく。

「車の販売業者と約束しているんだろう。家政婦のパキータが言っていたが、日本人のディーラーが応接室で待っているそうだ」

「日本人？」

アベルという青年からペットボトルを受けとり、フェルナンドは頭上から自分に中身の水をぶっかけた。金色の髪から滴る水の雫が陽光にきらめき、地面へ落ちていく。

「少女みたいにかわいい子供のような男だとパキータが喜んでいたよ。言葉は、一応通じたらしい」

アベルという男の言葉に卓人は、思わず苦笑を浮かべた。

少女、子供……そんなふうにしか見えないのか、と。

「それで、フェルナンド、どうするんだ、次は日本車にするのか」

塀越しにアベルが白いタオルを差し出す。軽く髪をぬぐって、フェルナンドが肩をすくめる。

「気に入ったらな」

「きみの運転は闘牛界一乱暴だ、気をつけろよ。きみのマネージャー代行《アポデラード》をしている間に、もしものことがあったらたまらないからな」

マネージャー代行？

では、このアベルという男は彼の仕事に関《かか》わる人なのか。

「わかっている。——ところで今日の牛の抽選会《ソルテオ》の結果は？」

「今から行くところだ。二日連続で大変だと思うが、がんばってくれ。あとで電話を入れる。きみも早く車の話を済ませてホテルにくるんだぞ」

そう言ってアベルという男が去って行く。

(ホテルに？　なにかあるのだろうか)

卓人が小首をかしげたとき、フェルナンドは再び赤い布を手にとった。

その刹那《せつな》、男の横顔にかすかな翳《かげ》りが漂う。

卓人は首をかしげた。

なぜだろう、風貌も体軀も自分よりはずっと精悍《せいかん》なのに、フェルナンドの姿からはどこか危うい影のようなものを感じる。

なぜ……と視線をむけたそのとき、ふいに彼の口元が綻《ほころ》ぶ。

ひどく冷ややかで無機質な笑みが浮かんでいた。美しいが、どこか不吉な微笑だった。

「もしものことか。俺もスペインの大地で干からびて死ぬなんてごめんだ」

誰に言うでもなく呟くと、フェルナンドは地面に落ちた自分の濃い影を見下ろした。

地面を見たまま、ゆっくりと赤い布を揺らしたあと、一瞬動きを止める。

「そう……俺は闘牛場で死ぬのだから」

低くひずんだ、冷たい声が風に乗って運ばれてくる。

死ぬ。俺は闘牛場で死ぬ。


耳の奥でその言葉が反響していく。

聞いてはいけないものを聞いたような、そんな後ろめたさと不安が胸に広がっていく。

卓人は無意識のうちに一歩あとずさった。

しかし、その瞬間——踵《かかと》がテラコッタにぶつかり、弾《はじ》けるような音を立てて地面を転がっていく。

フェルナンドが動きを止めて振り返る。

いぶかしげに眉《まゆ》を寄せ、男は卓人のいる戸口に視線をむけた。

「そこにいるのは誰だ」

低い声が白昼のグラウンドに響く。

「あ……」

なにか言わなければ。

盗み聞きする気はなかった——と、ちゃんと言わなければ。

そう思うのに、声が出ない。

どうしよう。

俺は闘牛場で死ぬという彼の言葉が耳の奥でこだ

ませていた。卓人は金縛りにあったように身体を硬直させていた。

だが、こちらが影になって姿が見えなかったのか、フェルナンドは卓人の方向に背をむけた。

「……風か」

ぼそりとひとりごち、フェルナンドは赤い布を手にグラウンドをあとにした。

さっきアベルが去って行った方向にむかう姿を、卓人は息をするのも忘れたように、目で追うことしかできなかった。

太陽を背に受け、細長く伸びた男の濃い影が地面から消えるまで。

卓人のまぶたには、先刻見たフェルナンドが赤い布を揺らしていた美しい映像がまだ映画のワンシーンのように流れている。

俺は闘牛場で死ぬ……という言葉とともに。

それが自分の運命を狂わせてしまう獣——フェルナンド・ペレスとの出会いだった。


「……ひどい……さんざん待たせて……ホテルにこいって……せっかく家まで訪ねたのに」

その数時間後、卓人はフェルナンド・ペレスの家から市街地にあるホテルにむかってとぼとぼと歩いていた。

あのあと、応接室のソファに座り、いつフェルナンド・ペレスがやってくるのかと卓人はずっと待ち続けていた。

けれど三時間以上待っても彼は現れることはなかった。

代わりにやってきたのは、部屋に案内してくれた家政婦だった。

『言い忘れたけど、マエストロが話があるのなら、ここではなくホテルにこいって』

『えっ……ホテルってどういうことですか』

問いかけながら、その前にアベルという青年と彼が話していたことを思い出した。

牛の抽選会がある、ホテルに早くこいというようなことを口にしていた。

なにか急な仕事でもあったのだろうか。

しかし、それならそれでちゃんと客に伝えるべきではないのか。

自分から日時を指定しておきながら、三時間も待たせた挙げ句、別の場所にくるようにと言うなんて——日本人相手だと、さすがに温厚な自分でもぶち切れていたかもしれない。

だがスペイン人が相手だと思うと、腹が立つよりもただただ脱力してしまうだけだった。

(実に……スペイン人らしいというか)

まあ、いい。一度に新車を二台も買ってくれると言っているのだから、こちらは彼の希望に合わせるだけだ。

そう思い、鞄を手に彼の邸宅をあとにした。


電話でタクシーを呼んでもらおうかと思ったが、家政婦は、卓人にホテルの名前とタクシー会社の電話番号を教えたあと、どこかに消えてしまった。

仕方なく卓人はタクシー会社に電話をかけた。

けれどあいにく春祭の真っ最中なので、三十分ほど待てと言われた。

『わかりました。それならいいです』

そう言って遠くに見えるセビーリャのランドマーク——ヒラルダの塔を目印に、とぼとぼと陽ざらしの道を歩き続けてきた。

「まいった……もう五時を過ぎている」

何とか這々《ほうぼう》の体で指定されたホテルの前に到着したときは、すでに午後五時を過ぎていた。

ネクタイをはずし、上着も脱いでいるのにシャツの下はうっすらと汗ばんでいた。

街はそろそろシェスタ——昼寝の時間が終わるころらしい。

ホテルのエントランスの前で立ち止まり、卓人は振りかえった。

春から秋の間、日照時間が長いスペインは、他《ほか》の地中海地方の国々と同じように、午後二時からの数時間、休み時間をもうけている。

デパートや大型のスーパーマーケットを除き、会社や銀行、個人商店がシャッターを下ろし、その間、街のなかは廃墟《はいきょ》のような静けさに包まれるのだ。

歩いているのは、昼寝《シエスタ》の習慣のない国からやってきた観光客くらいだ。

この時間帯に、泥棒や強盗が多いのも当然だろう。人気のない場所で、たとえば地図を片手にうろうろとしていると、『私はこの国をよく知りません。泥棒さん、どうぞ狙《ねら》ってください』と自ら語っているようなものだ。

(最初、この国にやってきたとき、ぼくもそんな感じだったたな)

卓人は、ホテルのレセプションに行くと、そこに立つ若い黒髪の女性に声をかけた。

「すみません、こちらに宿泊中のフェルナンド・ペレス・ミラン氏に連絡を取っていただけないでしょうか」

卓人を見つめ、女性が眉をひそめる。

「失礼ですが、お客さまは?」

「芳谷と申します。ペレス氏に日本の自動車メーカーの者がきたとお伝えください」

「わかりました。お待ちください」

女性が受話器を取り、内線番号を押す。

卓人は小さく息をついた。

「セニョール」

内線を切り、女性が笑顔を見せる。

「ペレス氏がお待ちになっています。部屋は八階の七号室ですので、ロビーの奥にあるエレベーターをお使いください」

「ありがとうございます」

卓人はレセプションに背をむけ、エレベーターホールにむかった。

よかった、待っていてくれたらしい。あとはうまく営業をするだけ。

（でも……できれば、最初からこっちに呼びだして欲しかった）

エレベーターに乗り、卓人は壁の鏡を見ながら上着をはおった。

オリーブ畑にかこまれた日ざらしの道をてくてくと歩いてきたせいだろうか。

髪は乱れ、紺色のスーツは砂ぼこりに汚れている。

こんな格好で会うことになるなんて、不愉快に思われないだろうか。

ふと、悪い方向に思考が流れそうになる。

卓人は自分のほおをペチっと叩《たた》いて気持ちをふるい立たせた。

（大丈夫、スペイン人は細かなことにこだわらない。誠実に、車について説明しよう）

目的の部屋に到着し、大きく息を吸う。

ノブに手を伸ばしたとき、扉がわずかに開いていることに気づいた。

「……ペレスさん？」

声をかけ、軽くノックしてみる。

すると振動でふわりと扉が動き、そのまま風に乗って開いてしまった。

オートロックになっていないとはめずらしい。入っていいのだろうか。戸口に手をかけ、おそるおそる部屋をのぞく。

だけど人の気配はない。

室内はうす暗く、奥の寝室に続く扉がうっすらと開いていた。

戸口から漏れる陽光が白い絨毯《じゅうたん》に細い光の線をきざんでいる。

「えっと……あの……その……すみませんが、入らせていただきます」

小声で呟き、卓人はそこに入った。

毛足の長い絨毯を進み、奥の寝室をのぞくと、一瞬陽光に目がくらむ。

「……っ」

逆光に目をこらしたそのとき、視界の端で大きな影が揺れた。

見れば、バルコニーから床にくっきりと濃い影が伸びている。

その影を追うように静かに視線をむけた先に、長身の男のシルエットが見えた。

さっき、半裸で闘牛の練習をしていた男が、今は闘牛用の純白の上着とズボンを身につけ、バルコニーにたたずんでいる。

衣装を飾る金モールが陽射しを反射し、正視していると目が痛くなった。

卓人は眼鏡の前に手をかざし、目を細めて男の姿を確かめた。

さっきも恐ろしいほど美しいと思ったが、時代がかった衣装をつけていると、いっそうその憂わしい美貌が際立ち、歴史映画に登場する貴公子がそこに現れたかのように感じられた。

どのくらい見入っていただろうか。

ようやく状況を把握し、卓人は息を殺した。

マタドールが闘牛用の衣装を着ているということは……もしかすると、いや、もしかしなくても、今から闘牛に出場するのだ。

(今日……闘牛の予定は入っていないって言ってなかったか？　いや、何かそういえば、さっき、マネージャーらしき人が、二日連続と言っていたような気もするが……まさか)

闘牛は知らないが、出場前の闘牛士が神経質になっていることくらいは想像がつく。

タイミングが悪い。出直そう。

そっと卓人が立ち去ろうとしたそのとき、

「――おい、待て」

低い声に呼び止められる。

卓人は反射的に動きを止めた。フェルナンドが振りかえり、バルコニーにもたれかかる。

「車の話はどうするんだ」

鋭利な視線が肌に突き刺さり、卓人はその場で佇《ちょ》立《りつ》した。

さっきは遠目でよくわからなかったが、間近で見ると本当に恐ろしいほどの美貌だ。

二十一歳にしては大人びた顔と身体つき。

切れ長の端正な目元、すっきりと整った鼻梁や上品な口元はじっと見ていたくなるような優美さをたたえている。

息を吸い、卓人はおそるおそる口を開いた。

「あ……あの、初めまして。闘牛の出場前とは知らずに大変失礼しました。改めて出直すつもりで、今、帰ろうとしていたところです」

そう言って、一歩後ろに下がる。

顔はこわばり、声は震えていたが、喉からは毅《き》然《ぜん》としたスペイン語が出てきた。

「待て」

フェルナンドの声に、再び卓人は足を止めた。

こちらに視線をさだめ、男が歩いてくる。

怒らせたのだろうか。

どくどくと鼓動が胸壁をうつのを感じながら鞄を抱きしめていると、面前に立ち止まった男がすっと手を伸ばしてきた。

――っ！

卓人はとっさに肩をすくめた。熱っぽい手に顎《あご》をつかまれる。

「あ……っ」

乱暴に顔を引き上げられ、驚いて卓人はまぶたをひらく。

太陽を背に受けた巨大な男の濃い影に視界が覆われていた。

「……」

目を細め、視線で舐めるようにフェルナンドが卓人を凝視する。

妖しくも美しい彼の貌《かお》に、祭壇の赤い燈《とう》明《みょう》が深い翳りを落としていた。

ふいに、さっき、盗み聞きした言葉が耳の奥で反響した。

『俺は闘牛場で死ぬ』

あのときの低く冷たい声の響き。ふりむいたときの鋭利な眼差《まなざ》し。

あのことを怒っているのではないかと反射的に恐怖を感じたが、一瞬の沈黙のあと、フェルナンドはゆるく切れ上がった目を細め、口元にやわらかな笑みをうかべた。

「悪かったな、こんなところまでこさせて」

突然のその優しい声に、卓人は拍子抜けしたように小首をかしげた。

「え……あの」

「一昨日《おととい》、おまえと電話をしたときは、闘牛の予定はなかったんだ」

「はあ」

「昨夜、急に闘牛をすることになった。いきなり二日連続になってしまって。約束を守れなくてすまなかった」

「……急に？」

意味がわからない。急にというのはどういうことなのだろう。

「代役だ。怪我をしたユベールという闘牛士の代わりに、急遽《きゅうきょ》、出場することになった。たまにこういうこともある。親戚《しんせき》だし、マネージャーも同じだし、俺にとっては、大きなチャンスだし」

鷹揚《おうよう》でやわらかな男の笑みに、卓人はほっと内心で息をつく。

「親戚？」

「遠縁だ。母親が従姉妹《いとこ》同士で。あいつの母親は落ち目の昼メロ女優で、俺の母親は落ち目の場末のダンサー。別に親しいわけでもないが」

「は……はあ」

「ところで、おまえ……年は？」

首をかたむけ、フェルナンドが興味深そうに顔をのぞきこんでくる。

「二十六歳です」

「五つ年上か。信じられないな。スペインでは中学生くらいにまちがえられるだろう？」

「え、ええ」

気さくで明るい人柄のようだ。

さっき練習をしているときの姿は気むずかしそうに感じられたが、こうしていると、明るくて陽気なラテン系の男性そのものだ。

すごくいい人のようだ。

ほっとして思わず口元に笑みをうかべると、目線をずらし、言いにくそうにフェルナンドが問いかけてきた。

「実は……いつか、日本人に会ったら訊きたいことがあったんだ。いいか？」

「はあ」

「日本には今も忍者がいるのか？」

また……か。卓人は苦笑をうかべた。

「まさか。忍者も武士もいませんよ、ずいぶん前のことです」

最近、どこかの国が製作した忍者映画が公開されたらしく、あちこちで同じ質問を受ける。

忍者や武士が現代日本に存在し、オフィス街で切腹する話などありえない…と、普通に考えればわかると思うが、意外にも本気で信じているスペイン人が多くてびっくりしてしまう。

「……なんだ、いないのか」

残念そうに肩で息を吐いたあと、フェルナンドは目を眇《すが》め、卓人を見下ろしてきた。

間近で見ると、蜂蜜《はちみつ》を溶かしたような琥珀《こはく》色の双《そう》眸《ぼう》は怖いほど澄んでいる。光のかげんや映すものの色彩のちがいで眸が深くなったり淡くなったりするらしい。

「おまえ……ずいぶん綺麗《きれい》な文法、丁寧な言葉使いをしているな。日本では、誰でもスペイン語を話すのか？」

「あ、いえ、みんな、日本語を話します。スペイン語は転勤が決まってから勉強しました」

綺麗な文法で話しているのだとしたら、スペイン語ができるからではない。

言葉を崩すような、そんな高等技術が自分にはまだないだけだった。

「たいしたものだ。俺なんてスペイン語もまともに話せないのに」

白い歯を見せて笑う笑顔が人なつこくてほっとする。確かに彼の言葉はアンダルシア特有の、歯切れの悪い発音をしている。

けれど早口でまくし立てるように話すマドリードの人たちよりも、外国人の卓人にはずっと優しい音に聞こえた。

「しかしサギだな、東洋人は。どう見ても十五歳くらいにしか見えないのに」

男はすっと卓人の頭に手を伸ばしてきた。

卓人の前髪を指で梳《す》いたあと、くしゃくしゃと乱してまた額に戻す。

何度か同じことをくりかえし、男は不可解そうに首をひねった。

なにをやっているのだろう。上目遣いで見ると、男は唇の端をあげて笑った。

「前髪をあげると大人びて見えるかと思ったが、かえって幼くなってしまうんだな。こんな子供が車を売ってるなんて日本は変わった国だ」

無邪気な人物らしい。

有名人なのに気取ったところがなく、想像していたよりもずっと陽気でフレンドリーな態度に、卓人の緊張の糸がほぐれていく。

「あの、では、お話は」

闘牛のあとにしますね…と、言いかけたとき、ふと男が視線をそらし、壁の時計を見た。

「悪いが、そろそろ出かける時間だ」

唇を引きむすび、男が窓に目をむける。

視線の先には、闘牛場の赤茶けた屋根瓦《がわら》が見えた。紺碧《こんぺき》の空を背に建つ、白亜の闘牛場。

目を細め、フェルナンドは口元に冷ややかな笑みを浮かべた。

練習のときに見たものと同じ。不吉な印象の笑み。これから闘牛に出るという血気や闘志のかけらも感じられない。

むしろ、あやうさや脆《もろ》さのような寂寞《せきばく》としたものが揺らぎでている。

卓人は吸いこまれるようにその横顔を見あげた。視線に気づいたのか、男の顔にもとの明るい表情が戻る。

「六時半から闘牛をする。車の話は、そのあとで聞こう。できればショールームにも案内して欲しい」

「どうもありがとうございます」

卓人は軽く頭を下げた。

「約束をやぶって悪かった。携帯の番号をなくしてしまって」

ていねいで、とてもいい人だ。

よかった、スペイン最後の仕事相手がこんな人で。涙が出てきそうだ。

「こちらこそ、ご多忙な日に訪問してすみませんでした。では、闘牛が終わるまでロビーでお待ちしておりますので」

背をむけようとした卓人を男が止める。

「おい、待て」

卓人の前に歩み寄り、男はベストの下からなにか取りだした。

「これを」

手の中に闘牛のチケットが押しこめられる。驚いて卓人は顔を上げた。

「見ていけ、自分が車を売る人間が命がけでとりくんでいるものを」

「え……ですが」

「荷物はそこに置いておけ。誰も盗んだりしないから。どのみち今夜は仕事の話はできない。ここに泊まって、明日、ゆっくり話を」

戸惑いがちに、卓人はチケットを見た。

「どうも、ありがとうございます。ではチケット代を……」

卓人はポケットから財布を取りだそうとしたが、腕を伸ばし、フェルナンドがそれを制止する。

「いや、いい。その代わり…」

卓人の頭から足の先まで眺めたあと、フェルナンドは腰に腕を伸ばしてくる。

「え……」

身体が引き上げられ、目を見ひらいた瞬間――。

「……っ！」

熱い感触に唇がふさがれる。

胸に抱きこまれ、身体が宙に浮きそうになった。

重なった唇の存在に硬直し、卓人は腕から鞄を落としていた。

「あ……っ」

なにが起こっているのか、自覚する余裕もない。その間に唇を割られ、口内に熱っぽく舌が侵入してきた。

鼓動が昂《たかぶ》り、ほおに血がのぼる。

「ん……んんっ」

フェルナンドの腕を叩き、そこからのがれようともがく。

けれど手に触れた闘牛士の衣装の感触に、卓人ははっとして動きを止めた。

この華やかで繊細な刺繍《ししゅう》や飾り。

ほんの少しでも暴れれば取れてしまいそうな気がした。

いけない、暴れたりしたら。

抵抗してなにかあったら……と、ためらっている間に、彼の舌が口腔《こうこう》の奥深く貪っていく。

熱い舌が口蓋《こうがい》を探り、口内をかきまわしながらたやすく舌を搦《から》めとる。

「ふ……んっ」

息苦しさに喉の奥が咽《む》せる。

唇を吸っては離し、顔の角度を変えながらついばまれていく。

頭を抱きこまれ、卓人は男のなすがままに身を任せた。

狂おしげに喉の奥まで攻めたてられ、次第に頭がくらくらしてくる。

唇を甘く咬《か》み、また口内に侵入し、ひとしきり唇を貪ったあと、ようやく男が顔を離してくれた。

今のは……なんだったのか。

放心している卓人の唇を、フェルナンドが指の関節でつつく。

「……チケット代だ、これでいい」

冗談めかして言われ、はっと卓人は我にかえった。

チケット代、この人は大事な客。

スペインでは突然男性に抱きつかれることもある。

今のもそういうことのひとつ…と、思うことにしよう。

卓人は胸の中で自分を納得させた。

「で、では、ありがたくいただきます」

引きつった笑みをうかべて言ったあと、チケットを見た卓人は、そこの「非売品」という文字に気づき、眉をひそめた。

ということは、チケット代など最初から——。

「闘牛のあと、下のバルで待っていてくれ」

男は卓人の肩をつかんだ。

今度は両ほおに軽く挨拶《あいさつ》のキスをしたあと、背をむける。

そのまま部屋から出ていく男の後ろ姿を、卓人は茫然《ぼうぜん》とした顔で見送った。

闘牛士という職業の人は、みんな、あんな感じなのだろうか。

唯我独尊、けれど陽気でイケメンのスペイン人。

そんな印象を受けた。

尤も、あのくちづけにはまいったが。

唇をなぞり、苦笑いをうかべたあと、卓人は部屋のすみに視線をむけた。

テーブルには、聖母像と赤いろうそくがまつられている。

闘牛士は闘牛前に祭壇の火を灯《とも》し、無事に戻ってきたときにそれを消す、という話を本で読んだことをふと思いだす。

「幸運を」や「ご無事を祈っています」という言葉くらい言っておけばよかった。

「やっぱり外国人とのコミュニケーションはむずかしいな」

ぼそりと呟いたあと、ろうそくが消えないよう窓を閉め、卓人は闘牛場にむかった。

2

午後六時半――。

日本では空が茜《あかね》色に染まる時間帯だったが、スペインにはまだ真っ青な空が広がっていた。

満員御礼の札が貼られた円形の闘牛場。

濃厚な青空と真っ白な外観の壁の対比が信じられないほど美しい。

青と白だけではなく、オレンジ色の屋根も、そして通路や日陰の影の濃さも、なにもかもがくっきりと色鮮やかに、目に灼きつく。

これまで日本の、くすみがかった曖昧《あいまい》な色彩のなかで生きてきた卓人には、アンダルシア地方の色彩や光と影の濃さはなにもかもが鮮烈で、自分が現実の世界にいるのか、なにか別の夢の世界にいるのかさえわからなくなってきそうだ。

その感覚は闘牛場のなかに入って、さらに強まっていく。

まだ五月初旬なのに、闘牛場の空からは目を開けていられないほどの陽射しが降りそそぐ。

綺麗に整地された闘牛場の黄色い砂。

ぎっしりと埋められた座席のあちこちに、フラメンコ風の民族衣装で華やかに着飾った女性の姿が見え、ああ、ここは本当にスペインなのだと実感する。

彼女たちが白や黒の扇《アバニコ》でぱたぱたと顔をあおぐたび、そこにひらひらと蝶《ちょう》が舞っているのではないかと錯覚してしまう。

「席はここだ」

案内人に連れられ、卓人は日陰席にある一列目についた。

日本と違って湿度のないこの国では日向《ソル・イ・ソンブラ》と日陰の温度差がはっきりとしていて、日陰に入ると嘘《うそ》のように涼しい。

こちらは陽射しも強く感じられないが、むかい側の日向席のほうは、強烈な暑さのようだ。

卓人は入口でもらった無料の小冊子をぱらぱらとめくってみた。

そこには、あの闘牛士のプロフィールが写真入りで載っていた。

フェルナンド・ペレス・ミラン。二十一歳。

セビーリャ出身。父親は一世を風靡《ふうび》したマタドールのアントニオ・ペレス。母親は現役女優ガラ・ミラン。

フェルナンドは十二歳でセビーリャの闘牛学校に入学し、十五歳のときに闘牛士免許を取得している。それから順調にスターダムをのし上がり、昨年は二百万ユーロ——日本円にして軽く二億以上は稼いだらしい。

（五歳年下か。すごいな）

彼の写真を眺めるうちに、自分とはまったく異質な世界で生きていた人間なのだと改めて実感する。

生まれた国、生まれた場所が違うということは、こんなにも違うことなのだと。

生まれてすぐに父を亡くし、母の再婚相手に育てられたためか、卓人はいつも早く独立することと安定した人生を歩むことだけを考えて生きてきた。

公立大学の経済学部を卒業したあとは、安定した生活を求めて、地元の役所の公務員になろうとしたが、試験に失敗して断念。

なにかやりたいことがあったわけでもなく、最初に内定をもらった今の会社に就職した。

取り柄といえば無遅刻・無欠席・無事故と机が片づいていることくらい。

大きなあやまちもなければ喜びや楽しみも少ない、嫌われたり憎まれたりすることがない代わりに強く必要とされることもない、そんな平凡を絵に描《か》いたような人生だった。

振りかえると、自分はまじめなだけの、何てつまらない人間かと思う。

こんなふうにスペインで人気のマタドールから闘牛に招待されたことは、卓人にとっては、一生に一度の大事件かもしれない。

そんなことを考えていたとき、ふと、隣に座った紳士が顔をのぞきこんできた。

さっきのアベルという金髪の青年だった。

「中国人……ではなくて、日本人だね？」

「え、ええ」

卓人はとまどいがちにうなずいた。


人形のように整った端麗な風貌だ。

フェルナンドも美しい顔立ちをしていたが、この人も、実際、生きているのが不思議なほど、優美な目鼻立ちをしている。

「チケットは招待券？」

「はい、いただきものです。警備員に案内されたのですが、よく見たら席番号がないんです。勝手にこんな場所に座ってよかったのでしょうか」

不安を感じ、卓人がポケットからチケットの半券を出すと、アベルが笑顔を見せた。

「ああ、これはどこでも好きな席に座っていいチケットだ。フェルナンドが招待したんだね」

「え、ええ」

「…フェルナンドが日本人の車のディーラーを招待したと言っていたから」

「はい、私のことです」

「ああ、だからフェルナンドが心配していたのか」

「え……」

「あの男に、闘牛場で綺麗な眼鏡の日本人を見かけたら、世話をしてくれとたのまれていたんだ」

「世話？」

「私はアベル・フェンテス。彼のマネージメントを担当している」

「失礼しました。私は芳谷と申します。どうかよろしくお願いします」

卓人は姿勢をただし、胸ポケットから名刺を取りだした。

「こちらこそよろしく。あ、でもマネージャーといっても、正式な契約はしていなくて、一応の代行だから」

「代行？」

「今、彼、マネージャーがいないんだよ。ふだん、私は彼のライバル二人をかかえているんだが、このセビーリャの春祭……つまり昨日の出場から、急遽、彼も面倒《めんどう》をみることになって」

「そうなんですか」

「一流どころを三人もみるのはしんどいんだが、フェルナンドは手がかからないし、人気もあるし、私がかかえているユベールという闘牛士とも遠縁にあたるし、しばらくスケジュールの管理くらいならやってもいいかと思っているんだ」

「それで大丈夫なのですか？」

「さあ、どうだろう。まだシーズンが始まったばかりだから何とかなっているけど、これから先はスケジュール管理もむずかしくなるから。仕事をとってくるだけなら何とかなるけど、闘牛場まで付き添うことはできなくなるだろうね」

よくわからないが、なかなかこの世界も大変そうだと思いながら、卓人は彼からもらった名刺を胸にしまった。

「喉が渇いただろう、なにか飲むか」

アベルは通路にきた物売りからワインを買い、カップを差しだしてきた。

「どうぞ」

「あ、すみません、ありがとうございます。あのお代を」

「いいから、別に。それよりフェルナンドには最高級の車を用意してくれ。彼は、今後闘牛界をリードしていく男の一人だ」

「はい、わかりました」

卓人はまじめな顔でうなずき、カップに唇を近づけた。

そのとき、アベルのむこうにいた白髪の男性がいきなり声をかけてきた。

「アベル、あんたはやり手だな。今日、最初に出るサタナスに続いて、フェルナンドのマネージメントもやってるんだって」

「ああ、幸運なことに」

「まだ若いが、フェルナンドはいい闘牛士になるだろう。昨日は牛との相性がよくなくて、一緒に出たアルゼンチン野郎に主役をとられたが、今日はあいつと相性のいい牧場の牛だ。成功すれば、彼は名実ともに闘牛界のトップになっていくだろう」

「いや、来月のマドリードで成功するまでは断言できないよ」

「フェルナンドなら大丈夫だ。闘牛士として理想的な容姿、頭もいいし、技術もある。牛の動きを見極める野性のカンにも優れている。なにより精神力とカリスマ性がある。ああいう男は、幸運《スエルテ》を呼び寄せることができる」

スエルテ、幸運を呼ぶ力——。

いったいそれはどういうものだろう。それに成功というのは。

「あの、成功というのはなにか賞のようなものがもらえることをいうのですか」

卓人はアベルに訊いてみた。

「賞をもらうこともあるが、成功というのは、そこの王子の門と呼ばれる正面玄関から肩車で退場することをいうんだよ」

アベルが指差したところには、鉄製の柵で閉ざされた細いゲートがあった。

「正面玄関からの退場……ですか？」

「あとは牛の耳だ。すばらしい闘牛を披露したときだけ、戦利品の牛の耳をもらってあの門から退場し、翌日の新聞のトップも飾れるんだ」

アベルは説明を加えた。

「牛の耳？」

新聞はわかるが、牛の耳というのは……どういうことなのか。

やがて開会のラッパの音とともに、闘牛士の入場行進が始まった。

先導役の騎馬が現れ、卓人のいる場所とは反対側のゲートから金色の刺繍のついた光の衣装をまとった三人の正闘牛士が出てくる。

その中央にフェルナンドが立っていた。

黒い帽子をかぶり、左肩から背中にかけて華やかな刺繍のケープをはおっている。ケープは相撲の化粧まわしのようなものらしい。


それぞれのマタドールの後ろには、やや地味な色の衣装を着た銛《もり》をもつバンデリジェロが三人、槍《やり》をもつ騎馬に乗ったピカドールが二人続いていた。

闘牛というのはマタドール以外にも出場者がいるのか。

アリーナを縦断する行列を見ているうちに、卓人はそのことに気づいた。

闘牛士たちはやがて木製の防護壁の奥の待機所に到着する。

ちょうど卓人の席の真下だった。

行進用のケープを脱ぎ、闘牛士は表がオペラピンク、裏が黄色になったカポーテという大きな布をつかみ、それぞれ闘牛場に出て自分たちのフォルムを確かめる。

カポーテはマントのような形になり、裾《すそ》にいけばいくほど広がっていた。

「フェルナンドは立っているだけでも絵になるトレロだ。惚れ惚れする、うちの他のトレロたちの余計ならライバルにならないよう、やっぱり私がスケジュール管理をしたほうが良さそうだ」

アベルの言葉に卓人は首をかしげた。

「あの、フェルナンドはマタドールですよね。どうしてトレロと呼ぶんですか？」

「ああ、マタドール・デ・トロスが正式名称だが、スペイン人は聖なる牛を相手にする勇者への尊敬の念をこめてトレロと呼ぶんだ。フランスではトレアドールともいう」

なるほど。バレエダンサーをバレリーナと呼んだりプリマドンナと呼ぶようなものだろうか。

「さあ、牛が出てきたぞ」

闘牛が始まった。

闘牛は初めにマタドールがカポーテを使って牛の動きを確かめる。

そしてその次に槍を担当するピカドールと銛を担当するバンデリジェロが登場する。

やがて最後に、赤い布をもったマタドールがもう一度現れ、牛が死ぬまで闘う。

デビュー順に出場するので、キャリアの浅いフェルナンドは、今日の三番目と六番目に登場することになっていた。

二人の闘牛士が登場し、フェルナンドの出番が訪れる。

フェルナンドは静かに黄色い土の上に降り立っていた。

突然、フェルナンドは牛が出てくる戸口の正面から、十数メートルほどのところにひざをついて座った。

地面にピンク色のカポーテを蝶のように広げ、フェルナンドは、じっとその端をつかんで、牛が出てくるのを待っているようだった。

「え……」

驚いて身を乗り出した卓人の肩に、そっとアベルが手をかける。

「大丈夫、ポルタガジョーラという技を見せてくれるんだ」

技？

小首をかしげる卓人の前で、ゲートがひらき、漆黒の牡牛が飛びだしてくる。

卓人は思わず息を詰め、フェルナンドの背中を凝視した。

巨大な野生の牡牛が、まっすぐフェルナンドにむかって疾走していく。舞いあがる黄色い砂塵《さじん》、ズンとじかに骨に響くような重々しい振動――。

「……っ！」

地響きを立て、黒い獣が猛然と彼にむかって走ってくる。

大きい。牛の体重は六百キロ前後とパンフレットに書かれていたが、そこにいる黒い獣は想像よりもずっと巨大だった。

背中や腕の筋肉ががっしりと隆起した勇壮な体軀は巨大な岩石みたいだ。

左右に突きでた三日月のような白い角は、フェルナンドの腕の長さと変わらない。

低い声でいななく獣。

黒い塊が身体の真正面にきた瞬間、フェルナンドは大きくカポーテをひるがえした。マントをかぶるようにふわりと背中でまわしていく。

「オーレっ、フェルナンド！」

大きな歓声が闘牛場に響く。

ピンク色の布が風を孕《はら》んでふくれあがり、鳥の翼のように広がったそのなかに、漆黒の牡牛が吸いこまれていく。

砂塵が舞いあがり、牡牛が布の内側に消えたかと思うと、フェルナンドが立ちあがる。

オペラピンクの布がまばゆい太陽を反射させ、閃《ひらめ》きながら、彼のあとを追って地面に濃い影を描きだしていく。

フェルナンドがその場から動かず、広がった布を彼が綺麗にまわしていくと、そのむこうに牡牛が飛びだしていった。

卓人はそのあまりの華麗さに、瞬《まばた》きも忘れて目を凝らした。

たった一枚の布でマジックのように牡牛の動きを支配している。

ゆるやかな風を起こし、螺旋《らせん》を描くように布をまわして、砂を巻きあげながら獣の動きを巧みに誘導していく。

身体の倍以上はある大きな半円形の布を旋回させたり、身体に巻きつけて揺らしたりしながら牡牛を先導していくフェルナンド。

まるで指揮者か司祭のようだと思った。

こんな美しい世界だったなんて知らなかった。

「これが……闘牛……」

知らずそんなことを呟いていた。

「これからがフェルナンドの見せ場だ。彼はカポーテもみごとだが、赤い布《ムレータ》の裁きかたも巧みだよ。特に左手での通し技《パセ》が芸術的だ」

アベルの説明を聞きながら、卓人はフェルナンドに視線をむけた。

帽子を取り、赤い布と剣をもって闘牛場の中央に立つフェルナンド。

長身で体格のいい男のはずなのに、こうして改めて牡牛を前にすると、細く無防備な少年のように見えた。

はたしてあんな巨大な獣に立ちむかえるのだろうか。華やかな衣装を着ただけの、なんの防備もしていない人間が。

フェルナンドはかすかにうつむくと、うっすらと唇に笑みをうかべて赤い布に牛を呼び寄せた。

この赤い布は、これまでもテレビで見たことがある闘牛シーンでよく使われているものだった。大きさはさっきのカポーテの半分くらいだろうか。

巨大な獣が彼の身体のぎりぎりのところをすりぬけていく。

獣を導いていく彼の赤い布の動きは、ゆるやかに湧き起こった風が渦を巻いているようだ。

そう、螺旋を描きながら、地上のすべてを呑みこんでいくようにも見える。

すさまじいほどの光りの下、黄色い地面の上で揺らぐ彼の影。

彼が布を動かすたび、舞い上がっていく黄色い砂塵。吹奏楽団が演奏するパソドブレ。

「行け、フェルナンド」

「オーレ！」

観客の歓声が頂点に達していた。

声援にこたえるように客席に上品な笑みをむけたあと、フェルナンドは、すぐにうつむき、そっと目を伏せる。

数秒瞑目《めいもく》したあと、再び、鋭いまなざしで牛を見据え、赤い布が巻き起こしていく風のなかに獣を誘いこんでいく。

勇壮さと優雅さ、巨大な牛にひとりで闘う男の孤独感、そして祈り。

フェルナンドの表情、そして彼が動かす赤い布の揺らぎに、観客の胸がかきたてられ、揺さぶられているようだった。

自分まで赤い布に誘いこまれている、彼の風に巻きこまれている——そんな錯覚を与えられたかのように。

やがて、フェルナンドは右手に剣をもち、牛の背にむけてかまえた。

シンと、会場が静まる。

観客の視線を一身に受け、フェルナンドは左手にもった赤い布を小さく揺らした。

すぅっと赤い布から生まれた一陣の風が黄色い砂を巻きあげ、その螺旋のなかに吸いこまれるように獣が引きこまれては通り抜ける。

フェルナンドの揺らす赤い布。深紅の布が描く螺旋の渦にむかって、牡牛が力を振りしぼるように布に突進していく。

一瞬の静止画のように牡牛とフェルナンドと布とが一体となる。

金と黒と赤が重なりあい、ひとつの大きな影となって地面に刻まれる。

くっきりと地面の上で三つの影が一体となった次の瞬間、それぞれが静かに離れていく。

金色の彼の刺繍が太陽に煌めく。

刹那の沈黙。

闘牛場はシンと静まったままだった。

風を孕んでいた赤い布の広がりがフェルナンドの手元でゆっくりと元にもどっていく。

そして、ズンっという重々しい音を立てて巨大な牛が地面に倒れていった。

わぁっと耳をつんざくような歓声——。

大波のような声が大きく闘牛場に響きわたり、万雷の拍手が生みだす波に身体が呑みこまれていくような気がした。

総立ちの観客が白いハンカチを振り、フェルナンドの名を歓呼している。

卓人は目をこらし、じっとフェルナンドを見つめた。

観客の熱とはうらはらに、彼の表情はひどく冷めている。

彼の足下に息絶えた黒い塊。

その前に立つフェルナンドの衣装は獣の返り血に染まっている。彼のほおには血しぶき。

それをぬぐうこともなく、乱れた髪を整えることもなく、布をつかんだまま、目を細め、じっと獣の遺骸《いがい》を見るフェルナンド。

その横顔からは、なにか大切なものを喪失したときのような、そんな淋《さび》しさと翳りが漂っている。

喜んで、楽しんでいるのではない。嬲り殺しをしているのでもない。

それだけははっきりとわかった。

祈りを捧《ささ》げるかのように、同時に、闘いの残り火を封じこめるようにフェルナンドはまぶたを閉じ、小さく息をつく。

そんな彼を拍手で称《たた》え続ける観客たち。

しばらく瞑目すると、フェルナンドは観客に優しげな笑みをむけた。

十五分ほどの死闘がこれで終わった、と告げるかのように。

（これが闘牛……か）

今の鮮烈な闘いの余韻と昂揚《こうよう》がまだ身体にくすぶっている。

それなのにもうそこにはなにもない。

ふいに胸の奥がからっぽになるような淋しさを感じた。

目の前ではフェルナンドが歓声にこたえ、牛の耳を両手に場内を一巡している。

赤いカーネーションや薔薇が投げられ、華やかに凱旋《がいせん》の挨拶をしている闘牛士。

その裏では、無惨な遺骸となった牡牛が馬に引きずられて闘牛場から姿を消す。

「残酷だと思うか？」

ふいに隣に座ったアベルから声をかけられ、卓人は返事に詰まった。

「いえ……あの」

「いいんだ、実際、世界中から批難されていることくらいわかっている。闘牛はいつかこの世界から消えていくかもしれない。だけど……それでも、私は少しでも闘牛をこの世界にとどめておきたい。だから命がけで闘っている」

「アベルさん……」

「みんなそうだ。今日、怪我で出場できなかったユベールだってそうだし、フェルナンドだって……自分の命を危険に晒すことを恐れずに……それぞれの誇りをかけて」

「誇り？」

「そう、私にとってもそうだし……ユベールも……おそらくフェルナンドにとっても、闘牛は自分の生そのものだから。だから死に晒されようと、闘牛場に立ち続ける」

誇り、そして生そのもの。

だからフェルナンドはあんなことを口にしたのだろうか。

『俺は闘牛場で死ぬ』

実際に死ぬのではなく、生死を乗り越えた先にあるもの、生そのものがそこにいるという感覚で。

(多分そうなのだろう、本当に闘牛場で死のうなんて考えるわけがない)

そんなことを考えていると、次の闘牛士がアリーナに出てきた。

二巡目の闘牛の始まりである。

闘牛は生そのもの。死に晒されようと、闘牛場に立ち続ける。

その言葉が耳の奥でこだまし、卓人は防御壁の内側に立つフェルナンドに視線をむけた。

仲間と話しながら次のマタドールの闘牛を見ている。そこには死の危険を前にした人間の悲壮感はまるでない。

ホテルで話したときと同じ、イケメンの若いスペイン人がいるだけだった。

それなのに、実際に死に晒されるようなことが起こるのだろうか。

自分の目の前で、いや、こんなに大勢の観衆の前で人が死ぬようなことが。

事故や戦争でもなく、観客がお金を払って楽しむ場所で。

いや、そんなにたやすく死が存在するわけない。

卓人がそう思った瞬間だった。闘牛場に甲高い悲鳴があがった。

「きゃあっ!」

はっとして顔をあげた目の前で、黒髪の闘牛士と牡牛がぶつかり、その白い角が彼の首に突き刺さっていた。

フェルナンド……ではない。

赤色の衣装を身につけた黒髪の男性の身体が飛び上がって地面に落ちていく。

喉からどくどくと血があふれている。

手で傷口を押さえたまま、地面でもがき、のたうつ闘牛士。

あまりの凄惨《せいさん》な光景に、卓人の全身から血の気がひく。

「しっかりするんだ、カルロス！」

仲間たちがカルロスを助け出そうとする間、フェルナンドがカポーテを手に誘導し、牡牛をその場から遠く引き離す。

そのすきに仲間たちは倒れた闘牛士の身体をかかえて通路に助けだす。

目の前を通り過ぎていく一団。数人にかかえられ、ぐったりとしている赤い衣装の闘牛士は、すでに意識を失っているようだった。

「……あの人は、大丈夫なんですか」

蒼白《そうはく》な顔で卓人はアベルに声をかけた。

「かなりの深手のようだ。闘牛場の処置室では間に合わないだろう。病院に運ばれるはずだ」

闘牛場はざわついたままだ。なにが何だかわからないまま、呆然《ぼうぜん》としていると、ラッパが鳴り、観客席はシンと静まった。

フェルナンドが再びカポーテをもって現れ、六頭目の牡牛が出てくる。

「えっ……やるんですか」

「最後の一頭が残っている。フェルナンドの番だ」

「一頭残っているって……。大怪我なのに。心配じゃないんですか、哀しくないのですか」

「心配だ。だが怪我はつきものだ」

「つきものって」

「怪我を恐れては闘牛なんてできない。怪我は闘牛士の誇りだ。彼らは本物の闘いに命をかけているんだ。怪我をした姿を称えこそすれ、哀しむなんてことは、闘牛士に失礼だ」

卓人は絶句した。

本物の闘いというのはわかる。

だからって……。

（わからない。怪我をした姿を称えるなんて……理

解できるわけがない）

　出場者が重傷を負った場合は、ふつうは中止するべきだと思う。

「さあ、きみもフェルナンドの闘牛を見るんだ」

「でも……さっきの人が気になって」

「今、フェルナンドは命がけで闘牛場に立っているんだ。さっきの男は終わり、今は彼を応援する、それがここでの礼儀なんだよ」

　ここでの礼儀と言われても、卓人は動揺した胸の痛みをおさえることができない。

　さっきのようにフェルナンドの闘牛をまともに見ることができない。

　けれど観客たちは恍惚《こうこつ》とした表情で彼に声援を送っている。

「行け、フェルナンドっ！」

「オーレ、すごい、おまえは天才だ」

　日本人には理解しがたい。どうしてこんなに夢中になれるのか、さっきあんなことがあったばかりなのに。

　卓人はふいに自分だけが別世界にいるような錯覚を抱いた。

　夢から現実にひきもどされていくような感覚とでもいうのか。

　あざやかな光と色彩に包まれた世界のなか、自分一人、モノクロームの影となって、ぽつりと置いて行かれているような。

　深く濃い蒼《あお》一色に染まった空から、容赦なく降りそそぐ陽射し。

　きらきらと光の刺繍を煌めかせるフェルナンド。彼が手にした赤い布が反射するまばゆい光。

　闘牛場を包む熱気は意識をどうにかしてしまいそうなほどの暑さだ。

　観客たちの声、拍手、パソドブレ。

　にぎやかなはずなのに、なぜか音が聞こえてこないような気がする。

　華やかな色にあふれる世界なのに、自分だけがモノクロだ。

そんな感覚を抱きながら、卓人は冷めた眼差しでフェルナンドの二頭目の闘牛を見ていた。

闘牛……。

他国の文化を否定したくはない。

確かに美しく魅力的な世界だとも思う。今もフェルナンドの姿はすばらしく美しい。

けれど目に灼きついてこない。心に響かない。

ここにいる人たちと自分とはあきらかに違う。

(怖い……ぼくは闘牛が怖い……)


その日、フェルナンドは成功したマタドールだけが退場できる、王子の門から拍手喝采《かっさい》を浴び、観客にかこまれて退場していった。

「さあ、ホテルに行こうか。フェルナンドと約束があるのだろう?」


闘牛のあと、アベルに連れられ、卓人はホテルにあるバルに入っていった。

フラメンコの歌が響き、グラスを片手にスペイン人たちが立ち話に花を咲かせていた。

「卓人、フェルナンドは公爵から食事に誘われているから少し遅くなる。それまでここで飲んでいるといい。さあ、紹介しよう。ここにいるみんなはフェルナンドの後援会《ペーニャ》のメンバーだから」

アベルは大勢の後援者の集まる輪にむかい、二十数人の男女に卓人を紹介した。

「彼の名は卓人だ。フェルナンドの大ファンらしい。日本からわざわざ最高級の車を贈るため、ここにやってきたんだよ」

アベルのまちがった紹介に「えっ」と卓人が驚きの声をあげる前に、そこにいたスペイン人の間から歓声があがる。

「日本にファンがいるなんてすごいな。ようこそ、スペインへ。一杯おごらせてくれ」

「おれもおごるよ。泣けるじゃねえか、わざわざ日本からフェルのために車をもってくるなんて」

「あ、あの……」

すっかり盛りあがってしまって、否定しようとスペイン語の単語を頭のなかで整理しているうちに、次々と周囲がもりあがっていく。

「すごいな、コロンブスは黄金を求めてセビーリャから日本に旅立ったんだろ。で、五百年前、日本から侍《さむらい》の使節団がセビーリャにやってきた。そして今、日本人が闘牛士という黄金の衣装の侍のためにこの街にきたってわけか。すばらしいな」

「ああ、日本とセビーリャに乾杯《サルー》。侍と闘牛士に乾杯。さあさあ、おれの酒も受け取ってくれ」

どうして、話がこうもおおげさに拡大していくのか。話に入りこむすきを与えず、ただただマシンガンのようにくりだされるスペイン語に卓人は泣きたくなった。

「じゃあ、ぼくは、担当しているもう一人の闘牛士をねぎらってくるね。フェルナンドもじきにくるだろうから、もう少し待っていてくれ」

アベルは卓人のほおに挨拶のキスをしてバルを出て行った。

「さあ、乾杯しよう。あんたも一緒に」

しかし大の男がほおを紅潮させ、嬉《うれ》しそうにグラスを出す姿はどうにも憎めない。

苦笑いしたまま、卓人はグラスを受けとった。

別にアルコールに弱いわけではないが、ここにいるメンバー全員から酒をもらうわけにはいかない。

できるだけゆっくりと飲もう。

そう思ってゆるゆると飲んでいると、中年男が心配そうに話しかけてきた。

「どうした、進んでいないな。ビールが嫌いなら別の酒を飲みな」

「えっ……あの……そういうわけでは」

「これはアンダルシア名産のシェリー酒だ。うまいぞ。それともマンサニージャがいいか？」

「あ、いえ、あの……」

「さあ、どんどんいけ」

大勢のスペイン人が自分をかこみ、飲めるか飲めないか、期待に満ちたまなざしで凝視している。

そんな目で見られると、きちんと飲まないと悪いような気がしてくるではないか。

どうしよう。シェリー酒はアルコールがワインよりもきついと聞いているが。

不安に思いつつ、卓人は周囲の視線に肩を落とし、グラスの中身を飲み干した。胃がカッと熱くなり、ほおが火照ってくる。

「じゃあ、今度はアニス酒をいってみろ」

「えっ、もうこれ以上は……」

「遠慮するな、さあさあ」

背中を叩かれ、次のグラスを渡される。遠慮なんてしていないのに……と泣きたい気分だったが、断るのが申しわけなくて、卓人はすすめられるままにアルコールを流しこんでいった。

甘く濃いシェリー酒、アルコールの強いアニス酒に意識がくらくらとする。

それでも軽口のリオハワインはけっこう好きな味だ。だが最近流行《はやり》のラ・マンチャのワインはあまり好きにはなれない。

そして血の色をした深紅のサングリア。これは軽くて実に口当たりがいい。オレンジとワインが入り交じった香りに清涼感をおぼえる。

スペインは空気が乾燥して喉が渇きやすいせいか、次々飲んでも気分が悪くならない。

旅の疲れと心労でくたびれていた身体にアルコールが心地よく浸透していく。

酔わないよう気をつけていたが、差しだされるグラスをすべて断るのも申しわけなく、何杯か飲んでいくうちにほおが熱くなり、次第に意識が朦朧《もうろう》としてくる。

会場の熱気かアルコールのせいか、卓人は暑さを感じて上着を脱いだ。

そんな卓人のほおを中年男性がつついてくる。

「さわり心地がいいやつだな。ロシア人のように白くてかわいい」

「本当だ。生クリームのような肌だ」

次々とほおや首筋にさわられ、卓人は苦笑をうかべた。

気がよさそうな太ったスペイン男性たちに暑苦しく抱きつかれ、胸や首を好きに撫でられ、くすぐったさに笑いがこみあげる。

「や……っ、やめてくださいよ」

彼らの肩を手でたたき、動きを止めようとするのだができず、腹部や胸を撫でられ、背筋がぞくぞくする。どうしておかしいのかわからないが、卓人はくすくすと笑い続けた。

だんだんなにをどう考えていいのかわからなくなってくる。それとも、ここではなにも考えずにいたほうがいいのだろうか。

そんなふうに思ったときである。ふと、前にいた男性の言葉が耳をかすめた。

負傷した、あのマタドールの話題である。

「カルロスは最悪だったな。フェルナンドに圧倒されたのか、腰が引けて、牛の正面に立てなかった。だから事故にあうんだ」

太った中年男が小気味よさそうに言うと、ほかの男たちも声を上げて嗤《わら》う。

「あんな弱気なトレロは駄目だ」

「デビューしたころはよかったが、年々落ちるばかりでもうだめだ。あいつの闘牛を見ても感動しなくなってしまったよ」

彼らの話を聞いているうちに卓人はむかむかしてきた。闘牛場でも思ったことだが、この人たちは負傷した人間に対して冷酷すぎる。

卓人はグラスの酒を飲み干し、口をひらいた。

「そういう言いかたはひどいんじゃないですか。重傷を負ったカルロスさんに失礼です」

突然卓人の口から出た言葉に、その場にいた男たちが目と目を合わせ、困ったように肩をすくめる。

「まあまあ、落ち着け。ちょっとアルコールが入りすぎたのか？」

ぽんぽんと肩をたたかれ、卓人はムキになったようにかぶりを振った。

「大丈夫です。酔ってなんていません。それよりどうしてあなたたちは怪我の心配もしないで、彼を非難するのですか」

まぶたが半分落ち、目は微妙に据わっている自分に意識のどこかで気づいてはいたが、酔っ払っていたのは事実だ。彼らはもう一度目を合わせたあと、声をあげて笑った。

「まじめだな。闘牛場の事故をいちいち案じていたら身がもたんよ。だいいち怪我は闘牛士の誇りだ。回復したら、少しはマシになるだろう」

またこれだ。誇り？　怪我がどうして闘牛士の誇りにつながるのか。

卓人は彼らをにらみつけた。

自分でもいったいなにをムキになっているのかと思う。ただ、脳裏から離れないのだ。人間の身体が牛の角に突き上げられていた、あの光景が。

「まじめのどこが悪いんですか。だいいちあんな危険な怪我をしたのに誇りって何なんですか。怪我をすることがいいことなんですか」

必死に訴えたが、そこにいる男たちはおかしそうに吹きだすだけだった。すでにカルロスの話題に興味をなくしたのか、彼らは別の話をし始めた。

「ところでフェルの新しいマネージャーだが、何でいきなりアベルになってるんだ。アベルといえば、これまでずっとフェルのマネージメントをしていたロサーノのライバルエージェントだろ」

「だからだろ。フェルのやつ、ロサーノが父親をバカにしたと言って怒っていたから」

「そうそう、だからロサーノが一番いやがる相手と組んだんだ」

どうやら、フェルナンドは以前のマネージャーとケンカ別れしたらしいというのはわかった。

「だが、アベルは貴族出身だが、今ではマフィアみたいなもんだし、やり方も強引だし、悪い噂も多いし、俺は好きになれないな」

「アベルはあれでビッチだからな。男どもの相手をしているようだが、フェルも籠絡《ろうらく》されたんじゃないか。今朝も二人でホテルに現れたじゃないか、おそらくその前に……」

「朝まで二人して遊んでたんだろ。まあ、そのわりに、今日のフェルはいい闘牛をしていたが」

今度はくだらない話をして笑っている。

今朝のフェルナンドは、マジメに練習をしていて、アベルも真摯《しんし》に仕事の話をしていた。

それなのに何て下世話な言い方をするのだろうと思うと腹が立ち、卓人はしゃくりあげた。

「あな……あなたたちは……ひどいです。今朝、フェルナンドさんはまじめに闘牛の練習をしていました」

「どうしたんだ、いきなり」

「アベルさんだって、闘牛のためにすべてを捧げているようなひとでした。なのに……そんな言い方をするなんて……好きになれ……ません」

卓人は近くにあったグラスを取り、一気に中身を呷《あお》った。

足がぐらつき、その場にひざからくずれおちそうになる。

「おい、おまえ、大丈夫か」

若い男がふらついた卓人の肩を支える。見あげれば、そこに黒髪の濃い顔立ちの男がいた。

「そろそろやめたほうがいい。俺ん家で少し休んでいかないか。この近くなんだ」

卓人の肩を抱きこみ、男がいきなりシャツをたくしあげてくる。

「えっ……ちょっ……やめ」

そんなところにはなにもないのに、女性の胸を揉《も》むように手のひらで薄い胸を揉みしだかれ、卓人は硬直した。

「や……あの……」

「すべすべで気持ちのいい肌をしているな。フェルナンドもいいが、俺も悪くないぞ。トレロなんだ。さあ、行こう」

あちこち触られ、ほおにキスされ、肩を抱きこまれて強引に連れ去られそうになる。

だめだ、行きたくない、フェルナンドを待つつもりだ——と言いたいのに、言葉が出てこない。

抵抗する気力もなく、引きずられるように人集《ひとだか》りから引き離されたそのとき、ふいに力強い手に肩をつかまれた。

「おい、待て」

はっとして顔をあげると、黒いスーツをゆったりと着た金髪の男が卓人の腕をつかんでいた。

「フェ……フェルっ！」

若い男が卓人から手を離し、あとずさる。フェルナンドは冷めた目で男を一瞥《いちべつ》したあと、卓人の背中に手をまわした。

「こんなやつを相手にする必要はない。すきを見せると、この国では骨の髄まで喰《く》われるぞ」

卓人の耳元でフェルナンドが囁く。

「喰われるって……」

訊きかえそうとした卓人の腕をひっぱって、フェルナンドはバルの中央にもどった。

彼が現れると、一斉に歓声があがる。今日の主役の登場にその場が一気に華やぐ。

「フェルナンド、今日の闘牛には感動したぜ。おまえの技は神業だな」

「ありがとう」

フェルナンドが悠然とほほえむ。

「国王や公爵もおまえのファンのようだな。フェル、今年はおまえの年になるぞ」

「それはどうも」

身のこなしのひとつひとつがしなやかで、女性どころか後援会のオヤジどもまでがほぅとためいきをこぼし、フェルナンドの周囲に集まっていく。

卓人は柱にもたれかかり、ぼんやりとファンにかこまれたフェルナンドを見た。

上質のスーツを優雅に着こなし、甘い琥珀の眸をもち、国王や公爵まで虜《とりこ》にしてしまう。

歯切れのいいフラメンコの歌が流れ、人々の話し声や葉巻の煙が飽和するバルで、次第に意識が遠ざかっていく。

その場にひざからずり落ちそうになったそのとき、肩をつかまれた。

「卓人――」

眼鏡のふちをあげると、フェルナンドが顔をのぞきこんでいた。

甘い琥珀色の眸があきれたように卓人の胸元に落ちていく。

視線を追って自分の身体を見下ろすと、ズボンからはみでたシャツはボタンが半分飛び散り、胸がはだけていた。いつの間にこんな格好をしていたのだろう。フェルナンドは卓人に上着をかけ、ぽんと肩をたたいた。

「床に落ちていた。ベルトもだ」

うすく笑い、フェルナンドがポケットにベルトを押しこんでくる。

「すみ……ません」

ボタンを閉めようとしたものの、指がうまく動かない。

うつむき、もたもたとしている卓人の背中にフェルナンドが腕をまわす。

「俺の部屋に行こう」

「でも……皆さんのお相手は？」

「もう終わった」

「だけど」

「いいんだ、あれはトレロに群がるハイエナ。明日、俺が失敗したら今度は罵声《ばせい》を浴びせ、明後日、俺が成功すればまた誉める。そういうやつらだ。国王も同じさ」

さっきまでの笑顔とは違う。冷めた表情で棘《とげ》のある言葉を吐き、フェルナンドは長い腕で卓人を抱きかかえるように歩いた。

さっそうと大股《おおまた》で歩く男に引きずられるように足を進めていく。

やがて最上階のスイートルームに着いた。


「ほら、これ」

部屋に入るなり、フェルナンドは卓人の手になにかを放《ほう》り投げた。卓人の財布である。

「これ……どうして」

いつの間に……。唖然《あぜん》と目を見ひらいて財布を見る卓人に、フェルナンドが息をつく。

「盗られたことに気づいてなかったのか。酔っぱらいのオヤジがもっていたぞ」

「……ありがと……ございます」


これでも警戒心が強いはずなのに、まったく気づかなかった。スリの多いマドリードでも一度も財布を盗られたことがないのに。

窓が全開された部屋は淡い濃紺色に染まっている。月の明るさが部屋全体を仄《ほの》明るく照らしだし、そこは夜の色に染まった神秘的な空間になっていた。

「仕事の話は明日にしよう。車は買ってやる。約束どおり二台。明日、ショールームにつれていってくれ」

「本当ですか。では……契約を……」

鞄のなかから契約書をとりだそうとする卓人の動きをフェルナンドが止める。

「話は明日だ、ちゃんとサインするから」

ソファに腰を下ろし、フェルナンドはゆったりと背にもたれた。

「すみ……ません」

肩を落とし、卓人は乱れた前髪を指でかきあげた。いろいろとショックなことが重なり、卓人の気分は消沈している。

「こい。俺は飲み直す。おまえは水にしておけ」

けだるげに手すりに肘《ひじ》をつき、フェルナンドはテーブルのボトルに手を伸ばした。

「あ……ぼくが」

有名なマタドールにそんなことをさせるわけにはいかない。足をよろめかせながら、卓人はフェルナンドの隣に座った。

「こういうこと……ぼくがします」

接待でよくやっていることだ。

多少酔っていても無意識のうちに身体が動くはずだが、手先が震え、ボトルの先がグラスにあたってワインがこぼれる。

眉を寄せ、フェルナンドは卓人の手からボトルを取った。

「俺がやる」

フェルナンドは自分のグラスには酒を、卓人のグラスには水をそそいでいく。

「すみま……せん」

ミネラルウォーターの入ったグラスを手渡され、卓人は肩を落とした。フェルナンドがあきれたように笑う。

「意外と不器用なんだな」

「はい、不器用かも……です。あまり……取り柄……なくて……つまらない人間なんです」

卓人はしどろもどろに口調で言った。

フェルナンドが氷の音を立ててグラスをまわしたあと、ふっと鼻先で笑う。

「何で自分のことをつまらないなんて」

「本当に何の取り柄もないので」

「取り柄ならある。一人で遠い日本からスペインにきて、外国語を話して働いている。俺からすれば、それだけでもたいしたことに思えるけどな」

艶《つや》のある琥珀色の目を細め、フェルナンドは卓人の背中に手をまわした。

厚い胸に肩が密着し、シャツ越しに男の体温がつたわり、ふと見あげる。

自分を見る甘く美しい眸の、そのあまりの至近距離に卓人は息を止めた。

こんなふうに間近で見られると面はゆい。卓人は眼鏡のふちをあげ、照れ笑いをうかべた。そんな卓人の横顔をじっと見つめながら、男が耳元で囁いてくる。

「神秘的な黒い目、なめらかな肌。容姿や態度は上品。一人で異国に住む勇気もある。それに誠実だ。約束をきちんと守る。あとは忍耐強い。思いやりもある。急用で約束を果たせなかった俺を批難することなく、闘牛の前だからと気を遣って、商談を延期させた。おまえのことはその程度しか知らないが、それだけで十分すばらしいじゃないか」

ほおが火照ってくる。

さっき、カルロスのことでみんなから否定されたせいか、お世辞だとわかっていても目頭が熱くなってきた。

「そんなふう…言ってもらうと嬉しい……です。……少し自信がもてそうかも……です」

ほほえみながら言った卓人を一瞥したあと、フェルナンドは不機嫌な声で言った。

「おまえは、俺をばかにしてるのか」

突然の冷たい口調に、卓人は目を見ひらいた。

「どうして……そんなことを」

「先月、俺が事故ったあと、おまえを含め、車のディーラーから毎日のように営業の電話がかかってきた。その中で、わざわざセビーリャの自宅に呼んだディーラーはおまえだけだ」

いきなりなんの話だろうと、卓人はわけがわからず小首をかしげた。

「商売のためにお世辞を言われても白々しいだけだからな。その点、おまえは俺の様子を気づかいながらも、車の説明に専念していた。そこに好感をいだいたんだ」

怒られているのだろうか、それとも喜んでいいことなのか。

セビーリャに呼んだのはおまえだけだ。好感を抱いた。

母国語と違う言葉の響きは、意味がダイレクトに伝わってこないときがある。

その代わり、ひとつひとつの単語が強調されて聞こえ、耳に溶けた言葉の数々に卓人は胸が温かくなるのを感じた。

「ぼくの電話……気に入ったの……ですか?」

卓人はフェルナンドの肩に手をかけ、その顔を見上げた。

普段ならこんななれなれしい態度はとらない。けれど酒のせいで気が大きくなっていた。

「ああ、だからおまえから車を買おうと思った。それなのに、取り柄がないつまらない人間だと? この俺がわざわざ呼び寄せて、会ってみたいと思ったのに」

「この俺がって……たいした自信……です。ぼくも見習わなければ……です」

完全に酔っぱらっていた。

そうでなければこんな嫌味めいたことは口にしないだろう。

尤も、フェルナンドはまったく気にしていない様子で続けた。

「そう、数十人の中からおまえを選んだんだ。光栄に思え」

「わかった……です。フェルナンドさまに選ばれて、光栄……でございます」

酔いに任せてからかうように言うと、フェルナンドが拳《こぶし》でこつんと頭をたたいてきた。

「調子に乗るな。財布をすられたくせに」

「それは……あなたの後援会の人がいきなり抱きついてくるから……です」

「あれはおまえが悪い」

男があきれたように息を吐く。

「は?」

口をぽかんと開けた卓人の胸元をつかみ、フェルナンドは冷ややかなまなざしで見下ろしてきた。

「やらしいことされながら、にこにこと笑ってんじゃねえよ。男娼《だんしょう》でももう少しプライドってもんがあるだろうに。あげくにあんな下っ端のトレロと。あいつはおまえとやる気だったんだぞ」

スラングのまじっためちゃくちゃなスペイン語でたたみかけられる。

それでも意味は不思議なほど明確に理解でき、卓人は不満げにフェルナンドを見あげた。

「ちょっと……さわられただけじゃないですか。皆さんが喜んで……それ以上のことなんて」

「あんなやつらを喜ばす必要はない。お人好《ひとよ》しにもほどがある。おまえを見ているとバカ親父《おやじ》を思いだしてムカムカした」

「親父？　そういえば、さっき後援会の方々があなたの父親とマネージャーがどうのと……」

「ああ、前のマネージャーのロサーノは、俺の親父をバカにして、毛嫌いしていたからな。まあ、嫌われて当然の男だが、それでも他人に父親の悪口を言われて喜ぶやつなんていないだろ」

「ええ……確かに」

「まあいい。親父の話は酒がまずくなる。なにか別の話をしろ」

「そういえば……公爵とのお食事は？」

「断った。テーブルマナーなんてわからないし」

「せっかくだし行けばよかったのに……ですよ」

卓人の言葉にフェルナンドが意外そうな顔で片眉を上げる。

「公爵よりも先に、おまえと約束したじゃないか」

まぶたを瞬かせ、卓人はフェルナンドの横顔を見あげた。卓人から視線をそらし、フェルナンドは無造作に長い前髪をかきあげた。

「バルで長い時間待たせてすまなかった」

「い、いえ、そんなこと……いいです、何時と決めていたわけではないですし」

「どうしても病院に行きたかったんだ」

フェルナンドはグラスに自分の酒をつぎ足した。

「病院？」

「カルロスに会いに」

ゆったりとソファの背にもたれ、フェルナンドがグラスを口に近づける。

「お見舞いに……行った、ですか」

「ああ」

「怪我は、大丈夫…でしたか？」

その質問に、フェルナンドは眉を寄せ、窓の外に視線をむけた。ライトアップされた闘牛場の屋根を見ながら、突きはなしたような声で告げる。

「死んだよ」

耳に振り落ちた言葉に、卓人は一瞬耳を疑った。今、このひとはなんて言ったのか。

「冗談……ですよね？」

引きつった顔で卓人はフェルナンドの腕に手をかけたが、彼の視線は闘牛場にそそがれたままだった。じっと張り詰めた顔でそこを凝視しながら、男が聞きかえしてくる。

「冗談で言うことか？」

卓人は押し黙った。

身体の奥が急速に冷え、涙がこみあげてくる。うつむき、卓人は肩を小刻みに震わせた。

「なにを泣く。知り合いでもないくせに」

卓人の背に腕をまわし、フェルナンドは抱きかかえるように身体を引き寄せる。

その声音にはかすかないらだちがふくまれているようにも感じられたが、卓人にはそれを認識する余裕はなかった。

「だって、突然……あんな、観衆の前で」

卓人は手で口をおさえ、涙と嗚咽《おえつ》をこらえた。

なぜ自分が泣いているのかわからない。強い太陽と喧噪《けんそう》のなか、芝居でのできごとのように、あんなにも簡単に人が死んでいいのだろうか。

フェルナンドが鼻先で笑う。

「人はいずれ死ぬものじゃないか。たとえ人前であろうとなかろうと」

「わかってます。でもただ、命が……あまりにあっけないことに驚いて、どうしてスペインでは…人前で闘牛のようなことを」

そこまで言って卓人は口を噤《つぐ》んだ。

アルコールとショックから混乱はしていたものの、闘牛のことを外国人の自分がとやかく言うことではない、と、かろうじて頭の片隅に残っていた理性がそれ以上の言葉を止めた。

「闘牛が残酷だと言いたいのか？」

耳元で囁かれた言葉に、卓人は首を大きく左右に振った。

「いえ、あのひとが無事だったら……と思っていたから……ショックだっただけで」

「死んだのが俺でも、泣いてくれたか？」

その質問に、卓人は眸を潤ませたまま、硬直した。

もし……このひとだったら？

当然だ。

もっとショックを受けていただろう。

けれど容易に想像できなかった。今自分と話しているひとが、急に死ぬことなど。

「怖いこと……訊かないでください」

「怖いこと……か」

自嘲《じちょう》気味に笑ったあと、フェルナンドが手を伸ばしてきた。

強引に腰が引き寄せられ、たやすく抱きこまれる。突然の行為に驚き、卓人は睫毛《まつげ》を瞬かせた。

「あの、フェルナンドさん？」

「フェルでいい」

「は、はい。あの……」

抱きあうような形で、フェルナンドのひざに足を広げて座っていることに卓人は困惑していた。

「さわらせてくれ、生きている人間にとことん触れていたい」

「あの……この姿勢ではあなたにご負担を……」

そういう問題ではないと、頭のすみでわかっていても、酒のせいでそんな言葉が出てきた。

「気をつかいすぎだ。闘牛の剣より軽いくせに」

腰を抱かれ、互いの胸が密着する。シャツをたくし上げ、フェルナンドの手が脇腹《わきばら》に滑りこむ。熱い指がじかに素肌に触れ、卓人は思わず息を止めた。

脇腹から胸へと進む指の感触がくすぐったい。唇を噛み、卓人は震えながらまぶたを閉じた。しかしフェルナンドの手がズボンの中に忍びこみ、卓人は心臓が跳ねあがりそうなほど驚く。

「フェ、フェル！」

とっさに男から下りようと腰をうかしたが、そのまま肩を巻きこまれる。軽々と卓人の身体をソファに横たわらせ、上から組み敷いていきた。

「や……なっ」

「なにを驚いているんだ」

フェルナンドがほくそ笑み、ズボンのファスナーを下げようとする。

「あ、あの……どうして」

首をすくませ、卓人の肩を抱きこみ、フェルナンドは耳に唇を寄せてきた。熱い息が耳元にふれ、耳朶《じだ》に軽く歯が立てられる。

「欲しい」

言葉の意味がすぐに理解できない。

卓人は無意識のうちにフェルナンドを押しあげようと突っぱねた。

「……やめ……て……お願……っ」

泣きそうな声で懇願する。動きを止め、男が顔を上げた。

「いや、か？」

窓から差す青白い月光が男の横顔を照らしだし、切れ上がった琥珀色の目に見据えられて卓人は息を呑んだ。

「待って……困り……ます……です」

逃げようとした肩を胸に寄せ、男がほおを手のひらで包みこんできた。

卓人の眼鏡を奪い、長い睫毛に唇を近づけてくる。あわてて卓人は顔をそむけた。

「俺が嫌いか？」

「いえ、でも……ぼくは男性で。だから……」

自分でなにを言っているのかさえわからない。卓人の声はうわずっていた。

この人のことは嫌いではない。

陽気で気さくな笑顔や細かなところに気づいてくれる心遣いに、ただの客という意識を通りこして慕わしさのようなものを感じている。

だけど。

「カルロスを心配して泣きながらオヤジたちに反論するおまえの涙を見たとき、胸が苦しくなった。この日本人は繊細で感じやすい心をもっている。そう思って」

「フェル……」

「それに……さっきも、俺とアベルを庇ってくれて。噂なんてどうだっていいが、俺たちが真剣にやっているのを訴えてくれて……うれしかった」

「聞こえていたんですか」

「ああ。愛《いと》しく感じた、なにを言われても、あいつらに必死に反論する姿が」

このひとはあのときの気持ちを理解してくれている。その上で愛しく感じてくれた。

このひとも闘牛士の死に傷ついている。

卓人は胸の奥が疼《うず》くのを感じた。

「だからもっとおまえが知りたい。身体の奥まで知ってみたい。そう思うのはまちがっているか？」

卓人は息を詰めた。卓人のほおを指で優しく撫でながら、フェルナンドは甘い琥珀色の目をせつなげに細めた。

「お気持ちは……ありがたいのですが」

「俺もいつ死ぬかわからない。闘牛場での生と死は表裏一体だ」

ふいに、今朝、練習中に盗み聞きした言葉を思いだした。

『俺は闘牛場で死ぬ』

あのあと耳にしたアベルの言葉や今のフェルナンドの言動から、その言葉の意味がうっすらとではあったが、理解できそうな気がした。

自ら死のうとするのではなく、生死を超越した気持ちで闘牛場に立っているのだ。

ある意味、日本の武士道にも通じる理念かもしれない。

「でも今の俺は……トレロじゃない。ただの二十一歳の男だ。だから生きている実感……この世とのつながりが欲しくてしょうがない」

「……っ」

闘牛士のときのこのひとは生への執着を滅した場所に、自らを追いこんで生きている。

そう思ったとたん、なにかが身体の奥のほうで崩れていくのを感じた。

「この世とのつながり……というのは？」

「……喜び……哀しみ……愛……欲望……たとえば、今おまえを欲しいという気持ち」

卓人は息を呑み、じっと彼を見つめた。

「闘牛の前に思った……今夜、終わったあとにおまえを抱きたいと」

「本気ですか」

「ああ。トレロの俺は、いつ死んでもいいと覚悟している。だが、ただの二十一歳の男としての俺は違った。闘牛場で生き残りたいと願っていた。その気持ちは……バルでのおまえを見て、いっそう激しくなった」

愛しげに囁かれ、胸が苦しくなった。締めつけられるような、けれどどこか甘さのにじんだ痛み。狂おしそうに強く抱きしめられ、卓人は身体をこわばらせた。

フェルナンドがそのまま唇をふさいでくる。

「ん……っ」

闘牛の前のキスとは違う。

唇を荒々しく啄《ついば》みながら男が体重をかけてのしか

かってくる。

無意識のうちにソファでもがいていた卓人の手をフェルナンドが払って首筋に顔を埋《うず》めてくる。シャツをひらかれ、首に鎖骨に胸にと熱いくちづけがくりかえされていく。

「甘いな……おまえの肌の味」

感心したように呟き、フェルナンドは唇と長い指でゆっくりと卓人の肌を辿《たど》っていった。

肌の感触を確かめるように。皮膚をなめらかに撫でる指の動き。

くすぐったいような、心地よいような奇妙な感覚に囚《とら》われ、卓人は息をつめた。

「ん……」

大きな手のひらが胸や腹部を包みこみ、青い静脈のうきでた白い肌に男が唇を落としていくと、くすぐったさを通りこし、肌が粟立《あわだ》ってくる。

かすかに指先が胸の突起にふれ、卓人は唇をわななかせた。

「あの……あ、そこはっ」

そんなに強くさわられると、妙な疼きが身体に広がってしまう。

触れるか触れないかのところで彼の指先が乳首を弾いたり押したりつついてりしてくると、なぜか背中に熱いものが駆けぬけていく。

唇の間からは甘い吐息が漏れる。

「ん……や……あ……っ」

「恐ろしいほどなめらかな皮膚だ。うすいくせに快い弾力があって手に吸いついてくる。それにこの乳首。しっとりとした仄かな湿度があって喰らいつきたくなる」

囁きながら、フェルナンドは乳首に唇を這《は》わせてきた。熱っぽい舌先で小さな粒をつつかれると、その甘い刺激に「あっ……あっ……」と浅ましいほど切なげな声が漏れる。

「好きなのか、ここが」

舌先が強くそこを嬲ってくると、これまで感じたことのない疼きを感じていてもたってもいられなくなる。

舌先からの刺激に心地よさを感じて、物欲しげにぷっくりと尖《とが》っていくのがわかる。

「あ……あっ、ああっ」

自分でも出したことのない声に羞恥をおぼえながらも、乳首も肌も鋭敏に反応していく。やがて卓人の下肢に手を伸ばしたフェルナンドは、すでに蜜でぐっしょりと濡れた性器の先に指を絡めた。

「や……そんな…っ」

ぐちゅっと濡れた音が聞こえ、卓人は恥ずかしさのあまり四肢をすくませた。

けれど少しずつ形を変え始めた性器は彼の指の動きに支配され、自分ではもう抑制できない。

ぐちゅぐちゅと湿った音を立てて弄《もてあそ》ばれていく。そこから甘い疼きが広がり、ふっと現実から意識が遊離しそうになった。

「あ……もう……っ」

内腿がわななく。

身体を小刻みに痙攣させ、卓人はフェルナンドのシャツをにぎりしめた。

身体の内側から自分の知らなかった感覚を暴きだされている気がしてわけがわからない。

断続的に突きあがってくる快感に、たまらず細い腰がせり上がりそうになる。

だが、たくましい腕に抑えこまれたまま身動きがとれない。

ぐしょぐしょに蜜を滴らせたそこから何度となく甘い波がせりあがってくる。

いつしか男の指が奥の窄《すぼ》まりにふれてきた。卓人は思わず息を止めた。

「ん……んんっ……や……」

他人が触れたことのない場所に男の長い指が侵入し、身体が跳ねあがった。狭い内壁が男の指を圧《お》しだそうとするが、強引にフェルナンドがそこを広げようとする。

「や……どう……して……そんなところ……」

「ちゃんと慣らしておくから」

なにか濡れた液体を絡め、熱い指が存分な器用さでこじ開け、ぐぅっと内奥に分け入ってくる。

奇妙な異物感と痛みに顔を歪《ゆが》ませ、卓人はフェルナンドの肩に爪を立てた。

「……っ」

ぐちゅぐちゅと濡れた音を立て入口のあたりを熱っぽく行き交う長い指。

痛みがくすぐったさに変化し、やがてじくじくとしたむず痒《がゆ》さに、知らず腰がよじれそうになったころ、卓人の粘膜は熱を孕んで彼の指をすっぽりと奥まで呑みこんでいた。

狭いすきまをこじ開け、奥へと進んだ指の関節が感じやすい粘膜をこすり、カッと痺《しび》れるような疼きが奔った。

「あ……ああっ、ああっ」

ぴくぴくと身をくねらせ、卓人は背をそらせて甘い声をあげた。

ひくひくと蠕動《ぜんどう》する肉。

じわじわと自分の粘膜が重苦しい熱を孕んでいくのがわかる。

疼きをもてあましそうになっているそこを巧みにかき混ぜ、心地よいような痺れを生み出していく指の動き。

そんなふうにされていくうちに、闘牛場で赤い布をひるがえしていたフェルナンドの姿が頭に浮かびあがってきた。

（さっきの彼……本当に綺麗だった）

灼熱の太陽。きらきらと煌めく衣装をまとった男が天からの啓示をうけたように赤い布を使って風を巻き起こしていた。

彼から生み出された風がすべてを支配するように螺旋を描いて天へと舞いあがっていく。

赤い布が生みだす見えないスクリューのなかに獣が呑みこまれていくような光景だった。

獣は呑みこまれまいと必死に抵抗し、のがれ、また反発する。

しかしやがて地面に倒れこんでいった黒い獣。

ここにいるのは、あの灼熱の闘いに生き残った勝者だ。

神のように悠然と風を操っていた男。

彼がその余熱を鎮めるかのように自分を求めている。だからだろうか、自分も風のなかに巻きこまれていく気がした。

「そんなにいいのか？」

甘い声の囁き。

ああ、ふだんの彼の声は、優しい風の渦を描いている。

そのゆるやかで心地よい空気に呑まれるのを感じながら、卓人は無意識のうちにうなずいていた。

今、自分がどうなっているかわからない。

ただ与えられる甘い刺激の渦のなかにたゆたっているような感覚に陶然となっているだけ。


「ん……っ」

やがて指が引きぬかれ、ひざがもちあげられたそのとき、突然の空洞感に卓人は一瞬もどかしげに腰をよじらせた。

その次の瞬間、指よりも熱いなにかがそこに触れた。

やがてぐちゅっと濡れた音を立てて硬い塊が身体のなかに割り入ってくる。

「ん……っ」

肉の環を広げ、フェルナンドの性器が体内に挿ってきたのがわかった。

「あ……ああ……ああっ！」

ずしりと、すさまじい重みと痛みを腰の奥に感じる。全身が痺れたようになり、息ができず、卓人は身をのけぞらせてひくひくと痙攣した。

「く……うっ」

どくどくと脈打ちながら、他人の性器が卓人の体内で膨張していく体感。

痛みと痺れが入り交じった圧倒的な重みに、全身ががくがくと震えた。

「ん……あ……っ」

苦しい。痛い。どうにかなってしまいそうだ。

「息を吐《は》け」

言われるまま息を吐くと少しだけ楽になった。ぐったりとした卓人の腰をフェルナンドがさらにひきよせ、皮膚と皮膚とが密着していく。

「……っ」

ぐぅっと根元まで性器が挿りこみ、みっしりと体内を埋め尽くされていくのがわかる。

どくりとそれが脈動するたび、己の体内が彼の形に変えられているのがはっきりと伝わってきた。

「あ……あぁっ、ああっ」

彼が腰を動かし、律動のたびに、粘膜を突かれる刺激に背中が大きくしなった。ぐちゅぐちゅと結合部から漏れてくる雫と摩擦熱。

卓人のまなじりには涙がにじんでいた。舌先でフェルナンドがそれをぬぐいとり、卓人のまぶたやほおに唇を落としてくる。ひどく優しく愛しげなくちづけに、ふわっと身体が浮いたような感覚をおぼえる。

「あ……ああ、ああっ、ああ」

卓人の前髪が汗で額に貼りつき、それをそっとかきやり、フェルナンドが切なげに唇を寄せてくる。なやましげなまなざしで自分を見つめ、額に甘いくちづけをくりかえしていく。

うっすらと細めた目に男の眸が映り、胸が甘く疼いた。

「ん……っ」

いつしか卓人の肉体は痛みとはうらはらに、痺れるような悦《よろこ》びを感じ始めていた。

それがわかるのか、それまで緩慢だった刺激が速度を増していく。

痛いはずなのに、卓人の内部はその動きに呼び覚まされたかのように、彼の性器を締めつけている。

ひくひくと粘膜を脈打たせながら。

「はあ……あっ」

自分がわからない。

果てしなく痛いのに。同性から半ば無理やり犯されているのに。

それなのに、どうしてこんな淫《みだ》らな声をあげているのか自分でもよくわからない。

ただ、彼の腰が律動し、ぐいぐいと突きあげられるたび、自分も闘牛場で螺旋を描いていた風に巻きこまれていく錯覚を抱いてしまうのだ。

この男の熱風に呑まれるような感覚。自分もこの男が司《つかさど》る渦のなかで支配されていく感覚とでもいうのか。

やがて苦痛を超えた濃く甘い熱が内側から身体を焙り、内側から燃えていくような気がする。

深々と奥を抉《えぐ》られるたび、卓人の指の爪がフェルナンドの肩に喰いこんでいく。

「……っ！」

埋められた灼熱の容積が徐々に増していく。その圧迫感に無理やり内臓が押し潰されたような気がする。

揺さぶられ、こすれあう肌のすきまから汗の雫が滴り落ちていく。

「は……もう…フェル……ああっ……っ」

悲鳴とも嬌声《きょうせい》ともつかないはしたない声をあげ、フェルナンドにしがみついて身悶えている。

この人は男性だ。

自分を女性のように抱いている。

それなのに、それでもこのまま彼の風に呑まれ、流されてもいいと思ってしまうのは、心のどこかで獣に殺されたのがこの男でなくてよかったと思っているからだろうか。

それを実感したくてこんなことをしているのかもしれない。

痛みとアルコールで意識が朦朧とし、もうなにもかもわからない。

身体を疾走するこの痺れや疼きが痛みなのか快感なのかさえ。

3

首筋を瑞々《みずみず》しい風が撫でていく。

甘い天人花の芳しい香りとオレンジの入り交じった風が吹くなか、さらさらとした涼しげな水音が耳の奥に溶けてきた。

「ん……」

やわらかなスプリングに埋もれるように眠っていたらしい。

卓人はうっすらと目をひらいた。

シーツにくるまれたまま、死んだようにベッドに横たわっていた。

「まずい……会社に行かないと」

一体、今、何時なのか。昨夜はいったいなにをしていたのだろう。

激しい運動をしたあとのように身体のあちこちが痛い。

「ん……っ」

卓人はベッドサイドに手を伸ばし、無意識のうちに眼鏡を探していた。

しかしそこにはなにもない。

のろのろとだるい身体を起こしたそのとき、下肢に鋭い痛みが走った。

続いて頭に鈍い痛みが襲う。

「い……っ」

卓人は顔を歪めた。

肩にかかっていたシーツがすとんと腰まで落ち、自分が裸で眠っていたことに気づく。

ふと視線を落とした卓人は自分の膚《はだ》に残る痕に硬直した。

眼鏡のないぼんやりとした視界でも、白い胸に脇腹に下腹部に点在する赤い痕跡《こんせき》くらいは見える。

じっとその痕を見ているうちに、昨夜の狂態が脳裏にうかんできた。

卓人は全身から血の気が引くのを感じた。

どうしよう。まずい。服はいったいどこにいってしまったのか。

いや、それよりもここはどこなんだ。ホテルでもマドリードの下宿でもない。

ああ、眼鏡はどこに消えてしまったんだ――。

シーツを巻きつけたままベッドから転がり落ち、卓人は床を這って、硝子《ガラス》張りの戸口に近づいた。

うっすらとではあるが、そのむこうになにかが見える。

まばゆい陽射しが射しこんでくる硝子戸に手をかけた瞬間、視界を大きな影が覆う。

「――っ」

ゆらりと影が揺れ、はっとして顔をあげると、顔になにかが近づいた。

視界が鮮明になり、眼鏡がかけられたことに気づく。

よかった、眼鏡が戻って……とほっとした次の瞬間、その影の主《あるじ》が何者なのかわかり、卓人の心臓は飛びだしそうになった。

「あ……あの……」

黒いシャツとジーンズをはいた長身の男が片眉を上げ、不思議そうに自分を見下ろしている。

額に垂れた長めの金髪、甘い琥珀色の眸、麗しい端正な風貌。

「どうしたんだ、そんなところで」

低く響く声が昨夜の余韻を甦《よみがえ》らせていく。

「あ……あの……いえ」

鼓膜を溶かすような甘い囁き。肌を貪る熱っぽい愛撫、そして身体を荒々しく駆けぬけた男の存在が生々しく甦ってきて、卓人は背中に冷や汗が流れるのを感じた。

昨夜――あのあとホテルのベッドに移動して、どのくらいフェルナンドの腕のなかで乱れていたか記憶がさだかではない。

おぼえていることは、どうしようもなく男の熱さに溺れたくて、夢中になってその首にしがみついていたことくらいだ。

今さらながら、羞恥に顔が火照ってくる。

他人と身体の関係をもつこと自体、初めてのことだったのに、いきなり同性、しかもスペインのマタドールとあんなことをしてしまったなんて。

気を動転させたままうつむき続ける卓人を不審に思ったのか、床にひざをつき、フェルナンドが肩に手をかけてくる。

「ここは俺の家だ。安心しろ、鞄も財布も衣服も全部もってきている。あんまりぐっすり眠っていたから、明け方シーツごと丸めて連れてきただけで」

「えっ……そ、それは……どうも」

視線をそらしたまま、卓人は小さく会釈した。

ということはこのシーツはホテルの備品ではないのか。いや、そんなことはどうでもいい。とにかく早くいつもの自分にもどりたかった。

フェルナンド・ペレスとの商談がどうなったのか会社にも連絡をとらないといけない。

そうだ、その前に商談だ。なにひとつ、車の話をしていないではないか。

「昼食の時間だ。天気もいいことだし、パティオで食べよう」

「ええっ、ち、昼食?」

もうそんな時間に？

卓人は驚いて周囲を見渡した。飾り棚の時計が午後二時を指していた。

「動けないのなら、俺が運んでやるよ」

フェルナンドはシーツごと卓人を抱きあげた。

「え、いえ、ぼくは……」

とっさに卓人は腕からのがれようともがいたがシーツがずり落ちそうになり、手でそれをとどめるに終わった。

「あの、ぼくの……服……は」

「服ならクリーニングに出している。着替えを用意したから昼食のあとに持ってくる」

「……そ、そんな……裸で昼食なんて」

「いいじゃないか。暑いんだし」

フェルナンドは、硝子戸の外に出ていった。

突然の陽光に卓人は目を細める。そこには白亜のパティオが広がっていた。

(あ……昨日のパティオだ……確かこの先に練習用のグラウンドがあって……)

先ほどぼやけた視界に見えたのは、パティオを飾る花や木だったらしい。

正方形のパティオにはオレンジや天人花の木が植えられ、真ん中には井戸があり、端の方にはローマのトレビの泉のような噴水がある。

太陽の光を反射させた水の流れ。その影がパティオの壁に淡い光の煌めきを刻んでいる。

さらさら水流が流れていくたび、壁に刻まれた光も虹《にじ》色のプリズムのように煌めく。

夢のように眩《まぶ》しい世界だと思った。

卓人の身体には倦怠感《けんたいかん》と睡魔が残っている。

白い天人花の濃厚な甘い香り。さわやかなオレンジの匂い。

卓人は自分がまだ夢のなかにいるのかどうなのかわからなくなってきた。

「パティオがめずらしいのか」

フェルナンドが顔をのぞきこんでくる。われにかえり、卓人はあわててうつむいた。

「い、いえ……いえ、あの、はい」

「どうした、昨夜とはまるで違う。猫のように甘えてきたくせに。初めてでもなかっただろうに、そこまで恥ずかしがることはないだろう？」

「えっ、ちが、昨夜はお酒に酔って」

卓人は眉を寄せ、その顔を見あげた。

初めてでない？

いったいどこからそんな発想が……。

呆然とする卓人の視線の意味に気づいたのか、フェルナンドが肩をすくめる。

「初めてだったのか。じゃあラッキーだったな」

「え……」

「幸運じゃないか、俺が相手で」

当然のように、しかしあまりにも屈託のない笑顔で言われ、いくら何でも厚かましくないかと突っこみたい気持ちが消えていく。

フェルナンドは泉水の脇に置かれた石造りの長椅《い》子《す》に座り、その隣にそっと卓人の身体を下ろす。

「う……っ」

腰に亀裂《きれつ》が走ったような痛みを感じ、卓人はかすかに顔をしかめた。

「大丈夫か？」

身を乗りだし、なやましげなまなざしで男がじっと見つめてくる。卓人は視線をずらした。

この琥珀色の眸は苦手だ。昨夜はこの双眸に酔ってしまったのかもしれない。

「大丈夫……です」

ずり落ちそうになるシーツを手でおさえ、卓人はテーブルを見た。

いつのまにか昼食の用意がされていた。

サラダ、ガスパチョ、オムレツ、魚のフリッター、パエリヤ、プリン、フルーツの盛り合わせといった典型的なスペイン料理がならんでいた。

どうしよう。昼食どころではないのだが。昨夜のことをどう考えていいのか頭が混乱しているし、仕事の話もしたいのだが。

フェルナンドが黄金色のボトルをつかみ、卓人のグラスにふんだんに注ぎこむ。

「も、もうお酒はけっこうです」

差しだされたグラスを手でこばみ、卓人は首をぶるぶると横に振った。

「安心しろ。リンゴのジュースだ。それから、これも飲んでおけ」

フェルナンドは水と小さな錠剤を卓人の前に差しだす。卓人は首をかしげた。

「薬？」

「頭痛薬だ。二日酔いで頭が痛むだろう。一応、身体は拭《ふ》いておいたし、下の傷も手当てしておいた。そのうち痛みも取れるだろう」

「そんなこと……して下さったのですか⁉」

申しわけないやら恥ずかしいやらで益々《ますます》頭が混乱してしまう。それでも頭痛が激しかったので、卓人はおずおずと薬に手を伸ばした。

「ありがとう……ございます。お手数をおかけしてすみませんでした」

薬を水で流しこみ、卓人は丁寧に頭を下げた。

なにがおかしいのか、くすっと笑ったあと、テーブルに肘をつき、フェルナンドはじっと卓人の横顔に視線をむけてくる。

「あの……なにか」

横目でちらりと男を見ると、楽しそうにこちらを見下ろしている眸と視線が合う。

卓人は視線をずらした。

それでも強いまなざしを感じ、わざと髪をほおに落とし、顔が見えないようにしてみたが、すっと男の手が伸び、その髪を耳にかきやられる。

なにがしたいんだろう、この男は。困惑して上目遣いに見ると、フェルナンドはズボンのポケットから卓人の携帯を取りだした。

「今朝、おまえの携帯に会社から電話がかかってきていた」

「あなたが出たんですか？」

さーっと顔から血の気がひく。卓人は心臓が跳ねあがりそうになるのをこらえた。

「日本人の遠藤《えんどう》という支店長からだったが、スペイン語が通じたので、おまえは具合が悪くなって、うちで寝ていると伝えた」

背中に冷や汗が流れてきた。

四十代後半、苦みの走った支店長の顔が頭にうかぶ。帰ったら、なにをやっているのだと叱《しか》られるだろう。肩を落としかけた卓人だが、はっとして顔を上げた。

「そ、そうだ、今日はあなたを車のショールームに連れていこうと……」

と、話しているうちに顔が青ざめてきた。

今日は春祭で、午前中でショールームが閉まると聞いていた。

「どうしたんだ、落ち着け」

フェルナンドが卓人の肩をあやすようにたたく。われにかえり、卓人はふたたび男に頭を下げた。

「すみませんでした、失態を重ねて。いつもはもっとしっかりしているのですが」

「車の契約書は、おまえの鞄から出してあずかっておいた」

「鞄から？」

契約書という言葉に卓人は顔つきを変えた。

「時間のあるときにサインするから安心しろ。それまではここでゆっくりすればいい」

「ありがとうございます。ですが、実物を見ないで契約するのはお勧めできません。いったん今日マドリードにもどって、明日またこちらにきますので、そのときに改めてショールームに案内させていただけないでしょうか」

「そんなに慌てることはないだろう。明日までここにいればいいだけだ。改造するほうに注文したいことがあるし、打ち合わせもできる」

「どう改造されるのですか」

「車椅子用が欲しい」

「え……」

「知り合いに贈る分だ」

「知り合い……ですか」

誰か身体の不自由な知り合いでもいるのだろうか。車を贈るほどの大事な。

見たところ、この家に一人で住んでいるようなのだが。

「俺の分は別に見なくてもいい。おまえが適当に見つくろってくれ。性能は最高、乗り心地もよく、外観もマタドールにふさわしい凛《りん》とした新車だと電話で説明してくれたじゃないか」

「確かにそうですが、一目見て決めていただかないと、売る側としましても……」

肩からずり落ちそうになったシーツを手でとめ、卓人はなおもまじめな口調で続けた。

「わかったわかった。話はあとで聞く。食事のときに無粋な話はやめてくれ」

わずらわしそうに男は卓人の肩をぽんぽんとたたいた。

「……わかりました。では、いただきます」

卓人は透明なリンゴのジュースを口にふくんだ。体内に冷たい液体が染みこんでいくにつれ、次第に気持ちが落ち着いてくる。

それにしても自分はどうしてこんな失態ばかりを。昨夜のことは衝撃だったが、考えれば、薬、支店長の電話、寝坊、財布、それから服……と、なにからなにまで自分はこの男に世話をかけている。

「本当に昨日から重ね重ね申しわけありませんでした。なにもかも」

卓人は深々と男に頭を下げた。

「何でおまえが謝る。それなら謝らないといけないのは俺のほうじゃないか」

「どうしてあなたが」

「おまえをセビーリャに呼んだのは俺だ。車の話がしたくて招待したのに、そんなふうに謝られると申しわけない気持ちになる」

何ていい人だろう。少しばかり尊大なところもあるが、昨日から実感することは、この人の優しくて明るい人柄だ。

有名なマタドールなのに、ちっとも傲《おご》ったところがなく、自信家のスペイン人のはずなのに謙虚だし、細やかな思いやりに満ちている。

心があたたかくなってきて卓人は眸が潤むのを感

じた。

「いえ、ぼくがもっとしっかりしていれば」

卓人は濡れた目尻《めじり》を指先でぬぐった。

そんな卓人を横目で見つめ、男があきれたように笑う。

「頼りない男だ。そんなんじゃ世の中うまく渡っていけないだろう。もっとしっかりしろ」

そんなふうに慰められると、こちらがよけい自己嫌悪におちいるではないか。

数々の恥ずかしい失敗を重ねたあげく、年下のスペイン人に気をつかわれている。

しかも、この男は大切な客なのに。何という不始末をしでかしたのか。

卓人は恨めしげに男を見あげた。

「すみませんでした。ぼくはだめな男です。だから昨夜も前後不覚になって…」

つい口から出た言葉に、男が眉をひそめる。

財布や仕事について言ったのだが、男は申しわけなさそうに謝ってきた。

「あのことは悪かった。カルロスのことで泣いているおまえを見ていると、無性にせつなくなったんだ。どうしても欲しくて」

そう言って、男が視線を落とす。卓人はうつむいた。ほおがまた赤らんでくる。

「俺に陵辱されたと思っているのか？」

心配そうに言うフェルナンドの言葉に、卓人は首を左右に振った。

「い、いえ……酔って気が大きくなったせいもありますが」

卓人はまじめな顔で答えた。

「安心した」

ほっとしたように無邪気な笑顔をむける男に、卓人は申しわけない気持ちになった。

あまりにもショックだったのだ……。女性とも経験がなかったのに、いきなり男性と。しかもあんな狂態を晒してしまった。

それがどうしても信じられず、恥ずかしさと後悔にのたうちまわりたくなる。

だけど、イヤだとは思わなかった。

恋愛感情というよりは、慕わしさといった感情かもしれないが、この人の優しさや明るさには惹《ひ》かれるし、一緒にいると楽しいのも事実だ。

「どうした、少しは落ち着いたか？」

「は、はい」

「それはよかった」

フェルナンドは小首をかしげてにこやかにほほえみ、卓人の顔をじっと見つめる。

これはこの男のくせなのだろうか。わかってやっているのかいないのか、そうやってまじまじと凝視されると、こちらも目が離せなくなってしまう。

心もとなくなり、卓人は両手でグラスをつかみ、周囲を見渡した。

「あ……あの……そういえば、ご家族は？」

この家には使用人はいるが、一人で暮らしているようにも思える。父親や母親はどうしているのか。ここには家族の気配がまるでない。恋人がいれば自分を連れてきたりはしないだろうが。

「一人暮らしだよ。通いの家政婦《カマレラ》のパキータは、ここから五分ほどのところに住んでいる。一応、セビーリャ市内に、飲んだくれのバカ親父が一匹生息している」

バカ親父？　そういえば昨夜もそんなことを言っていた記憶が。

「お父《とう》さまもマタドールだったとパンフレットに書かれていましたが」

「十数年前に怪我で引退した。母親とはそのときに離婚した」

「お母さまは……確か闘牛士のユベールさんの母親と姉妹だか従姉妹だかで、ブロードウェーにも出ていたダンサーだと耳にしたことがありますが」

「ああ、女優のルナと母は従姉妹同士だ。名前はガラ・ミラン・カサレス。ダリの恋人だったガラと同じ名前で、似たタイプの金髪美女だ」

「じゃあ、フェルナンドさんはお母さまに似ているんですね」

「フェルでいい」

「あ、はい」

「そう、母親にそっくりだ。テレビで、あの女が歌っていると、自分の未来を見ているみたいでムカついてくる」

「好きじゃないんですか？」

「好き嫌いの前に、つきあい自体がない」

「連絡……とってないんですか？」

「一度、ちょうど一昨年の今ごろ、自分が従姉のルナと出演している番組で、合同親子対談をしないかとメールをよこしてきたんだ。ルナとユベール、ガラと俺の四人で」

「へぇ、おもしろそうですね」

卓人は笑顔で言った。

「バカバカしい。何で今さら母親と対談なんて」

「でも親子ですよね」

「だからって、どんな話をしろって言うんだ。あんたに捨てられて親父はめちゃくちゃな酔っ払い人生を歩んでますとか、闘牛士の息子を無理やり担ぎださないといけないほど歌が売れないのか……と、本当のことを言うわけにはいかないだろう。それはそれで愉快だが」

「その……ユベールさんというもう一人の闘牛士はどうされましたか？」

「即座に断っていた。しかもあの野郎、俺と違って、性格がひねくれているから、テレビの前で断った理由を正直に口にしやがった」

「正直？」

「ああ、堂々と答えていて笑っちまったよ。落ち目のテレビ女優とミュージカルダンサーがトレロになった息子たちに会いたがる理由はふたつしかない、と。ひとつはもう一度自分たちの名声を上げるため。もうひとつは息子たちの金だろうと」

笑いながらそう言って、フェルナンドはグラスに入れたジュースを口に含んだ。

「そんなこと……わざわざ正直に口にする人がいるんですか？」

すごい話を耳にした気がする。日本ではここまで露悪な話はあまり聞かない。

「正直に言うのも悪い話じゃない。俺と違ってユベールの野郎は根性がひん曲がった男だし、そのくらい平気で口にするだろう。父親が儚《はかな》げな美貌の闘牛士だったせいか、息子のあいつは……反面教師のようにに、強欲で、面の皮が厚い、最低の闘牛士になったってわけさ」

「はあ……」

「まあ、反面教師といえば俺も同じだ。あいつと反対で、親父が強欲で、根性の汚い男だったせいか、息子の俺はといえば、デリケートで、優しくて、騎士道精神にあふれた立派な闘牛士になってしまった」

自画自賛している、それを自分で言いますか……と思ったが、実際、闘牛場での彼は、本人が自己申告している以上に凜々《りり》しい姿を見せていた気がするので、卓人は少しばかり突っこみたい気持ちをこらえた。

「一人暮らしは天国だよ。たまに親父が金をせびりにくるが」

「お嫌いなんですか？」

「好きになれるか？　五歳のときから六年、アベルの親父さんに拾われるまで、俺はスリをやって親父を養ってたんだぞ」

横目で卓人を一瞥したあと、フェルナンドは首をすくめて笑った。

「――スリ？」

「その金を酒に変えるだけならまだしも、仲間からせがまれておごりまくってやがる。昨夜も金をくれてやったが、あいつのことだ、すぐに一文無しになるだろう」

「は……はあ」

フェルナンドは明るく笑いながら話しているが、とても笑える話とは思えない。

フェルナンドはしんみりとした卓人の髪に手を伸ばし、優しい仕草ですきあげてきた。

「そんな顔するな。闘牛士はそんなやつばかりだ。アベルのところにいるサタナスは殺人罪で投獄された過去があるし、ユベールの父親は引退したあとヤク中になって自殺、今、人気急上昇中のアルゼンチン野郎は男娼あがりの性悪……」

フェルナンドは事実をありのまま話しているだけだ。同情されたいわけではない。それはわかっているのだが、あまりに世界が違いすぎて胸の奥がうすら寒くなってくる。

「俺の話はさておき、おまえはどうなんだ。スペインで気に入った場所はあるのか？　アルハンブラ宮殿には行ったのか？」

「いえ。アンダルシアにきたのは初めてで」

卓人の返事に、男は驚きに眉をあげる。

「この半年、なにをしていたんだ？」

「仕事です」

当然のように言った卓人に、フェルナンドはあきれたように肩をすくめる。

「てことは、コルドバのメスキータもセビーリャのカテドラルも見ていないのか？」

「残念ながら。闘牛も昨日が初めてで、フラメンコも見たことがないです」

「めずらしいな。外国人はそのへんは絶対に欠かさないぞ。俺がおまえならまず一カ月くらい仕事を休んでスペイン中をまわるか美女と豪遊する。仕事はそれからだな」

「会社の派遣できているのですから、そんなことはできません。それに仕事はなにを置いても優先しなければ」

まじめに答える卓人を、男が鼻で嗤う。

「そんなに車の仕事が楽しいのか？　あんまり車に興味があるようには見えないが」

「そんなふうに見えますか？」

「ああ、車好きって感じじゃない。がつがつ働くビジネスマンって感じもしない」

鋭い男だと思った。

確かに車が好きで今の会社に入ったのではない。たまたま就職できたのが、この会社だったというだけだ。

それでも一生懸命やってきたのは、ここにいれば安定した生活ができる、一定収入が得られる、生活に困らない、なにより母が安心する……そんな理由からだった。

「おまえって。どっちかつーと、ベビーシッターとか、庭師。あと、そのへんの小麦をがーっと刈り取っているほうが合ってそうだ。あとはパン屋の兄さんって感じかな。まあ、いずれにしろ人生は仕事だけがすべてじゃないだろう。なにかしたいことはないのか？」

テーブルのパンに手を伸ばし、男が生ハムを巻いてそれを口に放りこむ。

「特別やりたいことなんて別に」

仕事だけがすべてじゃない。そう、それはわかっているが、かといって別に美女と恋愛したいわけでもないし、なにかこれがしたいというはっきりとした欲がない。

「あなたは好きで闘牛士になったんですよね」

ふいに問いかけた卓人の質問に、フェルナンドはいきなりなにを言うのかといった態度で、当然のように答えた。

「当たり前じゃないか。他の人生なんて考えたことはない」

「闘牛……楽しいんですか？」

「ああ」

「つまり……仕事として以上に？」

「闘牛士は仕事じゃない」

「え……」

「俺の宿命、運命だ。闘牛士は、神に選ばれた者しかなれない、そんな存在だ。トレロの魂《アルマ》を持った者だけが闘牛士を名乗れる。こういうのは仕事とはいわない」

「……」

トレロの魂？

どういうことなのだろう。

確かに神に選ばれた者だけがなれるという理屈は、他の芸術家やトップアスリートと同様に考えれば理解できなくもないが。

「だから俺は幸せだ。楽しくて楽しくてしょうがないよ。やりたい世界で、やりたい存在になれたわけだから。で、おまえはどうなんだ」

「ぼく……ですか？」

困った、本当にこういう質問は困る。

いったい、自分はなにがしたいのだろう。

そう思ったとき、フェルナンドがふと冷めた声で言った。

「じゃあ、なにが楽しくて生きているんだ」

「フェル……」

なにが楽しくて？　卓人は目を見ひらいた。

わからない。それこそ返事に困る。

この国にきてから毎日職場と下宿を行き来するだけで楽しさなんて求めて生活していない。それはおかしなことだろうか？

「やはり、仕事をしているときが楽しいです。努力して結果を出すことには実りがあります」

卓人はうっすらとほほえんだ。

「じゃなくて、俺が言っているのは意味のないこと、むだに楽しいことだよ。仕事は仕事だろう」

「むだに楽しいこと……ですか」

そう言われても本当に答えようがないのだ。

まじめに学校に通って会社に就職した自分。

飲み会や旅行も仕事のつきあいのひとつ。

理由もなく、ただ感情のままに楽しいと感じる時間を自分は一度も過ごしたことがなかった。

「スペインでひとつくらいは好きな場所とかないの

か？」

「あ、プラド美術館は行きました」

「そんなの、別に行くほどのところじゃない。本でもネットでも同じものはいくらでも見られる。それより他には？」

「他って……」

「見ておかないと後悔するぞ。なんならそのうち連れていってもいい」

「そうですね、そのうち」

笑ってそう言ったものの、そのうち……がないのはわかっている。

二週間後には帰国しなければならない。仕事の引き継ぎや部屋の整理にあけくれ、観光をしている余裕などないだろう。

フェルナンドとも、この仕事のあと、もう一度会うことがあるかどうか。

闘牛を見て、マタドールと知り合えた。それだけでも自分にとってはいい思い出なのだ。

だけど、帰国する前に——。

「で、どこに行きたいんだ」

「そうですね、聖地めぐりなんかにも興味ありますが……スペインといえば、やっぱりひまわり畑だけは見ておきたかったです」

卓人は思い出したように呟いた。

「ひまわり畑？」

目を細め、フェルナンドが子供みたいに楽しそうなまなざしでこちらの顔をのぞきこんでくる。

「子供のころ、なにかの番組で見たことがあるんです。どこまでも続くひまわり畑を。紺碧の空が夕日に染まってやがて夜の闇《やみ》に包まれていく姿。あれは本当に綺麗でした」

嬉しそうに笑顔をむけた卓人を、フェルナンドはバカにしたように笑う。

「つまらない。そんなものなら、俺はガキのころからくさるほど見てる」

「ぼくは全然見てないんです」

「日本にはひまわりもないか」

「ひまわりはありますけど……スペインというとひまわり畑のイメージなんです。あなたたちが日本のフジヤマや忍者や芸者に抱いているイメージと同じで」

「なるほど。つまり日本人は、ひまわり畑にエキゾチズムを感じるわけか」

フェルナンドは感心したように呟き、テーブルの上の洋梨を皮ごと囓《かじ》った。

「さあ、さっさとなにか食べろ」

小さなラズベリーを一粒つまみ、卓人の唇に近づけてくる。

卓人は戸惑いがちに上目づかいで男を見た。

妖しく、美しい琥珀色の双眸。

昼の明るい光の下で見ると、馥郁《ふくいく》とした天人花の香りにも似て、見ている者の心を甘く濃く蕩かしていく。

胸が詰まるような気がして、卓人はゆっくりと視線をそらした。

「すねるな。ひまわり畑なら、そのうち連れていってやるから」

「別に、すねてなんて」

「絶対すねてる」

そう言って声をあげて笑う男に、卓人もつられて声を出して笑った。

楽しい……というのはこういうことなのだろうか。なんの意味も理由もない。

ただ声をあげて笑うこんな時間のことを。

この男が客でもマタドールでもなければいいのに。

ふと、そんな思いが頭をよぎる。

そうしたら、友達になって帰国後もメールや手紙で連絡を取り日本に招待したり……と気軽に友達づきあいできたかもしれないのに。

「食べろ。昨夜からなにも食べていないだろう。腹が減ってたおれてしまうぞ」

無邪気な笑顔でせかし、男が唇の前で小さなラズベリーをゆらゆらと揺らす。

そんなに空腹ではないが、まあいい。

目を伏せ、卓人はそっと唇をひらく。

甘い匂いを漂わせたラズベリーがそっと唇に触れ、それを押しこむように熱っぽい唇が押し当てられてきた。

「フェル……」

驚いて目を開けた卓人の首に腕をまわし、肩を抱き寄せながら、男の舌が唇の内側にラズベリーを押しこむ。

「ん……っ」

熱っぽいくちづけ。舌の上で弾けた果実の甘酸っぱい匂いが口内に広がり、そのまま舌を搦めとられ、胸が甘く疼く。

「ん……っ……ふ……ん」

心臓が高鳴っている。唇を重ねるのは昨日から何度目だろうか。

唇を啄まれ、甘く舌先を咬まれ、口腔を貪られることになぜか心地よさを感じている。

白壁に光を反射させたパティオがまぶしい。降りそそぐ陽射しが暑い。

この光の強さに目がくらんで、自分がなにをしているか、このひとが男性だとかそういうことがどうでもよくなっているのかもしれない。

あまりにもスペインの太陽がまぶしくて。

うすく細めたまぶたのむこうに紺碧の空が広がっていた。

ただ静かに、美しく。


シェスタの時間、アンダルシアの空からは一日で一番強い太陽が照りつけてくる。

昼食のあと、フェルナンドはシェスタのため寝室にむかった。

「一緒に寝ないか？　気持ちいいぞ」

寝室の前で振りかえったフェルナンドを、卓人は笑顔で見送る。

「いえ、どうぞごゆっくり」

着替えを受け取って応接室にむかう。

いつの間に用意してくれたのか。真新しいシャツもズボンも下着もすべてあつらえたように卓人の身体にぴったりだった。

白地に細い紺のストライプが入ったシャツは一見平凡だが、襟元のタグを見ればスペイン王室御用達のブランドマークが入っている。

さすがに下着は違ったが、ベージュのコットンのズボンも同じブランドだった。

マドリードに戻ったら、服代を払わなければ。

そんなことを考えながら、卓人は携帯を摑み、支店長に電話をかけた。

日本から派遣されている支店長はモラルや規律に厳しい昔気質《かたぎ》の男である。

日本人から派遣された社員が、労働よりも娯楽を好むこの国の風潮に流されないよう厳重に社員の統制をはかっていた。

フレンドリーなスペイン人はすぐに親しげにしてくるが、仕事相手はあくまで仕事相手、深く関わるな、そう言われていたのに。

なのに営業相手の家に泊まりこんだことはともかく、数々の失態を重ねたあげく、酔っ払って、身体の関係までもったことがばれれば、自分はその場でクビになってしまうだろう。

「——え、ええ、はい、もう体調はすっかり。ご心配をおかけしてすみませんでした」

叱られるだろうと覚悟していたが、支店長の態度はことのほか穏やかだった。

『電話をかけたときは驚いたよ。いきなりフェルナンド・ペレスが出るんだからな』

「申しわけありませんでした」

卓人はうなだれたように言った。

『しかしな、芳谷……私はサッカー選手や闘牛士に車を売ってこいとは言ったが、自宅に泊めてもらえなど命じたおぼえはないぞ』

「はい、すみません」

『帰国前にそんなところに行って、なにかあったらどうするんだ』

「支店長……」

『フェルナンド・ペレスがどういう人物かは知らないが、仕事のためとはいえ、私は日本人の社員が闘牛界の人間と知り合うのはどうかと思うんだ』

「……どういうことでしょうか」

卓人はかすかに眉を寄せた。

『闘牛士はスペインでもエリートや学歴のある人間ではない。スラム出身者や犯罪者も多い。英雄コルドベスも犯罪歴があるし、サタナスに至っては殺人犯だ。うかつに近づいていい相手じゃない。ただのビジネスの相手、そう割り切らないと』

その差別的発言に胸が悪くなりそうだった。卓人はきつい口調で問いかけた。

「どういう意味ですか？」

『スペインの知的階級の人間は闘牛を自国の恥と思っている。残酷で野蛮な闘牛がスペイン人のレベルを下げ、世界から動物虐待の国という目で見られている原因だと嘆いているんだよ』

「闘牛はスペインの文化ですから、外国人がどうこういうものではないと思うのですが」

『それはわかっている。しかしこの現代になにが楽しくて闘牛をしているのか私にはわからないね。前近代的な衣装を着て観衆の前で牛を殺す。食用にするとはいえ残酷すぎないか』

支店長の言いたいことは、卓人にも何となくわかるのだが。

『効率の良さと理性を求めたこの科学の時代に、どうしてあんな感情的で原始的なことを行っているんだ。昨日もセビーリャで若い闘牛士が死んだそうじゃないか。この現代社会で牛に殺され、一生を棒に振るとはくだらない話だと思わないか』

支店長の言葉が重く心に降り落ちていく。

携帯電話を切ったあと、卓人はぼんやりと部屋を見渡した。

パティオに面した白壁の広い空間に、革張りの大きなソファセットと、飾り棚が置かれただけのそっけない応接室。眩しい午後の陽光がパティオから漏れている。

日本語で支店長と話したせいだろうか、夢から覚めた気分になっていた。

自分の言葉、自分の日常にいる人間の存在。

それが卓人の意識に、現実生活を思い起こさせ、今ここにいることに違和感をおぼえさせる。

ここは自分のいる場所ではない——と。

フェルナンドはあくまで仕事の相手。友達でもなければ、ましてや恋の相手でもない。

継続的につきあえたら……なんて、よくそんな発想が出てきたものだ。

自嘲気味に笑い、卓人はテーブルに視線を落とした。無造作に新聞が置かれている。

ソファに腰を下ろし、卓人はそれを開いた。

一面のトップには、王子の門から凱旋退場するフェルナンドの写真。

セビーリャの希望の聖母がフェルナンドのためにほほえむ、というスペインらしい派手な煽《あお》り文句とともに、闘牛の内容が紹介されていた。

記事を追っていくと、下部に一人のマタドールが牛に突き上げられている写真が載っている。

卓人はひとつずつ単語を確かめ、慣れないスペイン語の記事を追っていった。


昨日、春祭に沸くセビーリャのレアル・マエストランサ闘牛場に歴史的な事件が起こった。

若く凜々しいフェルナンド・ペレスがセビーリャで成功した陰で、コロンビア出身の正闘牛士カルロス・リッテルが闘牛場に散った。

悲劇が起こったのは、後半、彼の二頭目の牛のときだった。

大声援を浴びたサタナスとフェルナンドへの対抗心もあったのだろう。

カポーテで牛を先導したカルロスの首を牛の右角が突き刺したのち、鋭利な角がカルロスの右大腿部《だいたいぶ》と下腹部を貫いたが、致命傷は地面に落下したときの頭蓋骨《ずがいこつ》の骨折と出血多量。

享年二十六歳。

病院に駆けつけたフェルナンドは終始無言で、カルロスの兄で、闘牛士セバスティアンと連絡をとって——。


そこまで読み、卓人は眸が潤んでいることに気づいた。

この現代に牛に殺されるのはくだらない……といった支店長の言葉とともに、昨夜、自分だったとしても泣いてくれたかと訊いてきたフェルナンドの声が耳の奥で甦る。

フェルナンドはどうしてマタドールになったのだろう。

父親がそうだったからかもしれないが、命よりも大切なものがこの世にあるのだろうか。

卓人は新聞に載ったフェルナンドの写真に視線を落とした。

瀟洒《しょうしゃ》なセビーリャの闘牛場から、笑顔で退場している男……。

うつろな表情でどのくらい新聞を見つめていただろう。ふとほおを撫でた風に顔を上げた卓人は、戸口に立つフェルナンドに気づいた。

「フェル……」

寝起きにシャワーでも浴びてきたのか。

まだ生乾きの髪をけだるそうに指でかき上げながら男が部屋に入ってきた。

「コーヒーでも飲むか」

フェルナンドの後ろから現れた家政婦のパキータがコーヒーカップをテーブルにならべ、とくとくポットからそこに注いで応接室をあとにする。

「おまえも座って飲め」

ゆったりとソファに座り、あごで隣の席を指し示すと、フェルナンドはカップに手を伸ばした。

そっと卓人はその隣に腰を下ろす。

「あの、昨日の……」

と言いかけ、卓人はテーブルに三人分のカップがあることに気づき、言葉を止めた。

「今から客がくる」

あくびを嚙み殺しながらわずらわしそうに吐き、フェルナンドはテーブルの上のオレンジに手を伸ばした。

ナイフで器用に皮を剝き、ひとかけら、卓人に挿しだしてくる。

「ありがとうございます。あの……お客さんがくるのでしたら、ぼくは別の場所に」

新聞を抱き、卓人は立ち上がった。腕をつかみ、フェルナンドが止める。

「いや、いい。ここにいろ」

フェルナンドは口元に不遜《ふそん》な笑みをうかべ、剝きたてのオレンジの欠片を囓った。

いつもの明るさや無邪気さはない。美しいが、背筋がぞっとするような冷酷さをたたえている。

ゆったりと足を組み、けだるそうにソファにもたれたフェルナンドからは、なにか刺々《とげとげ》しいものを感じて居心地が悪い。

卓人は首をすくめながらその場に座り直した。

ふいにフェルナンドが表情をなごませ、舐めるように卓人の全身を眺めていく。

「そのシャツ、スーツよりずっといい。脱がせたくなるな」

笑顔で明るく笑う姿は、さっきパティオで食事をしていたときのものだ。

卓人のほおを指の関節でつついたあと、フェルナンドは首筋に手を這わせてきた。

一撃で巨大な牛を仕留める大きな手が首から鎖骨のあたりを覆い、長い指の先が膚の弾力を確かめていく。

また、そんなことをして。

卓人はかすかに首を引き、困惑した顔で腰を横にずらす。

しかしすかさず背中にまわったフェルナンドの手が卓人の腰を抱きこみ、シャツの裾からすべりこんで脇腹を撫でていく。

「日本人に触れるのはおまえが初めてだが、誰でもそうなのか？　肌理《きめ》が細かく、どこもなめらかに潤って指が溶けてしまいそうだ」

フェルナンドの胸を突っぱね、卓人は首を左右に振った。

「日本人がめずらしいからって、こんなことをするのは」

「バカ、おまえが気に入っているからじゃないか」

笑いながらフェルナンドが耳にくちづけしてくる。

そんな熱っぽい声を出し、耳元で囁くのはやめて欲しい。甘くかすれた声音が鼓膜にふれ、熱い息が膚を嬲って溶けそうになってしまう。

「やめてください。ぼくは…車のディーラーで、あなたは客です。それに今から来客があるのでは」

うつむき、卓人は震える声で言う。

そんな反論など気にもせず、卓人の下顎をつかんで男が耳に唇を近づけてくる。

「ん……っ」

耳朶を甘く咬み、首筋を熱い唇が這っていく。

シャツ越しに密着した男の体温が自分を包み、胸や腹部を撫でる手の熱さに次第に膚が汗ばんでくる。

パティオから風が吹きこみ、けだるい午後の倦怠感に意識がくらみそうになったとき、卓人の視界でなにかが揺れた。

「フェル……」

目を見開いた卓人は、戸口に立つ人影に気づき、身体を硬直させた。

気配でわかったのだろう、フッと鼻先で嗤い、フェルナンドが振りかえる。

「フェルナンド」

低く抑揚のある声が響き、その黒髪の男が部屋に入ってくる。

何者だろう。この国の人間にしては、肌が浅黒く、端正ではあるが、フェルナンドとは少し違った人種だというのが一目でわかる。

卓人はフェルナンドから身体を離し、シャツをただした。

「セバスティアンか。待っていた。コロンビア人のくせに時間に正確だな。コーヒーでも飲んでいけ」

立ち上がり、フェルナンドが慇懃《いんぎん》に言う。

セバスティアンという名。昨夜亡くなったカルロスの兄で、コロンビア出身の闘牛士に違いない。

喪服をまとい、南米系の男らしい褐色の肌、端正な顔立ちのなか、陰鬱《いんうつ》そうな黒い眸に怒りの色を閃かせていた。

「コーヒーを飲みにきたんじゃない。おまえを殴りにきただけだ」

部屋に入り、セバスティアンはフェルナンドの胸をつかんで拳をあげた。

鈍い音が響き、思わず卓人は肩をすくめた。

いきおいよく弾け飛んだフェルナンドの身体が飾り棚にぶち当たる。

「フェル……」

立ち上がった卓人を、フェルナンドが醒《さ》めたまなざしで制止する。

「おまえはそこにいろ」

卓人は動きを止めた。

乱れた金髪をかきあげ、フェルナンドがほくそ笑みながら、ゆっくりと立ち上がる。

「殴るのはいいが、少しは遠慮しろ。俺は顔も売りものなんだ」

フェルナンドは殴られたほおを手の甲で撫で、喪服の男に歩み寄っていった。

いったいなにが起こっているのか。

セバスティアンがフェルナンドになにか怒っていることだけはわかるが、どうして――。

息を詰め、卓人は二人を交互に見た。

「その顔はおまえには宝のもちぐされだ。多少崩れていたほうが、そのどうしようもない根性同様に、ちょうどいいんじゃないか」

「それは困る。銅像になったときに、見栄えが悪いのはごめんだ」

肩をすくめてみせたフェルナンドの言葉に喪服の男が舌打ちする。

金と黒の二人のマタドールの間に見えない火花が飛び散り、彼らの身体から獰猛《どうもう》な獣の匂いが立ちこめている気がした。

「弟の代わりにおまえが死ねばよかった」

再びセバスティアンがつかみかかろうとした手を払いのけ、フェルナンドがそのあごを拳で勢いよくたたき上あげる。

「くっ！」

喪服の男が吹っ飛び、床に崩れる。

フェルナンドはその身体にのしかかり、鋭利なまなざしで喪服の男を見下ろした。

「俺を憎み、哀しむのはおかしい。おまえの弟は闘牛場で死んだんだ。こんなめでたいことはない。スペイン中が嘆き、伝説にしてくれる。たとえそれがコロンビア人の闘牛士でもな」

フェルナンドが冷たい笑みをうかべる。

めでたい――？

卓人は耳を疑った。

「よくも……そんなことを」

「闘牛場で死んだことで、カルロスはトレロとして完璧な人生を送ったんだ。コロンビア人がスペインで伝説になれるんだぞ。こんな栄誉、他にあるのか。盟友として、兄のおまえに祝福の花を贈ってどこが悪い」

その冷酷な声、言葉に、卓人は身体が凍りつくような気がした。

祝福……。

聞きまちがいではなかった。フェルナンドは、弟を喪った男に祝福の花を贈った。

どうして、そんなひどいことを――。

「おまえと同じ日に出たトレロや助手が死ぬのはこれで五人目だ。おまえは自分が仲間内から悪魔と呼ばれているのを知っているか」

首をすくめてほほえみ、フェルナンドが否定する。

「俺のせいじゃない」

「おまえのせいだ」

はっきりと言い切る男に、フェルナンドは一瞬押し黙ったあと、口元に歪んだ笑みを浮かべた。

「セバスティアン、憎むなら、自分自身を憎め。おまえの家を、着ている服を、食べているもの、栄光、闘牛で得たもののすべてを」

フェルナンドは喪服の男を見据え、冷たくひずんだ声で吐き捨てる。

「なによりもおまえの国、コロンビアを憎め」

「何だと」

黒い眸に憤怒の焔《ほのお》を揺らめかせ、喪服の男はフェルナンドをにらみつけた。

「コロンビアでどさ回りの闘牛でもしていれば、こんなことにはならなかっただろう。おまえがスペインにきて、闘牛界に入らなければ、カルロスだってついてこなかった。いや、闘牛士になろうなんて考えなかった」

「フェル……」

「そもそも一家や一族を貧困から救うため、この国にきて闘牛士になったのはおまえだろ。マドリードでデビューする日、コロンビア大使館から何て言われた？　コロンビアの恥を晒すな、おまえが失敗すれば、またコロンビアがバカにされる。だからスペイン人の前で闘牛をするのはやめろと言われたんじゃないのか。なのに、おまえはここで闘牛をする道を選んだ。その姿を見て、弟のカルロスも同じ世界に入った。だったらすべての原因はおまえじゃないか」

高慢に吐き捨て、フェルナンドが立ち上がる。

卓人は身体を震わせ、その姿を見た。

ここにいるのは、誰なのだろう。

甘い声で口説き、明るい笑顔で自分をからかう男とは違う。

優しく髪を撫で熱いくちづけをしてくるあの男とまるでちがっていた。

「おまえは狂っている、フェルナンド」

ネクタイを整えて立ち上がり、喪服の男はフェルナンドを睥睨《へいげい》した。

「そんなふうにしか思えないなら、ここで一流になるのは無理だ。負け犬としてさっさとコロンビアに戻っちまえ」

突き放すように言うフェルナンドに、セバスティアンはぞっとするような昏《くら》い笑みを口元に刻んだ。

「誰が国になど。ここで成功し、スペイン人どもをひれ伏させるまでは…」

「なら、喜べ。少なくとも、弟のカルロスは伝説になれたわけだ。新人としてデビューしたばかりの末の弟にもいい見本になれただろう」

フェルナンドはそう言ってこれ以上ないほどの笑顔をむけた。

「最低の男だな。おまえが死んだとき、俺は金の衣装を着て祝福してやるよ」

「それはありがとう。あいにくあの世からなので、おまえの晴れ姿を見ることはできないが」

フェルナンドが尊大に言う。

「いい根性をしてる」

ふっと口を歪めて嗤い、喪服の男はフェルナンドに背をむけた。

扉にむかう途中、セバスティアンというその男は卓人の前で立ち止まり、肩に手を伸ばしてくる。

フェルナンドに見せたものとちがって、彼の眼差しは慈愛に満ちていた。

「きみが例の日本人か。醜態を晒して悪かった。カルロスのことを心配してくれた噂は仲間から聞いた。ありがとう。きみの気持ちには心から感謝している」

「え……」

「昨日、バルで……」

「あ、ああ、あのことですか」

弟さんのご冥福《めいふく》を祈っていると言うべきか迷ったが、フェルナンドの手前、卓人は言葉にするのをやめた。

喪服の男の肩をのけ、フェルナンドが卓人を腕のなかに引き寄せる。

「さわるなっ！」

そんなフェルナンドの姿を喪服の男は目を眇めてじっと見たあと、ふいに楽しげに笑った。

「ずいぶん気に入っているようだが、めずらしいな、今まで自分と同レベルのビッチにしか興味がなかったおまえが」

フェルナンドが眉をひそめる。

「どういう意味だ？」

「悪魔が希望の聖母に恋をした……ということか。おもしろくなりそうだな。神は公平だ、ちゃんとおまえに罰を下そうとしているわけだ」

皮肉めいた口調で呟き、喪服の男は応接室をあとにした。

今のはなんだったのか。

不安げに睫毛を瞬かせる卓人に、白い歯を見せてフェルナンドがほほえみかけてくる。

「気にするな。あいつは弟を喪って気が動転しているだけだ」

殴られたほおが痛むのか、フェルナンドはかすかに顔を歪めていた。

「そうだ、ほお、冷やさないと」

卓人は周囲を見わたした。

しかしフェルナンドは卓人の肩をつかみ、胸に抱き寄せる。

「たいしたことはない。怖がらせて悪かった」

やわらかな口調で囁き、フェルナンドが卓人のほおに唇を近づけてくる。

けれど卓人にはその言葉がひどく作り物めいて聞こえてきた。

まぶたを瞬かせ、卓人は心もとなげにフェルナンドを見た。

「……あいつは生粋のスペイン人じゃなく、コロンビア出身だ。迷信深くて、俺とは違う価値観で生きている」

「コロンビア……」

そんな国の名前を言われても、卓人にはあまりピンとこない。

地理的にはメキシコとペルーの間にあって、かつてスペインの植民地だったのでスペイン語を話すということを学校で習った。

それからカリブの海賊の本拠地だったとも。

エメラルドやコーヒーの産地。

あとは麻薬密売や誘拐、殺人が横行していた恐ろしい国だという印象も強い。

けれどその程度の知識しかない。

「あなたの遠縁のユベールという人はフランス人のようですし、コロンビア出身の闘牛士もいるんですね」

日本の相撲界にも、モンゴルやハワイ、東欧出身者がいる。

スペインにも外国人闘牛士がいてもおかしくはないだろう。

「当然だ、フランスもコロンビアも闘牛が開催されている国だ」

「闘牛って……スペインだけのものじゃないのですか？　あ、ポルトガルでもあるというのは、テレビ番組で見たことがありますが」

「闘牛はスペインだけのものじゃない。北半球が闘牛のシーズン中はスペインと南フランスで闘牛をやるし、メキシコでも同時期に何度も開催されているんだ」

「メキシコでも？」

「ああ、こちらが冬場になってオフシーズンになっているときは、季節が反対なので、南アメリカで闘牛をやる。コロンビアだけじゃなく、ペルーやベネズエラ、エクアドルでも」

「そんなに盛んなのですか」

驚いた。それほど広い世界で行われていることだったとは。

「コロンビアには、抑圧された歴史がある。アフリカから連れてこられた奴隷、権威的な教会や抑圧への不満。俺には理解できない世界が彼らの内側にはあって、だからすぐ死神だの地霊だの悪魔だの、迷信じみたことを口にするんだろう。直訳して受け取らなくていい」

いつもの甘い琥珀色の双眸、美しい笑み。そこには先刻見た冷酷さは微塵《みじん》もない。

（ぼくがスペインの人を理解できないように、またこの人もさっきの喪服の男の人を理解できない。同じスペイン語を話し、同じように闘牛という文化がある国の者同士ですら）

国の価値観、人種の価値観というのは一体何なのだろう。

あまりにも違う文化や価値観で育った者同士が理解しあったり、わかりあえたりすることはないのだろうか。

不安げに眸を揺らす卓人の髪を男がくしゃくしゃと撫でてくる。

「どうした？」

「いえ、あの……祝福の花を贈ったのは本当ですか？」

フェルナンドは片眉を上げ、苦笑をうかべる。

「ああ、祝ったよ。それほどすばらしいことはないからな」

さらりと言われ、卓人は表情を曇らせた。

なにを言っているのか、この男は。

「本気で言っているんですか？」

卓人は冷めた声で訊いた。

彫刻を思わせるなんの表情もない顔で男が自分を見下ろす。

「悪いか？」

「どうして……」

声を震わせる卓人に、フェルナンドは恍惚とした美しい笑みを見せた。

「トレロは闘牛場で死ぬのが一番美しい。俺も闘牛場で死ぬから」

「つまり……それは俳優が舞台で死ねれば本望と言っているようなものですよね」

フェルナンドの言葉を、卓人は何とか自分の価値観の中にとどめたかった。

そうでなければ、わからなくなってしまう気がして怖いのだ。自分に示してくれた優しさや笑顔までもが。

「俳優のことはわからないが、俺たちには常に死ぬチャンスが与えられている。殺すか殺されるか、ともに死ぬか。闘牛場にあるのは死の恐怖と命を賭けた恋のような熱さだけだ。その果てにある死。最高じゃないか」

陶然と、幸せそうに語るフェルナンドに、卓人はおそるおそる訪ねた。

「では、あなたも本気で闘牛場で……」

死ぬつもりですか――とじかに訊けなかった。震える声で、直訳すると、あなたは、本気で闘牛場でするつもりなのか……という単語を使うことしか。

フェルナンドは当然のように笑顔で答えた。

「ああ、そのつもりだ」

そのつもり。闘牛場で死ぬつもり。

卓人の顔から血の気が引いていく。

「その日までは殺し続ける。自分を殺そうとする相手を征服し、殺した瞬間の恍惚感は……味わった者にしかわからないだろう」

わかるわけがない。殺すだの殺さないだの、そんな感情、普通の人間なら。

違う。あまりにも価値観が違う。

フェルナンドが本気でそんなことを考えているなんて。

混乱のまま目をみはる卓人に、男が冷めた声で尋ねてくる。

「俺が……怖いのか？」

卓人の下あごをつかみ、フェルナンドが顔をのぞきこんでくる。

そのまなざしは、いつもの優しく甘い色をにじませていた。

自分はスペインにきて半年。陽気で気さくなスペイン人しか知らない。

けれど心のどこかで疑問をいだいていた。

ひとなつこく、優しくて陽気なスペイン人が、どうして闘牛のような刹那的で破滅的な文化を持ち、そしてフラメンコのような昏い情念をまとった世界を生み出してきたのか。

闘牛やフラメンコだけではない。

卓人が行ったことのある唯一の観光地――プラド美術館にあるスペイン絵画もそうだ。

エル・グレコの描く色彩の陰影の濃さ。

ベラスケスの描く王族たちの翳りのある表情。

そしてなによりゴヤの描いた黒い絵シリーズ。

戦争の悲劇や人間の苦悩が描かれたその絵のなかの、とりわけ「我が子を喰らうサトゥルヌス」の絵は衝撃的だった。

子供に王座を奪われるという予言を恐れた父親が、次々と自分の子供を食べてしまう絵。

父親もまた父親から王座を奪ったという。

その絵からも、闘牛からもフラメンコからも、そしてアランフェス協奏曲といった音楽からも、スペインにあるのは、明るさだけではない。

そこにあるのは、生と死。

そして愛と哀しみ。栄光と悲劇。

（ああ、だからこの国が光と影といわれているのか

もしれない）

ふとその言葉が確信となって胸に広がっていく。

きっとそれは日本人にはわからない世界なのかもしれない。

フェルナンドのことがわからないのも、多分。

そう思うと、あきらめにも似た気持ちが胸に広がり、自然と微笑がうかんできた。

「いえ、怖くないです」

「よかった。残酷とも思わなかったか？」

「はい」

「それなら安心だ。嫌われたかと思ったが」

明るい笑顔をむけ、甘い言葉を囁いてくるこのひとが哀しい。

「嫌うなんてとんでもない。突然きた日本人によくしてくださって心から感謝しています」

ほほえみながら言った卓人に、フェルナンドが目を細める。

「おまえの機嫌が直ってよかった。じゃあ、そろそろ行こうか」

そう言ってフェルナンドは時計を見た。

「――行く？」

「もう午後七時だ。あの男のせいで遅くなってしまったが、まだ間に合うだろう。さあ、行くぞ」

フェルナンドが肩をつかみ、歩きはじめる。

「待ってください、あの、どこに」

「ついてこい」

無邪気に笑い、フェルナンドは卓人を引っ張って外にむかった。

午後七時を過ぎてもアンダルシアにはまだ濃い青空が広がっていた。

紺碧の空の下では、褐色の灌木《かんぼく》が夏のような陽射しにさらされている。

家を出た車は夾竹桃が一斉に咲き誇る道路をまっ

すぐ郊外にむかっていった。

いったいどこに行くつもりなのだろう。

高速のようなところに入り、ひたすら一本道を進んでいく。

ここにもお化けのように大きな夾竹桃が延々と植えられている。

道路の標識を見ると、ヘレス・デ・フロンテーラやカディス方面にむかう道を進んでいるらしい。

「海のほうに行くんですか」

確かカディスは大西洋に面していたはずだが。

「ああ、そうだな。海までは行かないが」

高速のむこうには、なだらかな丘陵に美しい小麦畑が続いている。

時々、牛や馬の牧場が見えたかと思うと、今度は白い家々の建つ集落が見えた。

「牧場……多いんですね」

「ああ、馬や牛を轢《ひ》かないよう気をつけないと」

「……そんなことあるんですか」

「俺はないが……同僚二人が、それで車を壊したことがある」

「え……」

「このあたりは、見ての通り外灯が殆《ほとん》どないから、夜は自分たちのヘッドライト以外、たよれるものがないんだ」

「確かに……そうですね」

言われてみると、国道の脇には殆ど外灯らしいものが立っていない。まわりには民家もなにもないので、夜は真っ暗になるだろう。

「ユベールと、あいつと色っぽい噂のあったロサリオって新人とが、闘牛のあと、このあたりを連なって車で移動していたときのことだ。ユベールの車が、突然、飛びだしてきた馬とぶつかってしまって」

「……」

「ユベールは驚いてハンドルを切って、そのあたりの茂みに突っこんで車は大破。勢いよくはじき飛ばされた馬は、後ろにいたロサリオのボンネットに落下して…」

「落下して？」

「あ、馬は農耕用のたくましいやつだったから、すぐに病院で手当をして怪我はよくなったんだが……残念なのは、ユベールとロサリオの車だ。馬の落下にびっくりしたロサリオのやつ、そのまま茂みに突っこんで、深紅のフェラーリがただの鉄くずになったらしい」

「……」

　フェラーリが鉄くずになった……と想像しただけで、どんな闘牛士か知らないが、ロサリオという男がかわいそうになってくる。

「ロサリオがかんかんに怒って、ユベールと大げんかになって……そこをパパラッチに撮られて……あれは愉快だったな」

　ハハハハと明るく笑って、フェルナンドは面白《おもしろ》おかしく話しているが、考えると、けっこう衝撃的な話だ。

　二人も馬も助かったからよかったものの。

「そんな心配そうな顔をするな。もう何カ月も前の話だ。二人ともぴんぴんして闘牛をやってる。あいかわらず、だらしない下半身の話題をゴシップ誌に提供しながら」

「はあ」

「二人とも闘牛士としては優れているが、あとは最悪だ。性格も頭も下半身も最悪。まあ、闘牛士ってのはそんなやつばかりだけど」

　確かに、支店長もそんなふうなことを口にしていたが、ユベールというのは少なくとも親戚……つまり身内ではないのか？　それなのに、バカだの最悪だのと言ったりして。そういうことは気にしない民族なのだろうか？

　ちらりと卓人はフェルナンドを見た。

「まあ、いい。バカの話題はここまでにしよう。ドライブがつまんなくなる」

　フェルナンドがハンドル脇のデッキのスイッチを

押すと、軽やかな音楽が流れてきた。

スペインのポップスだろうか。

デッキからサルサに似たエキゾチックでノリのいい音楽が聞こえてくる。

「待ってろ。今からとっておきのところに連れていってやるから」

軽く音楽に身体を揺らし、口ずさむフェルナンド。目が合うと首をかたむけてほほえみかけてくる表情は、さわやかでイケメンの二十一歳の青年といった印象でしかない。

さっきの喪服の男との会話などすっかり忘れたような態度に、卓人は拍子ぬけしていた。

「どうした、思いつめた顔をして」

左腕をハンドルに置き、すっと右手を伸ばし、卓人の肩に手をかける。

「あ、あの、そういえば、この車ってあなたのですか？　確か事故をしたと」

紺色で大型のメルセデスを卓人は見わたした。

「アベルからの借り物だ。新車を購入するまでの間だけ」

サングラスをかけ、フェルナンドがスピードをあげ、ハンドルをまわしていく。

「専属の運転手はいないんですか？」

「雇っているやつもいるが、俺には必要ない」

「でも、北部のバスク地方やナバーラ地方だと、ここから千キロ以上の距離がありますよね。まさか、すべて車で？」

「そうだ。俺たちの毎日は旅の連続だ。運転手を雇う雇わないは別として、ほとんどがスペイン全土を車で移動しているよ」

スペイン全土を車で……。

信じられない。本当にそんなハードワークをこなしているのか。

スペインでマタドールに車を売ると宣伝になるという話は、つまり移動のために車を使うからということだったのか。確かにスペイン全土に車の宣伝をしてもらっているようなものだが。

「じゃあ、フェルナンドは全部自分で運転しているんですか？」

「ああ」

「それで闘牛に出るなんて……大変じゃないんですか？」

「みんなそうやってる、ユベールだって、ロサリオだって」

「体力……もちますか？」

「それが闘牛士の日常だ」

「大変ですね」

「いや、いいんだ、そのほうが。車のなかだけでも独りになれる。春から秋のシーズン中は、興業地から興業地を移動して、めったに家に戻れない。闘牛場で客にかこまれ、ホテルでファンにかこまれる毎日だ、移動中くらいひとりで過ごしたいものだ」

　車は白い家が連なるいくつかの小さな村を通りこし、どこまでも続く小麦畑と赤茶けた丘陵の間の細い道に出る。

　対向車は一台もない。

　時間が流れているのさえわからない。

　スペイン人が時間にルーズなのも、こんな大地を見て過ごしているならばうなずけた。

　ゆるやかな高低はあるものの、道はどこまでも平らかで、視界をさえぎるものはなにひとつなく、雄大な大地が広がっている。

　やがて、前方に大きな黒い牛の看板が見えてきた。

　見渡すかぎりの大草原が広がり、何十頭という牛が放たれている。

　漆黒の牛たちが自由に野を駆けまわっている光景はのどかで、それが闘牛用の牛だと気づくまでに少し時間がかかった。

「あれは……闘牛用の牛ですよね」

　卓人は窓を開け、外を眺めた。吹きぬける風が髪を乱し、手でおさえる。

「そうだ。あれは……俺の前のマネージャー、ロサーノの牧場のひとつだ」

「放し飼いしているんですか？」

窓に手をかけ、卓人は荒々しくほおを打つ風に目を細めた。

「ああ。野生のまま育て、闘牛場に出るまで人と接触させない。だから闘牛場で牛は本能のままに動くことができるんだ」

知らなかった。

てっきり厩舎《きゅうしゃ》かなにかで飼われているものだと思っていた。

「俺は……ロサーノに十一歳のとき、ここで拾われたんだ。深夜、同じ闘牛士志願者の仲間と闘牛の練習をしようと忍びこんだときのことだった」

運転しながら、フェルナンドが思い出したように呟く。

「深夜？　暗くて見えないじゃないですか」

振りかえり、卓人はフェルナンドの横顔を見あげた。

「だからいいんだよ。警備員からも見えないし、視覚に頼れない分、牛の動きを空気で感じ取ることができる。最近は闘牛学校で闘牛の技を学ぶようになったが、昔はみんなそうやってトレロになったものさ」

「怪我はなかったんですか？」

「怪我？　たまにな、怪我から牛の角のウイルスが広がって化膿したこともあったが……健康だったので何とか」

明るく言うフェルナンドに卓人はぞっとした。助手席のシートに深々と座り、胸に手を当てる。

「よく無事でしたね」

「俺はな。だけど、仲間は何人も死んだよ。牛に殺されたやつ、警備員に見つかって逃げたときに車に轢かれたやつ、逃げているうちに草原で飢え死んだやつ、いろいろさ」

何人も。やはり自分とはまったく違う価値観の人なのだ。と改めて思う。

さっきの馬との衝突事故もそうだが、なにもかもが自分の日常には決してあり得ないようなことばかりだ。

そんな実感を抱きながらうつむきかけた卓人の後頭部にフェルナンドが手をかけてくる。

「そのままうつむいていろ」

「え……」

卓人は顔をあげようとした。するとそれを押しとどめようとフェルナンドが手に力を加える。

「え……ちょ……フェ……」

「バカっ、顔をあげるなって言ってるだろ」

「は、はい」

「そうだ、どうせなら目を瞑《つむ》ってろ。五分くらいでいいから。な」

優しく命令され、やれやれと苦笑しながら、そのままの姿勢で卓人はまぶたを閉じた。

デッキから流れてくるスペインポップス。

まっすぐな上り坂を走り続ける車の振動が身体に伝わってくる。

窓から差す陽光はじりじりと皮膚を灼き、肌を突きやぶって身体の奥まで燃やそうとする、そんな暑さを感じた。

今の季節、日没が遅いせいか、午後七時を過ぎてもまだ日本の夏の午後四時くらいの陽の強さだ。

五月初旬でこの強さということは、これから夏にむかってこのあたりにはどれほど強烈な太陽が降りそそぐのだろうか。

そんなふうに感じながら目を瞑り続け、どのくらい経《た》っただろうか。

デッキから流れてくる音楽が、アルハンブラの思い出に変わった。

儚いまでに繊細で、もの哀しく、心に響いてくるギター曲。

聴いていると胸の奥が切なくなってくる。そういえば、この音楽も淋しく、どこか仄昏い。

「どうした、泣いているのか」

「あ……いえ、この曲……好きなんです」

卓人がそう呟いたとき、ふっと車が下り坂に差しかかるのが体感でわかった。

「――顔をあげて、目を開けてみろ」

耳に落ちた声に、顔をあげる。

「――――っ！」

次の瞬間、卓人は驚きに硬直した。視界いっぱいに、まばゆい陽光にきらきらときらめく黄金色の絨毯が広がっていたからだ。

「夢が叶《かな》ったたな」

雲一つなく、ただただ宇宙まで届きそうなほど青青とした空が金の大地に突入していく。

そこは見わたすかぎりのひまわりの海だった。

一斉に群れ咲く胸の高さほどのひまわりがはるか彼方《かなた》まで広がっている。

フェルナンドは、その中央に車を停《と》めた。

まさにひまわりと青い空だけの空間。

後ろから流れてくる「アルハンブラの思い出」の切なげな旋律も伴い、胸が熱く震え、こみあげてくるものに視界が潤んできた。

「……あ……っ……」

思わず車から降りると、卓人は道路のど真ん中にたった。

信じられない、一本道の道路以外、三百六十度、自分のまわりにはひまわり畑しかない。

太陽を反射させ、黄色い花があざやかに咲き誇っている。

さーっと花の間から吹きぬけてくる風。

花が揺らめくたび、そのくっきりとした濃い影もゆらゆらと揺れる。

見あげると、恐ろしいほど濃密なアンダルシアブルーの空。

黄金色のひまわりの大地を、大きな青空のドームがすっぽりと包みこんでいる。

そんな光景がそこに存在した。

テレビで見るのとはまるで違う。

青い空もひまわりも緑も赤茶けた大地も、そのどれもがくっきりとあざやかに視界に飛びこみ、聞こえてくる音楽だけが儚げで、いてもたってもいられない感動に胸が痛くなってくる。

「こっちで見ろ」

フェルナンドが卓人に手を伸ばす。

はっとするまもなく身体がふわりと持ちあげられ、気がつけば車の上に座らされた。

「……あ……っ」

安定感の悪さにぐらついた卓人を横からフェルナンドが支える。

「気に入ったか？」

さっとサングラスを取り、フェルナンドがじっと見あげてくる。

甘い蜂蜜のような双眸のむこうに、感動で呆然としている卓人の顔が映っている。

「え……ええ、ありがとうございます」

卓人の腰を肩に抱き寄せ、フェルナンドがそこにもたれかかってくる。

あたりを見わたすと、自分が黄金色の雲の上に浮いているような、そんな錯覚さえおぼえた。

上空からは汗ばむほどの強い陽射し。

いつしか音楽が終わり、ひまわりの間をぬける熱風の音以外、なにひとつ物音がしない。

ただただ広い悠久の空間に自分とフェルナンドの二人だけ。

ほかになにも存在しない。時間は完全に止まっているかのようだった。

卓人の腰に頭をもたれさせ、フェルナンドが愛しげにこめかみをすり寄せてくる。

「いいな、こういう時間が持てるというのは」

「ええ」

初めてなにか共感でき、よけいにうれしくなってきた。

目を閉じると、乾いた風の匂いを感じる。

仄かに香ばしい清潔感のある香り。

太陽に熟れた大地の匂いとでもいうのだろうか。

卓人は目をひらき、もう一度ゆっくりと周囲を見わたした。

いつしか西の空にはゆっくりと大地にむかっていく太陽の燃えるような光芒《こうぼう》が広がっている。

「好きか？」

風になびく髪をかきあげ、フェルナンドが目を細める。

「ええ……最高です」

信じられない。

あまりにすごくて、二週間後に東京に戻り、また満員電車で通勤している自分が想像がつかなくなってしまった。

けたたましい駅のホームの音や、ぎゅうぎゅうに詰めこまれる電車。

きちきちとした時間に縛られ、一分でも遅刻すると半休扱いになって有休が減ってしまう。

そういう暮らしが自分の人生だ。


だから早くそこに帰りたいと思っていたのに、どうしたのか、ふいにそうなってしまう自分の未来が恐ろしくなってきた。

息もできないほどの人の渦。押し合いながら、スモッグで濁った空の下で働いていることが想像できない。

本当に同じ地球なのか？

本当に同じ人間の同じ人生なのか？

ここはこんなに静かなのに。

フェルナンドと自分以外、なにもないのに。

もう二週間先には、この場所に自分はいない。

フェルナンドだけしかいない。

そう思うと、きゅっとひきしぼられるように胸が痛くなってきた。

今、ここにいる一瞬、それは本当に今しかないものなのだと。

もう二度と見ることのない風景。

おそらくもう二度と会うことのない人間。

前髪が風に揺れるのもかまわず、卓人はフェルナンドの顔を見下ろした。

視線に気づき、首をかたむけてフェルナンドが顔を見あげてくる。

夕日を浴び、美しい金色の髪があざやかに煌めいていた。まわりに群生するひまわりよりもずっとあざやかに、輝かしく。

黄昏《たそがれ》に染まった眸が深みのある色をたたえ、優しく卓人をとらえている。

「どうした……そんな淋しそうな顔をして」

「夢みたいで……」

卓人は苦笑をうかべた。

そう、夢なのだ。

この大地に自分がいることが。

そして、この男とこんなふうにしていることが。

生きかたも環境も価値観も違う相手とこんなふうに、なにもすることがなく、ただ静かに時間を過ごしているなんて。

ふいに——日本に帰りたくない——という強い感情が胸の底から突きあがってきた。

このままここにいたい。

ずっとずっとこんなふうにしていたい。

そんな思いが身体の奥からふいに突風のように湧き起こって。

ずっとこの人とここにいたい。このまま、時間を止めて。でもそれは……。

「そんなの……夢ですよね」

ひとりごとのように呟き、卓人は車から地面に下りた。

一歩二歩と進み、一面に広がる黄金の海を見わたすと、眸から涙が流れ落ちそうになる。

「夢？」

背中から聞こえた声に、卓人はうつむいた。

「ええ、夢です」

この人がマタドールでなかったらよかったのに。

自分が日本人じゃなかったら。

「卓人……」

ふいに背中から覆うように抱きしめられる。重なった二人の影が地面に長く伸び、揺らめくひまわりの影まで今にも届きそうなほどだった。

「夢？　どうしてそんなことを言う」

かすれた声、吐息が耳元に触れる。じわじわと密着している場所に熱がこもってきて、胸苦しさが増していく。

「今、この一瞬一瞬のすべてが……もう二度と起こりえないことだから」

「そう、それこそが現実じゃないか」

「え……」

「この世でのすべては、二度と起こりえないことだけだ。同じ時間は二度と存在しない。こうしておまえと俺がひまわり畑で、五月の夕陽を浴びているのもこの一瞬だけ。すべてが一期一会だ、すべてが儚い。だからこそ精一杯過ごしたいし、愛しいと思いたい」

すべてが一期一会……。

「……こうしていることも？」

愛しいと思っているのですか？　と問いかけるようにふりむき、上目遣いで見あげる。

「ああ」

うなずき、フェルナンドが卓人のあごをつかんで唇を近づけてくる。

そうすることがとても自然に思え、卓人はそっと目を閉じた。

熱っぽいフェルナンドの唇。愛しいと思いたいという言葉どおり、感触が唇を圧し包み、熱を孕んだ息が口内に溶けていく。

「ん……っ」

しっとりとしたくちづけ。

絡まりあった舌先から甘く広がっていく熱が全身へと流れ、胸の奥をせつなく疼かせた。

「……っ……」

卓人は自分のあごに伸びたフェルナンドの手に手

を重ねた。

狂おしい、なにもかもが。

夢ではなく、これが現実。一期一会だから精一杯過ごしたいし、愛しいと思いたい。

（その気持ちならわかる。現実だからこそ、精一杯、過ごしたいという気持ちなら）

振りかえり、卓人はフェルナンドの胸に身体をゆだねた。彼の手が背や腰をかきいだき、骨が折れそうなほど強く抱きしめてくる。

「ん……っ」

太陽も気温も彼の唇も自分を抱きしめる腕も密着した互いの胸も、そのなにもかもが熱い。

唇から全身が溶けていきそうな気がした。

うっすらとひらいたまぶたのすきまから、重なりあった二人の細く長い影が見えた。

絡み合い、ひとつに重なったふたりの濃密なシルエットを、深紅の残陽が灼いているようだ。焔のように、紅《あか》く熱く。

そのまま熱に灼かれたい、そんな思いが胸に湧いてきた。

会社のことも帰国のことも、この人がマタドールだということも。

そして、この男が闘牛場で死ぬことを夢見ていることも……すべて忘れ、ただこの一瞬の幸せをかみしめるように灼かれたい、と。

そうすれば、きっとなにも残らないから。

この胸からこみあげてくる感情も、灰になって消えてしまうから。

このひとに惹かれている、その感情が。

だからこそ、この一瞬だけ、その感情に浸りたかった。

時間が止まったようなこの大地で灼かれている間だけは、この人が好きだという思いのまま、精一杯、この時間を大事にしたかった。

黄金色に煌めいていたひまわり畑は、いつしか残照のなか、黒々としたシルエットになっていた。

もう間もなく、大地を灼きつくしていた太陽が地平線に沈んでいく。

ふたりの影が闇に包まれるまで、卓人はフェルナンドの腕に抱かれていた。

この一瞬だけ、愛しいという気持ちに素直になろうと思いながら。

4

翌日、卓人はフェルナンドを連れ、セビーリャの市街地にあるクラハシ自動車のショールームに案内した。

広々とした国道沿いに、世界各国の車のショールームが並んでいる一角。

クリーニングから戻ってきたスーツを着こみ、見慣れた車のあるショールームに入っていくと、スペインにいても、一気に現実の世界に戻った気がするから不思議だ。

「では、こちらはすぐに納車にうかがいます。車椅子用のものは、改造に時間がかかりますので、また改めて見積もりや仕様を……」

ショールームで車をひととおりチェックしてもらったあと、その場で契約書を交わす。

「よかった、すぐに納車してもらえるなら安心だ。再来週から闘牛が忙しくなるのでどうしても車が必要になる」

再来週から……という言葉に、卓人は心のどこかでほっとしていた。

そのころにちょうど帰国する。

この先、自分からあえてインターネットで探そうとしないかぎり、日本にいるかぎり、闘牛士のニュースを目にすることはないだろう。

もうこの先の卓人の人生において、フェルナンドと接することはないのだから。

昨日……夢のように美しいひまわり畑で、この男を愛しいと思った。好きだ、と。

家に戻ったあと、もしまた彼にベッドに誘われたら、一昨日と同じことをしていたかもしれない。

だが昨夜は、マネージャーから電話が入ったのもあり、卓人は客間に案内され、そのままそこで眠りについた。

(それでよかった……あのひまわり畑での気持ちを頂点にして……あとはこの人を忘れるようにしないと。もう帰国するんだから)

もしこのままずっとこの国にいたら、きっとこの人をもっと好きになっていただろう。

とりかえしがつかなくなりそうなほど激しく惹かれてしまいそうで怖い。

けれど、再来週、卓人は帰国予定だ。今ならまだこの感情も大きく育っていない。スペイン人の闘牛士にちょっと好意を抱き、一夜をともにしてしまった。ただそれだけの甘い初恋の思い出として終わってしまえるはずだ。

「――では、こちらにサインを」

最後の書類にフェルナンドがサインをする。

硝子張りになった広い無機質な空間に並べられている高級車の数々。

フェルナンドから契約書を受けとると、卓人はそれをショールームのチーフにわたした。

あとで機械にとりこんでマドリードの支店へと送信されるだろう。

「それでは、よろしくお願いします」

卓人は改造の担当者にあとのことを任せることにした。

「こちらの方に、改造等、あとのことは引き継ぎしていただきますので」

「おまえは?」

「私は、今日のうちにマドリードに戻りますし、技術的な知識はありませんので」

笑顔で言うと、フェルナンドは不機嫌そうに眉をひそめた。

なにか気を悪くさせるようなことを言っただろうかと不安げに見ると、フェルナンドがあきれたようにぼそりと呟く。

「変わった男だ」

「え……」

小首をかしげたそのとき、別の男性社員が卓人に声をかけてきた。

「芳谷さん、マドリードに戻られるのでしたら、その前に食事に行きませんか。フェルナンド・ペレスさんを送られたあとにでも」

「食事……ですか？　えっと……」

返事をしかけていると、フェルナンドがぐいっと卓人の腕をつかむ。身体が宙に浮き、卓人は驚いた顔で振りむいた。

「フェルナンドさん？」

「無理だろ、俺と食事の約束があるのに」

「え……あの」

約束なんてしていない。

このあと、すぐに駅に行って、マドリードに戻るつもりだったから。

「忘れたのか？　車を紹介してくれた礼にごちそうするって言ったじゃないか。おまえのために、今日、スケジュールを入れなかったんだから」

わざとらしいほどゆっくりとした大きな声で言われ、卓人は反論できずに唇を閉ざした。

そこにいる社員たちが次々と羨望《せんぼう》の言葉を口にしたからだ。

「いいな、フェルナンドさんと食事ですか。うらやましい」

「うわっ、私も行きたいです」

「芳谷さん、幸せですね。車を購入してもらっただけでなく、スケジュールまで空けてもらって」

幸せ。当然といえば当然か。

卓人はカウンターに置かれたアンダルシア版の新

闇のひとつに視線をむけた。

一昨日のものは、彼の記事が一面をかざっている。セビーリャの青年がマエストランサ闘牛場で大成功した……と。

その男に車を二台も売り、さらには一日スケジュールを空けたと言わてているのだから。

「さあ、行こうか」

卓人の肩を抱き、フェルナンドがショールームを出ていく。だが外に出たとたん、卓人はすっと彼の腕からすり抜けた。

「どうした、行くぞ」

フェルナンドが卓人の腕をひっぱって駐車場へとむかう。

車の前まできて、卓人はかぶりを振った。

「行きません、ここであなたとはお別れです」

「どういうことだ」

「あなたとは何の約束もしてないじゃないですか。ぼくは今からマドリードに戻ります」

「契約が済んだから、俺なんてどうでもいいのか。昨日一昨日の態度とはあまりにも違う」

「態度が違うって……」

「俺のために泣いたのは誰なんだ。一昨日は一緒に寝て、昨日もあんなキスをかえしてきたのに」

「ちょ……っ……待って……それは」

「それともおまえは誰のためにでも泣くのか？　死の話をしたら、誰とでも寝るのか」

「そんなわけないじゃないですか」

「じゃあ、何なんだ、今日のその態度は」

「今日のその態度って……本当には日帰りの予定でしたが、二日長くいたのは、ぼくの不注意が原因で……あなたにも迷惑をかけてしまって」

「不注意……なるほどそういうことか。俺と寝たのも不注意のせいか」

フエルナンドはさらに不機嫌な顔になった。

「そういうつもりでは……」

言いかけ、卓人は言葉を止めた。

そうしておいたほうがいいのではないか。うっかり不注意で寝た……ということにしたほうが。

本当は惹かれていると言って、どうなるのか。もう日本に帰国するのに。

そのあとはしばらく本社での勤務予定だ。

そうなったら、容易にスペインにくることなんてできない。有休は短いし、渡航費は高い。

いや、スペインにきたところで、この先、この人とどうにかなるなんてあり得ないのだから。

「そうです、不注意であなたと寝たんです。申し訳ありませんでした」

フェルナンドに視線をむけず、うつむいたまま早口でそう言うと、卓人は彼に背をむけた。

「待て」

いきなり肩をつかまれ、彼の車の助手席に押しこまれた。

「……フェル……」

キーがロックされている。卓人がドアを開けようとしている間に、フェルナンドは運転席に座った。

「ここから出してください」

卓人のあごをつかみ、フェルナンドが顔を近づけていく。

「俺が嫌いなのか」

琥珀色の色の目がなやましげに卓人をとらえている。

嫌い？　まさかとても好きだ。だから。

「……嫌いになります」

フェルナンドは鼻先で嗤った。

「まあいい。自分を嫌っているようなやつに無理強いする気はない。このまま駅まで送ってやるよ」

「いえ、自分でタクシーを拾って帰りますので」

「無理だ。現金がない」

「え……」

卓人の胸から素早く財布をすりとり、フェルナンドが現金をとりだし、クレジットカードだけの入った財布をポンとかえしてきた。

一万円分くらいのユーロ紙幣と小銭はすべて抜かれた。電車のチケットはクレジットカードで何とかなるが、ここからタクシーに乗るには現金がなければ。

「ちょっ……待ってくださ……」

フェルナンドの手から現金を奪いかえそうと手を伸ばす。

「あきらめろ」

窓を開け、卓人のユーロ紙幣を外に放りだす。

「あっ！」

風に乗って、ユーロ紙幣が飛んでいくさまに卓人は唖然となった。

「ひど……なにするんですか」

「それでいい、もっと怒った顔を見せろ」

「な……」

「さっきからヘラヘラと愛想笑いばかり浮かべやがって。作った顔を俺に見せるな」

そう言ったフェルナンドのほおを、思わず卓人ははたいていた。

「……っ！」

「それなら、ぼくにそう言えばいいじゃないですか。お金を粗末にして。罰が当たりますよ」

「はあ？　罰？」

「そうです。あれは、ぼくが一生懸命働いて稼いだお金です。あなたに捨てる権利はありません。ドアを開けてください！」

そのとき、運転席のむこうから、コンコンと車の窓を叩く音が聞こえた。

見れば、フェルナンドの背中のほうから背の高い男が窓を叩いている。

誰だろう。金髪、茶色の眸をした整った風貌の四十代くらいのスペイン人だが。そしてその手には、数枚のユーロ紙幣。

「何だ、おまえか」

フェルナンドがためいきをつき、窓を開けると、男はぽいっとなかにユーロ紙幣を投げ入れた。

「このバカ息子、なにやってんだ。金を粗末にしろと育てたおぼえはないぞ」

バカ息子？　育てた――――？

ではこの男はフェルナンドの父親なのか。

かつて闘牛士として活躍しながら、怪我で引退し、今は飲んだくれになっているという。

「よく言うぜ。この前、さんざん俺から金をまきあげておいて」

フェルナンドは投げ入れられた紙幣をまとめると、ぽんと卓人に手わたした。

「いいから車に乗せろ。町中まで送ってくれ。あいかわらず腰が痛くてな」

するとフェルナンドは無言で後部座席のドアのロックを解いた。

「助かった助かった、ここから家まで歩くのはしんどいからな。闘牛場で怪我して以来、どうにも腰と足が悪くて」

「あいかわらずいいかげんなことを。この前、アパート最上階に住んでる女の部屋まで、全速力でのぼったのは誰だ」

「奇跡の一回だ。ラテン男は恋のためなら、怪我くらい治してしまうからな。ところで何者なんだ、この中国人は。マヤレナの希望の聖母に似てるじゃないか。おまえのことだ、もう手を出しただろ」

後部座席から身を乗りだし、父親が声をかけてきた。

次の瞬間、いきなり車がスピードをあげて発信し、父親が後部座席でひっくりかえる。

「くっ、なにするんた。いつもいつも乱暴なことばかりして。もっと親を大切にしろ」

「シートベルトを着けて、後ろでおとなしく座ってろ。おまえがバカをやらかすたび、罰金をとられる俺の身にもなれ」

「はいはい、かわいげのない息子た。で、この中国人は何者だ、さっき、妖しい雰囲気だったが、おまえの恋人か？」

「この男は日本人で、車のディーラーだ」

「おっと、じゃあ、俺にも買ってくれたのか」

では、彼がもう一台注文した車椅子用の改造車は、父親への贈りものだろうか。

尤も、この父親は車椅子が必要なわけではなさそうだが、フェルナンドはそのことには触れず、話題を変えた。

「それより三日前に渡した金はどうした？　ちゃんと家賃は払ったんだろうな」

「ああ、半分酒と女に消えちまってな。残りはおまえのマネージャーからもらった」

「え……マネージャーって……アベルにか？　いつのまに」

「一昨日だ。おまえが意地悪して、闘牛のチケットをくれなかったから、アベルにたのんだんだ。そのときついでに」

「ふざけんな。俺のまわりに迷惑をかけるなってあれほど言ったのに」

「おまえが悪いんだ、いつものように招待用のチケットを用意してくれなかったから」

招待用のチケットという言葉に卓人はハッとしてフェルナンドの横顔を見あげた。

もしかして、自分が一昨日もらった招待券のことではないだろうか。

その疑問がわかったのか、フェルナンドは卓人の頭を軽く撫でて呟いた。

「気にするな」

やはり、そうだったのか。

申しわけない気持ちになっていると、フェルナンドは大きなカーブを曲がり、白っぽい教会の前で車を停めた。

白とミモザ色の外壁の優美な教会だった。見れば、マカレナ教会と記されている。

「さあ、さっさと出ろ。これでしばらくは暮らしていけるな？」

百ユーロの束を後ろの座席に突きつけ、フェルナンドは冷ややかに言った。

さっき、ショールームに行く前に銀行に寄っていたが、もしかすると最初から父親のために用意していたのだろうか。

「おっと、いい金額じゃないか。さすが俺の息子だ」

「無駄に使うな」

「わかったよ、じゃあ、今日は金のかからないスペイン一の美女に会いに行くとするか」

父親はそう言うと、札束を胸にしまいこみ、車の外に出た。

「家までお送りしないのですか」

「この教会の裏に住んでる。帰る前に、親父は必ずこの教会に行く」

フェルナンドがくいと親指を立てて指すと、父親は足を引きずりながら、教会の敷地に入っていった。

「お父さま……やっぱり足が悪いんですね」

「あれはパフォーマンスだ。あの男、実は全速力で走れる」

「じゃあどうして」

「あいつのプライドだ」

「プライド、ですか？」

「そう、あれがあいつのプライドなんだ」

ハンドルに肘をつき、前髪をかきあげながら、フェルナンドは教会のドアにむかう父親の後ろ姿をじっと見つめた。

「闘牛中に怪我をした、もう足がまともに動かない、腰も痛い、だから闘牛ができない……という言い訳が必要なんだ、あいつには」

フェルナンドはため息をついた。

「でないと、生きていけないんだよ。そして心の恋人——金のかからない女に愛を捧げ、あとは酒でうっぷんを晴らし、金のかかる女……娼婦《プータ》に欲望を吐き捨てる。それがあいつの人生だ」

「娼婦はわかりますが、金のかからない女というのは？」

「この教会の聖母のことだ」

「マカレナ教会の聖母……ですか」

この教会の聖母の名はガイドブックでも必ず見かける。

マドリードにいる日本人社員も口にしていた。セビーリャ男にとって、マカレナ教会の聖母は最高の美人の象徴で、年末の歌合戦の衣装対決のようなゴージャスな服装をしている、と。

「マカレナの聖母ラ・エスペランサ——希望の聖母と呼ばれているが、眼鏡をとったときのおまえに……少し似ている」

「似ているんですか？」

「ああ、泣いたときの顔が少し。親父のやつ、そういうところだけは鋭いっていうか、まあ、毎日、腐るほど見ていれば……そのくらい気づくか」

「腐るほど？」

「ここの聖母は親父の守護聖母だ。尤も、俺もこの地区で育ったから、ここの聖母さまが守護聖母になるわけだが」

守護聖母。地区ごとということは、日本では氏神さまのようなものだろうか。

「では、あなたは闘牛の前、こちらの聖母に祈りを捧げるのですか？」

闘牛士は、闘牛の前、聖母に祈りを捧げ、無事と加護を祈るという話を耳にしたことがある。

「いや、俺は祈らない、誰にも」

「どうして」

「聖母の加護を求め、祈りながら闘牛をしていた男の末路がアレだ」

サングラスをかけ、フェルナンドはじっと父親が入っていった教会のドアを見続けた。

「あきれただろう、あまりにもバカで」

「いえ」

「遠慮するな、バカはバカだ。本当に……何であんな男が俺の親父なんだ」

ドンっと手のひらでハンドルを叩いたあと、フェルナンドは車を急発進させた。

「……っ！」

「駅まで送るのはやめだ。少しつきあえ」

「……ちょ……待って」

「もう一台、おまえのところからワゴン車を買ってやる。だからもう少しここにいろ」

フェルナンドはそう言うと、車のスピードをあげ、元来た道を飛ばしていった。


「……すみません、もう一台、購入して頂けることになったので、マドリードには明日戻ることにしました」

支店長に電話をかけると、彼は少し心配している様子だった。

だが、フェルナンドに車のコマーシャルのオファーをかけようという話が持ちあがっているらしく、『そこにいる間はくれぐれも失礼のないように』と付け加えた。

（コマーシャルか。確かにこれだけ美しい闘牛士が出演したら、すごいことになりそうだ）

その後、近くにあったレストランで昼食をとったあと、フェルナンドは再びショールームに行き、今度は、自分のスタッフ用のワゴン車を一台注文した。

それからなにも言わず、フェルナンドは車で大西洋にむかうルートを走った。

昔、海戦があったという岬の見える高台に車を停め、ぼんやりと海を眺めて過ごす。

父親に会ってからすっかり無口になり、陽気で優しい彼はいない。

なにか思うところがあるのだというのはわかったが、あまりにもめまぐるしいことばかりでさすがに疲れてきた。

窓の外から入りこんでくるぽかぽかとした陽射しに、次第にうつらうつらしてきた。

陽光を受けて煌めく大西洋の海原が見える。エメラルドグリーンの美しい海。サーファーたちが蝶のように波に戯れている。

立ちあがる白い波しぶき、どこからともなく聞こえてくるカモメの声。

海原を通り過ぎていく大型船舶のボォォオという汽笛の音。

空を抜けていく飛行機が描いていく真っ白な一筋の線。灯台に反射する陽光のきらめき。

そのなにもかもが心地よい午後の睡魔へと卓人を誘っていく。

気がつけば卓人は助手席の窓に頭をあずけ、深い眠りの奥に身を落としていた。


それから、どのくらいうたた寝をしていたのだろう。

すぅっとほおに触れたひんやりとした風に気づき、卓人はうっすらと目を開けた。

あたりはもう暗い。

車の助手席のシートで眠ってしまっていたらしく、肩にフェルナンドの上着がかけられている。

周囲は夜の闇に包まれていた。

いつしか海を離れ、昨日、二人できたひまわり畑の真ん中に車が停められていた。

フェルナンドはどこにいるのだろう。

そっと車のドアを開け、フェルナンドの上着を肩にかけたまま、卓人は外に出た。

一斉に虫の音が聞こえ、夜の涼しい風がひまわり畑から吹きぬけてくる。

ターコイズブルーの光を放ち、スカラベが小さな光の螺旋を描いて飛んでいる。

その光は蛍のようだった。

「フェル……どこに……」

ひまわり畑の中央に、長身の男のシルエットが見える。

フェルナンドだ。卓人は吸い寄せられるようにそこにむかって足を進めた。

卓人の腰くらいの高さまであるひまわり。

スカラベが飛び交うなか、月光の下で群生している、ひまわり畑に分け行っていく。

冴《さ》え冴《ざ》えとした大きな月が夜空から降りそそぎ、ひまわりの大群をまばゆく照らしている。

月の光とひまわりだけの雄大な大平原をスカラベが細い光の線を描きながら舞っていく。

フェルナンド……。

ひまわり畑の中央……少し空間のあるところで、フェルナンドが闘牛用のカポーテをつかみ、ゆっくりとそれを旋回させている姿が見えた。

彼の金色の髪とピンク色の布を青白い月が照らしている。

太陽の下で闘っている男の姿を、月の光がそっと描きだしているように見えた。

その美しいフォルム。

しなやかな身体のラインの影がひまわり畑の花の上をゆるやかに移動してく。

上半身はなにも着ていない。

背中を反らし、腕を伸ばし、身体の周囲にオペラピンクの布をふわりと広がらせ、螺旋を描いていくフェルナンド。

カポーテの先でスカラベが戯れている。宝石を千千に乱れまとっているようだ。

卓人はそっと近くに歩み寄っていった。

「……起きたのか？」

カポーテをひるがえしながら、フェルナンドが声をかけてきた。

「すみません、気持ちよくなってしまって」

「疲れていたんだろう。アベルの牧場に連れていってやろうかと思ったが、よく眠っていたから起こさなかった」

「あなたは……本当に闘牛が好きなんですね」

肩から落ちそうなシャツを手で押さえながら、卓人は苦い笑みをうかべた。

「俺には闘牛だけでいい。親父も母親もあとはなにもいらない」

闘牛だけでいい。あとはなにもいらない。その言葉が胸に重く落ちる。

「親父が言っていた。俺は天才なんだってさ。今、活躍しているのはジプシーのサタナスやフランス人のユベール。あいつらでは駄目なんだ、闘牛界は生粋のスペイン人の天才を待っていた。それが俺だ」

そう言って、フェルナンドはあたかも牛が前にいるかのようにカポーテを前に出し、ゆるやかに旋回させていく。

「天才？」

「親父が言うには、闘牛場で死ぬトレロは神に選ばれた者だけ、死を恐れぬ者だけだと」

死を恐れ、孤独に耐えることのできないマタドールはどうしても闘牛中に牡牛との距離を取ってしまう。観客はそんな闘牛になんの感動もいだかない。

一流と呼ばれているマタドールは死を恐れず、牡牛を自分の身体のぎりぎりのところまで誘いこむことができる。

そう説明したあと、フェルナンドはカポーテの端を口に銜え、胸の前でそれを器用に折りたたんでいった。

「俺はその一人になれると親父がいつも誉め称えてくれるよ」

「だけど」

「俺は人を愛せない。他人に何の興味もない。だから……いつでも死ねる」

愛せない？　他人に興味がない？

「信じられない。……嘘だ、あなたは優しいし、明るいし……自分ではどう思うのですか、自分自身、人を愛せないと自覚しているんですか？」

思わず卓人は反論した。

「さあな、どうだろう……ただ俺は闘牛士としてしか生きていく気はないし、それ以外、自分が人から必要とされていないことも知っている。そしてそれに疑問も抱いていない」

フェルナンドは無邪気に笑って言った。その笑みが胸に刺さる。

「そんなことないです、闘牛士としてもすばらしいと思いますが、でもあなたはとても魅力的で、人間としてもすてきだと」

「嫌いになると言ったのにか？」

「それは……」

「親父は真剣に言ってる。俺はジージョのように散るだろうと。俺を育てたロサーノという闘牛界の重鎮も同じことを言っていた。俺は天才だ、伝説になる、だから俺を育て、出資した……と」

ジージョ。それが誰のことなのか卓人にはわからなかったが、おそらく今までに闘牛場に散っていったマタドールの一人だろう。

「そんなの……おかしいです」

無意識のうちに卓人は呟いていた。


フェルナンドはカポーテを片手にかかえたまま歩み寄り、卓人の肩に手を伸ばす。

横目で卓人を一瞥し、フェルナンドがいつになくまじめな口調で言った。

「俺が好きか？」

低い声で訊かれ、卓人は驚いた顔で男を見あげた。

「そんなこと……急にどうして」

自分のことなんて聞かないで欲しい。

自分自身でさえ、この感情がなんなのかわかっていないのに。

「正直に答えろ。好きかどうか訊いているんだ」

強く背中から抱きしめ、男が顔をのぞきこんでくる。卓人は眉を寄せ、その顔をせつない思いで見つめた。

好きだと答えたら、なにかが変わるというのか。

闘牛場で死ぬのをやめてくれるとでも。

「男と寝たのは俺が初めてだと言ったじゃないか。好きだからだろう？」

面とむかって訊かれ、胸の中を熱風が駆けていく。

そう……かもしれない。自分はこのひとが好きだから。

「フェルナンド、ぼくは」

胸から言葉があふれそうになったそのとき、卓人は男の鎖骨を見て、顔をこわばらせた。

左側の鎖骨の下にある、深く抉れた傷。そこから胸にかけ斜めに縦断した傷痕が残っていた。

いや、それだけではない。近くで見ると、左の胸、腕、腹部にも。

遠目で見たときは気づかなかったが、間近で見るとこんなにも深い傷だったのか。

「それは……闘牛中のもの……ですか？」

卓人の視線に気づき、フェルナンドが目を細め、自分の胸に視線を落とす。

「ここを傷つけたのは去年の夏だ。この腹部のところは一昨年だ。このときは肝臓まで傷つけて、もう少しで死ぬところだったが、ペニスでなくて助かった。おまえを喜ばすこともできないからな」

冗談めいた口調で明るく笑って言うフェルナンドに、卓人は血が凍るような気がした。

全身の傷。見れば、かすかに首からずれた鎖骨の下にも傷がある。

もう数センチ上か下の、首か胸に直撃を受けていたらこのひとはここにいなかったかもしれない。

そう思うと、ぞっとした。

きっと自分が想像している以上に、死はこのひとにとってごく近い場所にあるのだ。

「怖く……ないんですか」

男から視線をそらし、卓人は小声で言った。

「――怖いよ」

男の囁きが耳に触れる。その返事にほっとしたものの、続けて告げられた言葉に卓人は哀しくなってしまった。

「怖いのは、惨めな闘牛をすることだ。死を恐れて闘えなくなるのが怖い」

「え……」

「だけど、闘えないことは一度もなかった。好きになってしまうからな……自分の闘う獣を。恐怖よりも愛しさが募って、どうしても征服したい欲に駆られてしまうんだ。そうだ……愛するものがいるとしたら、自分が闘う相手、いずれ殺す相手……獣だけだ」

もうなにも聞きたくない、そう思った。

聞いているうちに、胸に底冷えのような寒さが広がっていく。

そんなふうな価値観で生きているのか。

自分と違い過ぎるからとかいうのではなく、ただただどうしようもなく淋しくなって、目頭が熱くなってくる。

「闘牛のあとは……だからいっそう愛しくなる。俺を殺したかもしれないと思う相手。自分の奪った命への愛しさにどうにもならないほど胸が痛くなって……だから無性に誰かが欲しくなる。一昨日、おまえを抱いたときのように」

愛しそうに呟き、フェルナンドが自分の背を抱きしめてくる。

おまえを抱いたときのように……。

(そういうことか)

フェルナンドの頭には闘牛しかない。

本気で闘牛場で死ぬことを考えている。

それ以外、なにも必要としていない。

自分を抱いたのは娼婦の代わりのようなもの。

一時の欲望を吐きだす相手が欲しかっただけ。

だから、このひとは優しい。

赤い布に牛を誘いこむときのように、甘い言葉と優しさで幻惑させ、相手を征服したいだけ。

殺したあとは、また次の相手を探す。

そう思うと、いきなり身体が軽くなる気がした。

別れを恐れる必要などなかった。好きになることを恐れなくてもよかった。

目の覚めるような容姿、明るく無邪気な性質。少し自分をからかって楽しみながら、たまに見せる嬉しくなるような気づかい。

情念につかれたように激しくこちらを求めてくるときの熱さ。

それだけがフェルナンドという人間のすべてなら、本気でこの男を好きになり、帰国したあともきっと苦しんだに違いないから。

現実の生活も同性だということも忘れて。

そう、きっとこのまま——。

でもそうではなかった。

この人は、闘牛士として生きている時間だけが本物であって、優しさも明るさも他者とのふれあいもこの人にとってはおまけのようなものだ。

卓人は小さく息を吐き、淡くほほえんだ。

「よかった、それなら似たようなものですね」

「似たような？」

「あなたと寝たのは……好きだからじゃないです。嫌いではないですけど、日本から離れた淋しさで人恋しかったから。あなたが闘牛のあとに他人とのセックスで興奮を鎮めようとしているのと同様に、ぼくは一人の淋しさをあなたで埋めようとした。だから同じです」

「たいしたやつだ。淋しいから俺と寝たのか」

肩で息を吐き、男は卓人から身体を離した。うつむき、卓人は自分の身体を抱きしめた。

「それもありますが、あとは……車を買って欲しかったからです。あなたから嫌われ、契約がなくなったらぼくの会社での地位に関わりますから」

卓人は笑顔で言った。

精一杯のプライドだった。

愛情や人間同士のふれあいを必要としていないひとに、自分の思いを告げてどうなるだろう。

フェルナンドは目を細め、冷めたまなざしで卓人を見た。

ひまわりの間を吹きぬける風がフェルナンドの金髪をやわらかに撫でて額に落としていく。

「だとしたら、娼婦と変わらないじゃないか」

「そうですね」

卓人は苦笑いした。

「カルロスのために泣いたのは……俺の気を引くためか」

「はい」

違う、本気で泣いた。けれど本音を口にしてどうなるだろう。

フェルナンドが舌打ちする。肩を震わせて嗤ったあと、フェルナンドはこれ以上ないほど冷たい目で卓人を見下ろし、襟元をつかんできた。

「なら、俺の内心に踏みこんでくるな。切なそうに俺を見るな。二度と涙なんか見せるんじゃない、いいな！」

卓人は唇を噛み、泣きそうになるのをこらえた。

心に踏みこんでいるのはフェルナンドのほうではないか。

優しい声で囁き、甘いくちづけを何度も何度も与えて、黄金のひまわり畑を見せ、自分を……。

「俺は、おまえの喜ぶ顔が見たくて、昨日も今日もここに連れてきたのに」

月光に照らされたこのひまわり畑。

昨日、黄昏の光を受け、この男の腕に身をゆだねたとき、確かに感じた感情が甦ってくる。

（他人との触れあいを求めないなんて嘘だ。喜ぶ顔が見たいって……それが他者との触れあいなのに……でもこの人は闘牛士としてしか生きられないから）

卓人はフェルナンドの肩に手をかけた。自分はなにを言おうとしているのか。

「……抱いてください」

フェルナンドの胸に卓人はほおをすり寄せた。

「卓人？」

顔をのぞきこもうとする男からのがれるように懸命にそこに顔をうずめ、卓人は静かな口調で言った。

「あなたが欲しくなったんです。今、ここで」

「いいのか？」

「ええ」

顔をあげると、そっと目を瞑った自分の唇に男がふれてきた。

カポーテが敷かれたひまわり畑の間に互いに重なりあうように倒れこんでいく。

キスしながら、それぞれの背を抱きしめ、求めあっていく。

本当はこの人が好きだ。

唇越しにつたわる体温も、仄かに漂ってくるような気がする彼の血の匂いも。

そんなものがどうしようもなく胸を締めつけ、涙をあふれさせそうになった。

その衝動をこらえるように、キスを求める。

「ん……っ……」

優しくいたわるように、けれど同時に強く鎖骨や胸に愛撫を加えられながら、咬みつくように口内を貪られていく。

「ん……っんん」

甘く熱っぽく舌を絡めあわせながら、羞恥も理性も忘れて求めあう。

いつの間に自分はこんな淫らな人間になってしまったのだろう。

無意識のうちに身をよじらせて、男の肩に爪を立てている。

「いい顔だ、感じてるのか？」

フェルナンドは起きあがり、ひざに卓人を座らせた。下から穿《うが》たれ、灼熱の塊が体内を支配していく、その実感に強く全身が痺れた。

「あ……ああ」

ぐいぐいと下から突きあげられていく。まだ苦しい。痛い。けれど愛しくて切ない。

そんな想《おも》いのまま、卓人は甘い息を吐いた。

「……っ」

粘膜が熱くマタドールの性器に絡みつき、ひくひくと蠕動をくりかえしてさらに奥へと引きずりこんでいくのがわかる。まるでその命をひきとどめるかのように。

「あ……ああ……っ」

そんな卓人の腰を抱いたまま、激しく腰を動かしてくるフェルナンド。強く奥を突かれ、苦しげな息が漏れていく。

フェルナンドが律動をくりかえし、突きあげれば突きあげられるほど、全身に広がる快感と胸の痛みに自分が内側から破壊されていくような気がした。

もっと乱暴に、もっともっと激しく、そう、獣を翻弄《ほんろう》していたときのようにして欲しい。

帰国してもこの人のことを忘れないように。

「あ……ああ……苦し……っ」

うっすらと目をひらくと、フェルナンドの首筋の傷跡がくっきりと見える。

若々しくみずみずしい肌なのに、あちこち抉れた痕が残っているのが哀しい。

この人はそれでも闘牛場での死以外、望んでいないのだろうか。

自分が殺す相手を愛しく思う。それはその獣がいつか自分を殺してくれるからだ。

(そんな人間の生き方なんて……ぼくにはまったく理解できない……そんな人間……これ以上好きになりたくない)

そんなふうに己の想いを封印し、卓人はフェルナンドの首筋の傷痕に唇を近づけた。

「……どうした……」

目を細め、フェルナンドが問いかけてくる。

「これは……祈りだから……」

卓人はフェルナンドの首に懸命にしがみついた。

「フェル……お願い……どうか」

身をよじらせ、息を喘《あえ》がせながら、祈るように卓人はその肩に顔を埋めて懇願した。頭を愛しげにかかえこみ、フェルナンドが耳元で訊いてくる。

「どうした、卓人?」

その囁きの優しさに気がつけばぽろりと涙がこぼれ落ちていく。泣くなと言われたのに止められない。喉から思いがあふれる。

「——死なないで」

一瞬フェルナンドは動きを止めた。生きていて欲しかった。ただ、生きて。

「……卓人」

「お願い……だから、死なないで……お願い」

さよならの代わりに、好きだという言葉の代わりに、想いを告げる。

喘ぎとも嬌声ともわからない声でそれだけ言うと、卓人は押し寄せる歓喜の波に身をゆだねた。

ほおを手のひらで包みこみ、フェルナンドがせつなげにそこに唇を落としていく。

自分の内奥で膨張する男に身体がよじれ、卓人の意識はくらんでいた。

「あなたが……好き……好き」

朦朧とする意識のはざまで自分がそう言っていることに気づいていなかった。

何度も突きあげられ、男にしがみつき、そんなことを口にしていたことに。

風もない雲もない濃紺の夜空から月が、周囲に群生するひまわりに降りそそぐ。月の光を反射した黄金のひまわりの間に自分たちの影が淫らに揺れている。

その夜のうちに卓人はフェルナンドの家をあとにした。

＊

フェルナンド・ペレス——。マドリードに戻ってからも、彼と出会い、セビーリャで見た悪夢が卓人の胸を支配していた。
自分の身体を疾走した男の熱さを思い出すと、胸の奥が何度も甘く痛んだ。

どれくらい眠れない夜を過ごしただろうか。

会社と下宿を往復するだけの日々。

闘牛のニュースを追って男が無事なことに安心し、安心したとたん、自分はなにをしているのか、はっとして切なくなる。

そうして気がつけば、日本に帰国する日がやってきていた。


「——芳谷くん、どうした、ぼんやりして」

耳に振り落ちた声に顔を上げると、マドリード支店の社員数人が自分を見ていた。

周囲を見渡せば、マドリード・バラハス空港の第4ターミナル——。

大きな荷物をもった大勢の人が行き交う騒然とした空港のカフェで、テーブルをかこみながら卓人は見送りにきた数人の社員と最後の別れを交わしていた。

「あ、すみません、ぼんやりして」

フェルナンドとは、あれから一度も会っていない。セビーリャのショールームにいる社員が無事に納車してくれたのは知っている。

車椅子用にと改造したものもあと少しで彼に渡せるらしい。

もう今日、ここを旅立てば、自分はスペインとは関係のない場所で生きていく。

それでも思い出さずにはいられないだろう。

ぽつりと、あの大きな家でひとり住んでいるフェルナンド。

自分の淋しさや孤独にまったく気づきもせず、闘牛場で死ぬことだけを夢見て、周囲も彼が闘牛場で死ぬことを望んでいる。

そう思うと、息ができなくなりそうなほど胸が苦しかった。

ふと横目で見ると、カフェのオレンジ色の壁に闘牛のポスターが貼られている。

今はちょうどマドリードでサン・イシドロ祭という闘牛祭が開催されていた。

卓人の視線に気づき、見送りにきたスペイン人の社員が嬉しそうに顔を綻ばせる。

「嬉しいね、うちの車を使っているトレロが二度もサン・イシドロ祭に出場するなんて。卓人は最後にすごい大仕事をやってくれたよ」

おおげさにはしゃぐスペイン人社員の言葉に卓人は虚《うつ》ろな笑みをうかべた。

ポスターにはフェルナンドの出場予定も記されている。

一度目は明日、二度目は一週間後——。

自分の帰国後に行われるのがせめてもの救いに思えた。みんなからの土産を荷物に入れ、胸から搭乗券を取りだしたとき、隣のテーブルに座ったスペイン人の話が聞こえてきた。

若い男女である。

「明日の闘牛は見ておきたいね」

「じゃあ、六時前にジージョの銅像の前で待ち合わせよう」

ジージョ！

ふと耳に入った言葉に、卓人はスペイン人の社員に話しかけた。

フェルナンドが口にしたマタドールの名である。

ジージョのように散る……と。

「あの、ジージョというのはどんなマタドールなんですか」

卓人の質問にスペイン人の社員はしたり顔で説明してくれた。

「ああ、ジージョってのは、二十年か三十年前に活躍したマタドールさ。英雄パキーリを殺した牡牛を殺し、その一年後、自分は牡牛と刺しちがえて闘牛場で死んだんだ」

「牛と刺しちがえて？」

「ああ、まだ彼が二十一歳の夏だった。おれは三日三晩泣いたね。確かマドリードの近くの村で」

胸に悪い予感がよぎる。二十一歳といえば、フェルナンドと同い年ではないか。

まさか。

いや、死は意識して招くものではない。

そのとき、ふと頭上を黒い影がおおった。顔をあげると、マドリードの支店長が立っていた。

「芳谷、遅れてすまなかった。半年間の研修ご苦労だったな。そして、栄転おめでとう」

支店長の日本語にそこにいるスペイン人の社員たちはわけがわからない様子だが自分たちだけで会話を始めた。支店長が卓人の隣に腰をかける。

「きみがフェルナンド・ペレスにわが社の車を売ってから注文が殺到している。クラハシ自動車のポスターやCMにも正式に出てくれることになった」

「そうなんですか」

「ああ、本社からも来年度の予算を増やしてくれるという連絡があった。本当にご苦労だった」

「いえ、おかげで私も栄転になりましたし」

そう、フェルナンドに車を売ったことで自分は、帰国後本社のなかでもエリートといわれている国際事業部に勤務することが決まった。

「闘牛士なんて変わったやつだっただろう。私もスペインにきた当初、仕事で接触したことがあるが、価値観の違いに驚くばかりだったよ」

「そうですね」

「スペインは日本と同じくらい先進国だ。それなのに、闘牛界だけ時間が止まったように感じる。じつに不思議な世界だね」

「ええ」

それはマドリードに戻ってきてからずっと感じていたことだ。

パソコンを打ちながら、スマートフォンを使いながら、タブレットから流れてくる最新の情報を見ながら、地下鉄に乗りながら、何度そんなふうに思ったことだろう。

いったいあの数日間は、自分の人生にとって何だったのか。

二人で過ごした時間はやはり夢だったのか、と。

ふいに涙がこみ上げそうになったそのとき、突然、カフェの空気が騒がしくなった。

隣のテーブルの男女が驚いた顔で立ち上がっている。いや、それだけではない。客の半数以上が立ち上がってカフェの入口を見ていた。

なにが起こったのかと顔を上げた瞬間、ふいに腕をつかまれる。

目の前には金髪の男が立っていた。

「フェ……」

どうしてフェルナンドがここに……。

目をみはり、卓人は自分の腕をつかむ端正な顔の男を見た。

「間に合ってよかった」

口の端を歪め、フェルナンドがうすく笑う。

サングラスをかけていたものの、カフェの客の半数は、彼がだれなのかわかったらしい。

「話がある」

卓人の腕を引っぱり、騒然とするカフェの通路を通りぬけていく。なかば引きずられるように歩きながら卓人は叫んだ。

「待ってください。すみませんが、ぼくは今から帰国するんです」

「俺には関係ない」

フェルナンドが人ごみをかき分け、空港の駐車場にむかう。

「たのみます。離して。飛行機に乗らないとだめなんです。荷物ももうあずけてあって」

離陸時間まであと一時間もない。

そろそろゲートをくぐらなければいけない時間だ。

「荷物くらい買い直してやる」

卓人の手を離してフェルナンドが振りむく。

そのとき、卓人は男の手にあるものを見て、蒼白になった。

それは自分のパスポート——。

「いつの間に……」

立ち止まり、サングラスを取ってフェルナンドは甘く妖しい琥珀色の目を細めて笑う。

「おまえはスペインに残るんだ」

冷酷な目で男が自分を見据える。

「残るって……」

駐車場にいた人たちがフェルナンドに気づき、自分たちの周囲に人集りができていく。

卓人は人目を意識しながら、小声でフェルナンドにたのんだ。

「もう搭乗時間なんです。パスポートをかえしてください。ぼくは日本に帰らなければ…」

「なにも言わずに帰国とは、たいした根性しているよ、おまえってやつは」

冷たくひずんだ声に、卓人は顔をこわばらせる。

そのまなざしは、ふいに見せるあの冷酷な色をにじませていた。

「日本に帰るのは、俺が死んでからにしろ。おまえに俺の死体をやる。だから」

「いりません、いやです、そんなのおかしい。やはりこの人は狂っている。闘牛士なんて自分には理解できない。

何という人を好きになってしまったのだろう。

常識も理性も通じない、ただ死ぬためだけに生きている男。こんな男をどうして……。

「フェル……」

「好きだ、死ぬなと言っておきながら、自分だけ日本に帰るなんて、どういう神経してるんだよ」

そう言うと、フェルナンドはなんのためらいもなくパスポートを数回にわたって引き裂き、ライターに卓人の顔写真と旅券番号が記載されたページを近づけていった。

「待って!」

叫んだその瞬間、火のついたそれをフェルナンドは地面に投げる。あわてて伸ばした手を止められる。必死にもがくが、肩をつかまれ、身動きが取れない。

「やめて!」

卓人の前で、パスポートが無惨にも白い煙を上げて焼けこげていく。

この男はなにをしようとしているのか。

問いかけることもできず、卓人は、ただ、男を見つめ続けた。

5

石造りの街が容赦なく太陽に灼かれ、マドリードの路地に濃い影が広がっている。

スペインの光と影が最も強く現れる時間帯だった。

日向を歩くものはひとりもいない。

時折、広場を横切る黒猫の影が日ざらしの石畳に揺れるだけだった。

そんな街の一角に建つ五つ星ホテル。

優美な白亜の外観をもつこのホテルは、創業以来、闘牛関係者の宿泊所として名高い。

今日も多くの関係者が滞在していた。

そのうちのひとつ、メゾネット形式になった広い客室に卓人が空港から連れてこられたのは昨日の午前中のことだった。

それからすでに三十時間以上が過ぎようとしていた——。

ホテルの客室には外の乾いた暑さとは異質な熱気が立ちこめている。

青いカーテンから漏れる陽の光がもつれあう足先を照らし、かさなった影が揺れるたびにベッドが軋《きし》む。

「……あ……ああ」

くりかえされる執拗《しつよう》な愛撫。自分の首に顔を埋める男の金髪をかきいだき、卓人は甘い息を吐いていた。

「や……あ……っ」

男の腕に組み敷かれ、淫靡《いんび》な表情で身悶えている自分……。

肌からすべてを剥《は》ぎとられ、たえまなく襲う快楽の波に羞《は》じらいも理性も失ったかのように、やるせない声を上げている。

けれど耳元で囁かれる低い声にうなずくことはできなかった。

「おまえはスペインに残るんだ。いいな？」

「……っ」

「——卓人」

返事をしないことに苛立ったフェルナンドにかたくなにつぐむ唇をふさがれ、口腔を深く責められていく。

「ん……んっ」

根元から舌を絡め取られ、息苦しさにくぐもった声が漏れる。

互いの呼吸を貪り、どちらからともなく腰を動かして相手の存在を確かめていく。

こすれあい、摩擦する膚の間から汗がしたたり、白いシーツを濡らしていった。

「ん……っ」

長い指が首筋や胸をまさぐり、肌の奥からさらなる欲望をあばき出そうとする、その甘美な熱に頭が痺れていった。

唇をかさね、身体を求め合い、抱きあって眠りにつくことをくり返し続けている。

いつしか自分が内部をゆきかう男の存在だけを感じる獣になったかのように。

それでもうなずくことはできない。

スペインに残れという、その言葉には——。

やがて我を忘れた快楽の果てに、卓人は男の腕に身をあずけたまま意識を手放した。

身も心も弛緩《しかん》され、膚に浸透した甘い熱に浸りながら睡魔に身をまかせていく。

あたたかな腕が自分の身体を慈しむように抱きくるんでいるのを意識の底に感じながら。

そうして昏々《こんこん》と眠り続け、どのくらい経っただろうか。

「ん……っ」

足元にそそいでいた陽光が徐々に移動し、右のほおに降りかかったとき、卓人は睫毛をうっすらと開いた。

「……ん」

うつ伏せに横たわった細い身体に白いシーツがかけられている。

シーツを肩口にまで引き寄せ、卓人は手のひらを額の上でかざした。

青いカーテンから漏れる陽光が目に痛い。

陽射しからのがれるように卓人はとなりに視線をむけた。

しかしそこに彼の姿はない。

白いシーツがゆるやかに波打ち、まばゆい光を反射しているだけだった。

「フェル……ナンド？」

眼鏡をかけ、卓人はとなりのシーツに指を這わせた。

いつの間にいなくなったのだろう。さっきまでここで自分を抱いていたのに。

肘をつき、卓人は半身を起こして放心したような表情でベッドの背にもたれた。

情交のだるさが全身を支配している。

まだ自分が眠りの中にいるのか目覚めているのか、意識がはっきりとしない。烈《はげ》しい愛撫の余熱に膚が浸されたまま、今も身体の内部にフェルナンドがいるような、そんな生々しい感覚が残っている。

シャツをはおると、卓人は下半身の痛みをこらえ、ゆっくりとベッドから降りた。

いったいあの男はどこに行ったのだろう。

階下に通じる螺旋階段から下をのぞいてみたが、

暗がりが広がっているだけでそこにも人のいる気配はなかった。

浴室を見ても誰の姿もない。

ぼんやりとした表情で洗面所に入り、卓人は蛇口をひねった。

冷たい水で顔を洗うと、乾いていた膚が潤い、少しずつ意識が覚醒していく。

顔をぬぐって眼鏡をかけ直した卓人は、ふと鏡に映る自分を見た。

上品な濃紺の浴室タイルを背に、濡れた毛先を額に下ろした、たよりない表情をした男が大きな鏡の中に映っている。

洗面台に両手をつき、卓人はうつむいた。

拒みきれなかった。

ここに連れてこられ、狂おしく抱きしめられると、もう少しこのひとと一緒にいたい、せめてあと一日だけでも……そんな思いが湧いてきて。

「……バカだな、ぼくは。おかげでクビになるかもしれないのに」

卓人は自嘲するように呟き、鏡に背をむけた。

一日だけ長くいたところでなにかが変わるわけではない。

フェルナンドが闘牛場で死ぬのをやめるわけでもなく、卓人がスペインに残るわけでもなく。

卓人は床に散乱した衣服をかき集めた。するとポケットから、一枚の紙が舞い落ちる。

手を伸ばして拾い、卓人はそれを広げた。

小さく折りたたまれていたその紙は、先日、日本から送られたメールをプリントアウトしたものである。

そこには、帰国後に自分が東京本社の国際事業部に配属されるということが記されていた。

今の会社に入社して四年。これから社会人としての真価が問われるときである。

「だから帰らないと。この四年で築いたものを失うわけにはいかない」

卓人は紙をにぎりしめた。

フェルナンドは自分を愛していないし、自分もすべてを捨てて彼を愛することはできない。

そもそも車のディーラーと客という、ビジネスの場で知りあっただけの仲だ。

身体の関係をもったのもフェルナンドにとっては娼婦を抱くような感覚。

自分も帰国前に感傷的になって心が揺れただけ。

内心でそう呟き、ふるい立たせるようにほおをたたいたあと、卓人はぎこちない足取りで螺旋階段を下りた。

暗い応接室を横切ろうとしたそのとき、乾いた風がほおを撫でる。

卓人は立ち止まり、部屋を見渡した。

窓が開いている。

午後の熱風がカーテンのすきまから入りこんでいた。

「また……窓が」

壁際の祭壇のろうそくの焔がゆらゆらと揺らめいている。今にも消えそうな灯心を見て、卓人は眉をひそめた。

「そうだ、今日、フェルナンドは」

卓人は壁にかかった時計を見た。もう午後の七時半を過ぎている。

気が動転していてすっかり忘れていたが、フェルナンドは今日の六時からサン・イシドロ祭の闘牛に出場する予定だった。

数本の赤いろうそくと小さな聖母の写真がまつられた祭壇……。

フェルナンドはここで着替えたあと、祭壇に火を灯してから闘牛場にむかったのだろう。

卓人はろうそくに照らされた聖母の写真を見下ろした。

マカレナ教会の希望の聖母ラ・エスペランサ。

白いヴェールをかぶり、黒のローブをはおった美貌の聖母が眸から大粒の涙を流して、両手を広げていた。

セビーリャの人間にはそれぞれの守護聖母がいる。聖母には様々な意味があるが、その中で希望の意味をもつ聖母がフェルナンドの守護聖母だというのが不思議だった。死を恐れていない男に、希望なんて必要あるだろうか。

それともあんなひとだからこそ希望が必要なのだろうか。

風が入りこまないよう気をつけながら窓を閉めたあと、卓人はテレビをつけた。

もう闘牛は終わってしまっただろうか。

闘牛は有料放送なので、普通は放映されていないが、さすがに闘牛士御用達のホテルではそのまま中継されていた。

彼は成功したのか。

いや、なにより無事かどうか——。

闘牛場が画面に映り、聞き覚えのある歓声が耳に飛びこんでくる。

マドリードのラス・ベンタス闘牛場。

五階まである巨大な闘牛場は満員の観衆で埋められ、テレビの画面から熱気が伝わってきた。

拍手や歓声とともに、アナウンサーの解説も聞こえてくる。

「今日の闘牛の最後を飾るのは、セビーリャのフェルナンド・ペレス。一頭目でマドリードの観客を虜にしたフェルナンドの二頭目の牡牛は、六百十二キロの……」

喝采を浴びながら、赤い布と剣をたずさえたフェルナンドの姿が見えた。

太陽に輝くみごとな金髪、甘い琥珀色の眸、すっきりと整った鼻梁。

しなやかな長身の体軀と端麗な風貌をもつマタドールの姿がテレビ画面に映しだされていく。

白砂のマドリードの闘牛場に、フェルナンドのつけた水色の衣装がよく映えている。

卓人はテレビの前に立ち、その姿を見つめた。

フェルナンドは肩幅ほどに足を広げて立ち、ゆっくりと優雅に赤い布を揺らして黒い獣を誘っていく。しなやかに背を反らし、腕の長さを利用して流れるように赤い布を動かすフォルムはどこまでも美しい。

気むずかしいマドリードの闘牛愛好家が熱い声援を送り、アナウンサーも彼を絶賛していた。

「フェルナンドはこの若さですでに完璧ですね。美しい動きと牡牛を呼び寄せる技術は見事としか言いようがない。次々と危険な技を披露して……」

テレビの解説を聞いているうち、ふと脳裏にフェルナンドの言葉がよぎる。

自分は闘う相手を好きになってしまう。

人に愛は感じない。闘牛以外にこの世への執着がないから、いつでも闘牛場で死ぬことができる。怖いことがあるとすれば惨めな闘牛をすることだけ。

フェルナンドはそう言っていた。

本当にそんな気持ちで闘牛場に出ているのだろうか。ためらいも恐怖もなく。

首筋に寒気が走り、卓人が目をそらしたそのとき、突然携帯が鳴った。

ハッとしてうつむくと、見覚えのある番号が表示されている。

支店長――！

卓人はあわてて携帯を耳に近づけた。

『芳谷か。よかった、やっと通じた。心配でずっと電話していたんだが』

その安堵《あんど》した響きの日本語に、卓人は言葉を詰まらせた。

「あ……あの、もうしわけありませんでした。連絡もせず、それで……」

どうしよう。どう説明すればいいのか。

『芳谷、きみはフェルナンド・ペレスが宿泊中のホテルにいるんだろう？　昨日、きみを助けようとしたんだが、見失ってしまってね。ようやく居場所がわかって、今、ロビーに到着したところだ』

支店長の言葉に卓人は目を見ひらいた。

「え……ロビーに？」

『ああ、今ならペレスは不在だろう？　さあ、今のうちに出てきなさい』

「支店長……」

『きみとあの闘牛士になにがあったのか知らないが、彼の行動は犯罪だよ』

「——犯罪？」

卓人は眉をひそめた。

『あの男はきみのパスポートを焼いたあと、きみを拉致《らち》したじゃないか。警察と大使館でそのことをうちあけなさい。そうすれば本社も犯罪に巻きこまれたものとして、帰国の遅れを不問に付してくれるはずだ』

「だめです。そんなことをしたらフェルナンド・ペレスが警察につかまってしまうじゃないですか」

あわてて言った卓人に支店長が反論する。

『なにをバカなことを言っているんだ！　このままではきみはクビになるか左遷されるかのどちらかだ。さあ、早く警察に』

卓人は視線を落とした。

確かにフェルナンドのやったことは犯罪かもしれない。他人のパスポートに火をつけた行為は処罰される行為だ。

事実をうちあければ、帰国もできるし、自分はクビにならない。

なにより元どおりの生活を送れる。

けれどその代わりにフェルナンドを訴えていいのかどうか。

マタドールとしての将来は？

彼が命がけで築いてきた名声や地位は？

自分がそれを台なしにしていいのか。

いや、そもそも卓人の出世はフェルナンドに車を売ったことがきっかけだった。

それならば、自分の取るべき行為は……。

「あの、支店長、私は……」

卓人が顔を上げたそのとき、テレビから悲鳴が聞こえてきた。

はっとして振りかえった瞬間――。

「……っ」

卓人は言葉を失った。

あ――――！

剣が弾かれ、フェルナンドの身体が宙に舞い上がる姿が目に飛びこむ。

観客の割れんばかりの悲鳴が轟くなか、フェルナンドの身体は牛の角に突き上げられ、大きく宙に投げだされたあと地面にたたきつけられていく。

そんなフェルナンドの左胸を巨大な牡牛の角が襲おうとしていた。

「フェル……」

卓人は蒼白な顔で画面を見つめた。

指先が小刻みに震え、手のひらから携帯が転がり落ちていく。

そこから自分を呼ぶ声が響いているが耳には入らない。

地面にたおれたフェルナンドに猛然と攻撃をしかけていく巨大な獣。

マドリードの闘牛場の白い砂場に血しぶきが飛び散り、フェルナンドの身体が闘牛場の地面を二転三転していった。

悲鳴が闘牛場に響き、アナウンサーも言葉を失っている。

ほんの刹那、角の攻撃が目測をあやまったそのとき、フェルナンドはすばやく身を反転させた。かろうじて獣の前からのがれたフェルナンドが左胸をおさえて立ち上がる。

卓人は両手をあわせ、祈るような気持ちで画面のフェルナンドを追った。

助けに入った仲間を制止し、フェルナンドは平然とした顔で獣の前に戻っていく。

ようやく携帯から支店長が自分を呼んでいるのに気づいた卓人は、震える手でそれに手を伸ばした。

「……あ……あの」

口を動かそうとするのだが、唇がわななき、喉が貼りついたように声が出ない。

ほんの少しでも角の攻撃がずれていたら、フェルナンドは死んでいた。

そう思うと、たとえ画面にその姿が映っていても、彼が生きている実感が湧かなくて心臓が止まりそうになるのだ。

やがて獣を仕留めたあと、正面玄関から退場するフェルナンドを観客が拍手で見送る姿が画面に映る。負傷したまま、獣を一撃で仕留めたフェルナンドに観客が惜しみない喝采を与えていた。

事故などなかったように、フェルナンドは白い歯を見せてにこやかに笑っている。

「あ……」

卓人は息を殺し、テレビを凝視した。

男の金髪が風になびき、額の擦り傷の上に落ちていく。

声援にこたえてほほえんではいるものの、フェルナンドの双眸は、もっと別の遠い場所を見ているように感じられた。

闘いの昂揚が身体から抜けないのか。

それとも死闘の果てに生還した実感をおぼえていないのか。

かすかな憂いと翳りがフェルナンドの眸には漂っているように思えた。

卓人は胸腔の底から熱いものがこみ上げてくるのを感じた。

そんな卓人に携帯から支店長が話しかけてくる。

『――芳谷、ロビーに闘牛のファンが集まりだした。そろそろフェルナンドが戻ってくる時間だ。急いでそこから出てきなさい』

「……っ」

卓人は唇を噛み、あふれそうになる涙をこらえた。

『早く出てきなさい。それとも、あの男に拘束されているのか？』

「い……いえ」

『だったら、今のうちに』

「す、すみません、パスポートは……自分で燃やしました」

震える唇からそんな言葉が出た。なぜ自分は支店長に嘘をついているのか。

『なにを言うんだ！　きみは…』

「あれは自分でやったんです。もうしわけございませんでした」

『クビだぞ、いいのか』

「はい」

『わかった、おまえは解雇だ。覚悟しておけ』

クビ……。携帯電話を切ると、とたんにひざの力が抜けた。

すでに闘牛番組は終わり、画面にはコマーシャルが流れている。

それでも卓人は放心したような顔でテレビ画面を見続けた。

クビでもいい。そう思った。

自分にはできない。彼を警察に訴えるなんてことは。彼がしたことを怒ってはいない。いや、むしろ心のどこかで喜んでいた。

空港に会いにきてくれたことに。

それがどんな乱暴な形でも、たとえひとときの好奇心からでも、少しでも慕わしく思っている相手から求められて喜ばない人間がいるだろうか。

「……っ」

卓人は胸からせり上がる嗚咽を呑みこんだ。

自分のことはあとでなんとかなる。

あのひとが無事に戻り、生きていたことを確かめられるなら、ほかのことはどうでもいい。

今はただフェルナンドのことが心配で。

どれくらい泣きながらそこに座っていたのか。

廊下から物音が聞こえ、卓人は死んだような顔でふりむいた。

「フェル……」

扉がひらき、そのむこうに水色の衣装を着たフェルナンドの姿が見える。

卓人はほっとしたように口元に笑みをうかべた。前髪は乱れ、顔のあちこちに擦り傷ができているが、元気そうにたたずんでいる。

「フェル……」

呼びかけ、卓人は口をつぐんだ。

戸口でフェルナンドが助手らしき男となにかもめている。

助手らしき男がフェルナンドの肩をつかみ、けわしい顔で話しかけていた。

「フェル、病院に行かないと。そのまま放置しておくと……」

振りかえり、フェルナンドが首を横に振る。

「先にやることがある。その間におまえは医者を呼んでこい」

助手に命令したあと、フェルナンドが扉を閉める。

「卓人」

部屋の中央に立つ卓人を見つめ、フェルナンドはうすく笑った。

「逃げなかったということは、俺のそばにいると決意した。そういうことだな？」

上着の下を手で押さえながらフェルナンドは扉にもたれかかった。

「フェル……あの、怪我は」

卓人の足下に落ちているスマートフォンに気づき、フェルナンドが目を眇める。

「誰かと連絡をとったのか？」

「傷は……大丈夫なんですか？」

「先に質問に答えろ」

目線を卓人にさだめ、フェルナンドがひずんだ声で問いかけてくる。

一途《いちず》で激しい。これがこの男の本質なのだろうか。ふいにこれまでとは別の恐怖を感じた。その激情に引きずられてしまいそうな自分への恐怖とともに。

「支店長から電話がありました。空港でいなくなったものですから……」

　そこまで呟き、卓人は息を止めた。

　フェルナンドが手で押さえている左胸からまだ血が流れている。

　長い指の関節にそってどくどくと流れている真紅の血に、卓人は蒼白になった。

「すぐに止血をしてください。今、なにか清潔な布を……」

「——待て」

　呼び止められ、卓人は動きを止めた。

「日本に戻るのか？」

「ぼくの話はあとでいいじゃないですか。それよりもあなたは…」

「返事が先だ」

　鋭利なまなざしでフェルナンドが自分を見つめる。額やほお、顎にすり傷ができ、胸の血はいっこうに止まる気配がないというのに。

「……しばらく帰国しません。パスポートがなければどこにも行けないんです。再発行までの間はそばにいますから。だから、どうかあなたは治療を受けてください」

　卓人は哀願するように言った。目的を果たしてほっとしたのか、フェルナンドが力がぬけたように足もとをよろめかせる。

「フェル！」

　とっさに駆け寄り、卓人は大柄な男の身体を支えた。

「たいしたことは……ない」

　笑みをうかべながらも、引力に負けて男がその場に座りこんでいく。

　卓人は横からそっとそれを手伝った。

　卓人の背に手をまわし、男が肩に頭をゆだねてくる。首筋にふわりと熱い息がふれた。

「少し……こうしていたい。医者がくるまでもたれかかっていいか？」

　フェルナンドの言葉に卓人はうなずいていた。

この先も、このひとは闘牛士でい続けるのだろうか。

身体に残る無数の傷、そして、今日も新たな傷が身体に刻まれた。その行きつく果てにあるものは闘牛場での死しかない。

想像しただけで血の気が引きそうになった。

卓人は切ない思いでフェルナンドの端整な横顔を見下ろした。

「……痛みますか?」

「心配ない。平気だと言っただろう」

言葉とは裏腹にその顔は青ざめている。

傷が痛むのだろうか。息を吐き、ほおを歪めて体重をあずけてくる。

フェルナンドの背をそっと抱き、ふれるかふれないかでその髪にほおをよせていく。

卓人の首筋に顔をあずけ、フェルナンドが小声で囁く。

「……おまえといると、ほっとする」

目を細めてフェルナンドがじっと見あげてくる。甘く優しい琥珀色の眸が明かりを含んでしっとりとした淡い色に揺らめいていた。

卓人は男から視線をずらし、静かに口をひらいた。

「あなたは、どうして……ぼくのことを。闘牛後の余熱を冷ます相手なら、いくらでも代わりがいますよね?」

「ああ」

「ぼくのことは……ただ……ものめずらしかったんですよね?」

「ああ、そうだった」

まぶたを伏せ、男が長めの前髪をけだるそうにかきあげる。

そっけなくかえされた男の言葉に驚きはしなかったが胸の奥が軋んだ。

「それなら、ぼくが帰国しても問題ないじゃないですか」

彼の傷を気にかけながらも、卓人は冷めた声で言った。

「だめだ。俺の闘牛を無視したくせに」

「は？」

「わざわざ招待したのに、おまえはカルロスの事故に気を取られ、俺の二度目の闘牛を見ていなかったじゃないか」

「え……それは」

卓人は顔をこわばらせた。

あの日、確かに負傷したマタドールの姿に衝撃を受けて、自分はフェルナンドの二度目の闘牛をまともに見ていない。まさかフェルナンドがそれに気づいていたとは……。

「その上、おまえはこともあろうに、俺の部屋の窓を閉めた」

「――窓？」

「あの日、窓を閉めたのはおまえだよな？」

ゆっくりとした口調で訊いてくる男に、卓人はうなずいた。

「え、ええ」

おぼえている。セビーリャで初めて会ったときのことだ。

祭壇のろうそくが消えないようにと思い、ホテルの窓を閉めた。

今日も同じように閉めてしまったが、それは禁忌とされていることなのだろうか。

「いけなかったのでしょうか？」

睫毛を震わせ、不安げに言う卓人に、フェルナンドが口元を歪める。

「闘牛のとき、俺は窓を開けて出かけることにしている。ろうそくがいつ消えてもいいように。これからはおぼえておけ」

フェルナンドは人差し指を立て、命令するように卓人のこめかみをかるくたたいた。

ろうそくは闘牛士が無事に戻ってくるためのもの。だからこのひとの無事を思って窓を閉めた。

けれど闘牛場で死にたがっている男にそんな気遣

いは無用、むしろ邪魔なものだとフェルナンドは言いたいのだろう。

自分はこのひとのマタドールとしてのプライドを傷つけたのかもしれない。

卓人はうつむき、視線を床に落とした。

「すみません。勝手なことをして。あなたを怒らせるとは思いもしませんでした」

卓人は沈鬱な気持ちで言った。

しかし、片眉を上げて男が意外そうに問いかけてくる。

「怒る？　どうして俺が？」

「だって、ぼくは、あなたのマタドールとしての信念を歪めるようなことを…」

卓人の返事にフェルナンドが唐突に吹きだす。

額に手を当て、うつむいて笑ったあと、フェルナンドは呆然としている卓人の首の裏に手をまわし、頭を抱きかかえてきた。

「そんなことで怒ってどうする。俺はそこまでつまらない男じゃない」

卓人のほおを手のひらでつつみながら、フェルナンドが耳元に音を立ててキスしてくる。

「驚いただけだ。俺のためにわざわざ窓を閉め、見知らぬトレロの怪我を心配して涙を流す人間がいるなんて思いもしなかったからな」

「フェルナンド」

「だから家まで連れ帰った。もう少しおまえが知りたくて。それなのに、おまえは娼婦のように俺に抱かれたと口にした。おまえに腹が立ったのはあのときだけだ」

耳元で責めるように言われた言葉に、卓人はフェルナンドから微妙に視線をずらした。

「そうかと思えば、俺に……死ぬな、好きだと告げて帰国するおまえの支離滅裂な言動が最初はさっぱり理解できなかった」

そこまで言うと、フェルナンドはさすがに疲れたように小さく息を吐いた。

「けど、冷静に考えたらすぐに答えが出たよ。おまえは、金や名声、恋人の地位が欲しいわけじゃない。俺になにも望んでいない。打算抜きで死ぬなと言ったわけだろ？」

「それって…打算で言える言葉ですか？」

とまどいながら卓人は答えた。このひとの周りにはそんな人間しかいないのだろうか。

「つまり、俺を真剣に愛しているわけだ」

笑みを浮かべて無邪気に言ったフェルナンドに、卓人の心臓が跳ね上がる。

「フェル……なにを」

声がうわずる。

思わず放しかけた手をすんでのところで止め、卓人は男の背を支え直した。

「おまえみたいなバカは初めてだ。実の両親でさえ、俺の金と名声だけを欲しがっているのに」

フェルナンドは身体を起こし、振りかえって卓人の腰に腕をまわしてきた。シャツをたくし上げて手のひらをすべりこませ、肌の感触を確かめるように男が背をまさぐってくる。

「フェル……」

困惑する卓人の唇をついばんだあと、フェルナンドは唇を強く押し当ててきた。

互いの胸が密着し、男の血がシャツ越しに卓人の肌にも染みてくる。

「ん……」

一瞬、唇の熱さに吸いこまれそうになる。しかし、血の匂いが鼻腔を突き、卓人は顔をそむけた。

「……だめです、傷に」

「たいしたことはない、かすり傷だ」

卓人の下あごをつかみ直し、フェルナンドがふたたび唇を近づけてきたそのとき、廊下から助手の声が聞こえてきた。

「フェルナンド、医者を連れてきた。となりにこい。治療の準備ができている」

フェルナンドが唇を離し、首をめぐらす。

「待ってろ」

その言葉に卓人は驚いた。

「今すぐおまえを抱きたい」

「な…」

上体をたおしながら体重をあずけてくるフェルナンドに、思わず卓人は手を振り上げていた。はじけるような音に、男が大きく目を見ひらく。

「——卓人?」

「なにを血迷ったこと言ってるんですか! 早く医者に診てもらってください」

卓人は自分の手のひらを手でにぎりしめた。

「いない間に帰国しないか?」

「しません!」

「あとで思う存分抱いてもいいか?」

「いいです。だから、早く!」

こちらのことなどどうだっていいではないか。

こんなに血が流れているのに、どうしてそんなことばかり訊いてくるのか。

卓人を見たあと、フェルナンドは指先で自分のこめかみを差してくるりと回転させた。

「やっぱりおまえはバカだ。こんなかすり傷で大騒ぎして」

笑いながら、フェルナンドが左胸をかかえて立ち上がる。

床に座りこんだまま、卓人は扉から出ていく男を見送った。

シャツや指に男の血が染みている。

指先にそっと唇を寄せると、血の味が口内に広がり、甘い痛みが胸に広がっていった。


とりかえしがつかないことをしたのはわかっている。

もう会社には戻れない。解雇だ。退職金もないし、最後の給料も支払われるかどうか。

けれど後悔はなかった。

スペインに残るか残らないかは別にして、闘牛に命をかけているフェルナンドを見て、ひとつだけ反省することがあった。

ぼくはなにも命をかけていることがなかった。

命をかけるほどでなくても、彼があれほどまでに一途に生きている姿を見て、せめて自分もなにかに一生懸命になる人生を歩みたいと思うようになった。

だから会社をやめることに後悔はない。

自分なりに懸命に働いてきたが、たまたま就職できた企業で、たいした思い入れもなく働いてきたのは事実だ。

そんな自分のゆるいものの考え方に卓人は反省していた。

一度しかない人生。後悔のないよう、せめてなにかに一生懸命になりたいと。

それはフェルナンドの姿を見て実感した思いだった。今はまだそれが何なのかはわからないけれど。


そんなことを考えながら、卓人はフェルナンドの家にむかって車を運転していた。

先週、納車されたばかりの、真新しい大型車だった。

まわりには広大なアンダルシアのオリーブ畑に午後の強い陽射しが降りそそいでいる。

正午過ぎにマドリードを出た車がセビーリャに到着したのはちょうどシェスタに街中が静まりかえっている時間だった。

五月中旬のセビーリャは二週間前とはくらべものにならないほどの、蕩けんばかりの陽光と熱気につつまれている。

白い家の窓辺に氾濫《はんらん》する夾竹桃や天人花の甘い芳香も以前より濃度を増していた。

たった半月の間に、光と影の境界線がずっと濃くなっている……。

まぶしさに目を細めながら、卓人は窓から入りこむ風に前髪をかきあげた。

身につけた白地のシャツが光に反射して目が痛い。

さすがに慣れない国で六時間以上も車を運転し続けたので卓人の身体には疲労がたまっている。

それでも壮大な大地を車で走ることができて楽しかった。

尤も交通ルールを無視したスペイン人の運転には何度も心臓がちぢみそうになったが――。

「フェル……家について……」

駐車場に車を停めた卓人は、助手席でフェルナンドが眠っているのに気づいて口をつぐんだ。

白いTシャツの上に長袖の黒いシャツをはおり、古びたジーンズを穿《は》いた二十一歳の若い男が寝息を立てている。

靴のまま、長い脚の踵をフロントボックスの上に載せ、心地よさそうにしているフェルナンドの顔は血色もよく、とても怪我人とは思えない。

元気そうでよかった――。

一昨日、血まみれの姿を見たときは心臓が止まりそうになったが。

無邪気な寝顔を見つめるうちに、卓人のほおに自然と淡いほほえみがうかぶ。

昨日、フェルナンドは一日だけ入院することになり、その間に卓人は大使館で「帰国のための渡航書」を申請した。

来週早々フェルナンドはもう一度マドリードのサン・イシドロ祭に出場するので、卓人はそのときまでそばにいようと思っている。

クビになるにしても、退職の手続等もある。一度帰国しないといけない。

それに……。卓人は眼鏡の縁を上げ、もう一度横目でフェルナンドを見た。

どうせ数日も一緒にいれば、このひとは自分に飽きるだろう。今までだれとも長続きしたことのない男だ。今はめずらしくて自分に興味をいだいていても、きっと。だからセーブしないと、この想いを。

「……ん」

突き刺すような陽射しがほおにふれ、フェルナンドがわずらわしそうに半身を起こす。

「……ついたのか」

フェルナンドはサングラスを取り、窓の外に目をむけた。

駐車場の前に白壁の本館が建っている。

赤茶けた屋根瓦におおわれた二階建ての館は、外壁の下半分を緑と紺のイスラム風の緻密な模様タイルで埋めていた。

初めてきたときも思ったが、フェルナンドの家は一人で住むには驚くほど広い。

屋敷内には数えきれないほどの使っていない部屋があり、奥に行けば、小さな仮設の闘牛場まである。

「——さあ、休んでください」

家の中に入ると、卓人はいやがるフェルナンドをなだめて寝室にむかわせた。

夕刻になると使用人がいなくなるため、家の中は寂然とする。

漆喰《しっくい》の白壁の寝室には十畳ちかい黒タイルのバスルームが隣接し、部屋の中央には数人が余裕で横たわれそうな木製の巨大なベッドが置かれていた。

部屋にはほかにサイドテーブルや肘掛け椅子、クローゼット……と必要なものはそろえられている。

部屋は埃《ほこり》ひとつなくシーツも糊《のり》がきいて、使用人の仕事がすみずみまで行き届いているのがわかった。

けれど一般のスペイン人家庭でよく見るような絵画や家族の写真がまったくない。

殺風景なところがこの男らしいと思うものの、フェルナンドが生活の匂いや他人とのふれあいを徹底的に避けている気がして、卓人はもの淋しさを感じた。

「夕食のあとにこれを飲んでくださいね」

卓人は鞄から出した抗生物質をテーブルに置いた。

「わかったよ」

フェルナンドは無造作にシャツを床に脱ぎ捨て、半裸でベッドに横たわった。

「ここにこい。おまえもつかれただろう」

枕《まくら》を片腕で抱き、男が長い腕を伸ばして手まねきしてくる。なめらかな筋肉が隆起した腕を見つめ、卓人は首を左右に振った。

「いいえ、ぼくは大丈夫です。あの、なにか欲しいものはありますか？」

男の脱いだシャツを拾い、卓人は壁のハンガーにかけた。

「水をくれるか」

枕に肘をつき、頭を支えながらフェルナンドはけだるそうに前髪をかきあげた。

「どうぞ」

ペットボトルをサイドテーブルに置く。

ふと、そこに置かれた透明の花瓶に視線を落とすと、小さな手のひらサイズのひまわりが二輪だけひっそりと挿してあった。

二本のひまわり。その黄色い花を見ていると、太陽に灼かれた大地の匂いを思いだす。あのとき、初めて、自分の中でこのひとへの思いを意識したように思う。

卓人はちらりとフェルナンドを横目で見た。視線に気づき、男が片眉を上げて微笑する。

「それは、あそこから採ってきたんだぜ」

「えっ？」

「一緒に行っただろ、ひまわり畑に」

卓人の手首をつかみ、フェルナンドが小声で呟く。細い手首をつつみこむように握りしめられ、とくん、と心臓が音を立てるのがわかる。卓人は心臓の昂りをごまかすように作り笑いをうかべた。

「そ……そういえば、スペインにはひまわり畑が多いですね。みなさん、ひまわりの種をよく召し上がっていらっしゃいますから…」

なにバカな話をしているのだ、自分は。

「……卓人」

手首を引き寄せられそうになり、卓人は男の動きを止めるように周囲を見渡した。

「あの、なにかして欲しいことがあったらぼくにおっしゃってください」

眉をひそめ、フェルナンドが手首をつかみ直してくる。

「おまえは使用人じゃないだろ」

「ですが、なにもしないで置いていただくのはもうしわけなくて」

「そばにいてくれるだけでいい。ここはもうおまえの家なんだから」

「ぼくの家って……」

「ずっとここにいろ。自分の家だと思って」

なやましげに見つめられ、フェルナンドの手につつまれた手首から全身に熱が広がるような気がした。

かすかな翳りと愁いをただよわせた美しい琥珀色の眸、形よく整った鼻梁、そして、惜しみもなく甘い言葉を投げかけてくる唇……。

そこから漏れる声は、ふだんは抑揚のある低い音をしているのに、ａやｅ、ｏなどの母音を伸ばすときだけ、せつなげにかすれて、音の幅が細くなる。だからその声が鼓膜に溶けると、胸が締めつけられ、抱きしめられているような錯覚をおぼえてしまうのだ。そう、今のように……。

「でも、ぼくが心苦しいんです」

声を震わせ、卓人は視線をそらした。

「卓人」

フェルナンドは起きあがり、卓人のほおに手を伸ばしてきた。ほおに落ちた髪をかきやり、じっと眸を見つめてくる。

「おまえに気を遣われたら俺が心苦しくなる。おまえが楽しいと俺も楽しいし、おまえが笑っていると俺も笑っていたくなる。だから遠慮するな。幸せな笑顔を見せてくれ」

真顔で説得するように言われ、卓人は唇を噛んだ。また、そんな甘いことを——。

自分を抱いているとき、フェルナンドは、Cariño、Te enamorado、Da me desde el alma hasta piel……と、

直訳するのが恥ずかしい熱い言葉を惜しみなく囁いてくる。

その言葉をすなおに受け取っていいかどうか。そのくらいは判断できる。

この男はスペイン人だ。ラテン系のこのひとにとっては日常的な軽口なのだろう——と。

「そんなこと言われても困るんです。ぼくはあなたの恋人でも家族でもないのに」

男から顔を背け、卓人は突きはなすように言った。

「俺を好きだと言ったじゃないか」

卓人の腰に腕をまわし、フェルナンドが身体を引き寄せようとする。

視線を落とし、卓人は男の胸元を見ながら、冷めた笑みをうかべた。

「好きです。でもどうか……もうそのことは忘れてください」

「どうして？」

さらに腰を引き寄せられ、胸と胸が密着する。

心音が聞こえそうな至近距離に緊張しながら、卓人は男の肩をつかんでこれ以上近づかないように力を入れた。

「日本に帰りたいんです」

うつむき続ける卓人の下顎に指を添え、フェルナンドがのぞきこんでくる。

「……そんなに、日本が好きなのか？」

目を細め、せつなげに凝視してくる男に、卓人は浅く息を呑んだ。

好きかどうかなんて意識したことはない。けれどこの男と出会ったことで自分が日本人であることを実感したのは事実だ。

初めて闘牛場に行ったとき、それまでは考えもしなかった自分のアイデンティティに気づいた。

自分の感覚はスペイン人とは違う、と。

そのあと、この男の側面を知っていっそうそれを強く意識したように思う。

ふたりで見たひまわり畑もこの男への思いも、ひとときのものだと思えばこそせつなかった。手に入らないものだからこそ愛しく、儚い時間の中だからこそ惜しい。

花瓶に挿された二本のひまわりを一瞥したあと、卓人はやわらかにほほえんだ。

「日本は故郷ですから、もちろん大好きです。日本語も日本人も日本食も太陽もなにもかも繊細でやわらかくて素敵ですよ。この国とちがって光と影の境界線が曖昧なんです」

「美しい国なのか？」

「ええ。美しい国です。もうすぐ梅雨という雨季が訪れますが、しっとりと雨に濡れた紫陽花《あじさい》をあなたに見せてあげたい。優しい美しさをたたえていて……」

もしかしたら自分はずいぶん美化して説明しているかもしれない。

けれどこうして帰国を延ばし、日本人と会わず一日中スペイン語で話していると、不思議にも記憶の中の美しい部分だけが甦ってしまうのだ。

「なんだ、おまえのことじゃないか」

フェルナンドは卓人のほおにそっと唇を寄せた。

自分を指差し、卓人は首をかしげる。

「ぼく……ですか？」

「ああ。やわらかで繊細で、曖昧で優しくて美しい。おまえそのものじゃないか。なら、俺も日本が好きになるだろう」

優しげに呟き、音を立ててほおにキスしてくるフェルナンドに、卓人は小さくためいきを吐いた。

「そういうお世辞は…やめてください。日本ではあなたみたいに気やすく他人を誉めると、かえって信頼されないんです。白々しい嘘に聞こえて困惑してしまいます」

照れくささがあったのかもしれない。卓人は冷めた口調で言った。

「——嘘？」

意外そうに目を見ひらいたあと、フェルナンドが卓人から手を放す。

「バカバカしい。おまえに嘘をついてなんの得があるんだ」

長い前髪をかき上げ、男は肩で息を吐いた。

「好きなものを好き、綺麗なものを綺麗、心で感じたことを言葉にしてなにが悪い」

「確かに……」

「こんなに素直な人間に対して、嘘つきとは。ひどい男だ、おまえ」

「言ってませんよ。そんなこと」

あわてて首を横に振る。

「言ったじゃないか。だいたいセビーリャ男が気のきいた嘘がつけるかどうか、少し考えたらわかるだろうが。学校だって闘牛学校しか出ていないのに」

フェルナンドは口の端を歪め、卓人の胸を人差し指でつついた。

「学歴と嘘がどう関係あるんですか」

どうして話がそんなに飛躍するのか。

やはりスペイン人の思考回路は理解できない。もしかすると、このひとは子供のままなのかもしれない。でかい図体をした推定年齢十歳くらいの子供。そんな気がしてきた。

卓人は眼鏡の縁を上げ、こめかみを指で押さえた。

「ずっと俺の言葉を嘘だと思っていたのか？」

静かに訊いてくるフェルナンドに、卓人は眉をひそめた。

そのときそのときに心で感じたことを言葉にしている——。

そう、そうなのだろう、このひとは嘘をついたりはしない。

カルロスの死に祝電を送ったことも闘牛場で死ぬつもりだということも自分にそばにいて欲しいということも、このひとは本当のことを口にしている。

自分を誉めてくれるのはこのひとの精一杯の好意や優しさ。

それを、嘘——だと思いたかったのは卓人の心の弱さだ。このひとの言葉が嘘であれば、これ以上深みにはまらずに済む。だから。

嘘つきは自分のほうかもしれない。このひとにも自分の心にも嘘をついている。

卓人はひざの上の手のひらをにぎりしめた。

「……嘘だと言ったことは謝ります」

「反省しているんだ？」

横目で自分を見る男のまなざしは少しすねているようだった。

「はい。直接的な言いかたには慣れないかもしれませんが、一緒にいる間はあなたの言葉をすなおに受け取ることにします」

そう言った卓人の髪にフェルナンドがすっと手を伸ばす。

くしゃくしゃと指先で前髪を撫でたあと、甘い琥珀の眸で自分を見つめ、うっすらとほほえむ。

「好きだな、そういうとこ」

さらりと言われ、一瞬、きょとんとした目で卓人はフェルナンドを見た。

好き――。

単純なスペイン語なのに予想していなかったせいで脳がすぐに反応しない。

やがてその意味がじわじわと頭の中で日本語に変換され、卓人のほおは火照ってきた。

「えっと……あの、ありがとうございます」

指先でほおをかきながら、口ごもって言ったスペイン語は奇妙な発音をしている。

卓人は男の視線からのがれるように壁の時計に視線をむけた。

「も、もう八時ですね。使用人のかたも帰ったみたいですし、ぼくが夕食の準備をしましょうか。たいしたものは作れませんが」

「日本食……作れるのか？」

「ええ、多少なら。食べたいんですか？」

小首をかしげてたずねると、フェルナンドは少し言いにくそうに口を開いた。

「実は……おまえを驚かせようと思って、日本食を作る準備をしていたんだ」

「えっ？」

「けど、だれも作りかたがわからなくて、結局、食材と調味料を用意することしかできなかった。悪いが、材料を使ってなにか作ってくれるか？」

卓人は驚いて目を見ひらいた。

このひとは一見なにも考えていなさそうに見えて、実は細やかな気遣いを見せてくれる。

人を愛せないとか、他者に興味がないなんて……それこそ嘘だ。こんなにも他者を慈しみ、思いやりを見せる人がこれまで他にいただろうか。

「……ありがとうございます。では、なにか作りますね。待っていてください」

立ち上がろうとしたとき、フェルナンドが先にベッドから飛び降りた。

壁にかかったシャツをはおり、卓人の背中に手をまわしてくる。

「俺も行く」

「怪我……大丈夫なんですか？」

「平気だ。なあ、それより作りかたを教えてくれ」

「あなたが……料理をするんですか？」

意外な言葉に目を丸くした卓人に、フェルナンドが首をかたむけて笑う。

「スペインで本物の男になるには、料理ができ、赤ん坊のおむつが替えられ、シャツにアイロンがかけられることが条件だ。俺が本物の男だという証拠を見せてやるよ」

親指を立てて自分を差し、フェルナンドは卓人の背中をかかえこみながらキッチンにむかった。

男の整った横顔を見あげ、卓人は内心で苦笑する。

それは最近はやりの紙おむつのＣＭの受け売りでは——と、つっこみたかったが、こんなにも端麗で、年に二億円以上も稼ぐマタドールがそんな庶民的な話をするのがおかしくて、卓人はなにも言わなかった。

できれば、このままで。このままのフェルナンドだけを自分に見せて欲しい。

一緒にいる、この時間の中では。


調理場に行き、冷蔵庫の中身を見るなり、卓人は感嘆の声を上げげた。

「すごい、よくこんなに集められましたね」

みりんに出汁《だし》のもとに醬油《しょうゆ》、酢、味噌《みそ》、豆腐、海苔《のり》、油揚げ……と、日本料理に必要そうな調味料や食材がそろえられている。

「マドリードの日本食料理店からゆずってもらったんだ」

冷蔵庫からオレンジジュースを取りだし、フェルナンドは指で大きな紙パックの口を開けて、無造作に喉の奥に流しこんだ。

「それで、なにを作るんだ？」

フェルナンドは冷蔵庫の扉に身体をあずけるように肘をついた。前髪をかき上げながら、横目で顔をのぞきこんでくる。

「そう……ですね。外国のかたは寿司《すし》や刺身が好きだとよく耳にしますが」

ぽつりと呟いた卓人に、あわてた様子でフェルナンドが冷蔵庫から手を離す。

「だめだだめだ。寿司や刺身なんてごめんだ。冷たい魚なんて食ったら腹を壊してしまう」

「壊しませんよ。それにおいしいんですよ。一度食べたらはまると思いますが」

そう言いながらも、卓人はフェルナンドがいやがっていることにほっとした。うっかり口にしたものの、実は寿司も刺身もまともに作れない。

「それから言っておくが、あれも絶対にごめんだからな」

胸の前で両手の指先をあわせ、フェルナンドが横目で卓人をうかがう。

「あれ——？」

「海老《えび》の踊り食い」

「はあ？」

そんな日本食があったのだろうか？

魚の活《い》きづくりなら聞いたことはあるが。

卓人はまじめな顔つきで小首をかしげた。

「日本にはすごいものがあるよな。俺なんてたかだか闘牛場で牛を暴れさせるだけなのに、日本人はてめえの腹であんなもんを暴れさせるんだからな」

「……っ」

何かかなり間違っている気がするが……どうつっこめばいいのか。

「日本人はバカか勇気があるかのどちらかだ」

フェルナンドは自分のこめかみのあたりを指先で差し、くるりとまわした。

バカというときにスペイン人がよくやるジェスチャーである。

妙な理屈に完全に固まってしまった卓人をよそに、フェルナンドはなにか思いついたような顔でうなずいた。

「ああ、そうか、切腹っていう文化があるもんな。日本人はもともと腹が強いんだ」

卓人は引きつった笑みをうかべた。

「残念ながら、切腹なんて今の時代、誰もやってませんよ」

冷めた声で言いながら、卓人は冷蔵庫から調味料や食材を取りだしていった。

「嘘をつくな。この前、高層ビルの屋上で芸者が切腹するドラマを見たぜ」

肩に手をかけ、説得するように言ってくるフェルナンドに卓人は苦笑いをうかべる。

いったい今度はどんなドラマを見たのか。

「大きな誤解です。芸者が切腹するなんて、時代劇でも見たことがありませんよ」

卓人は眼鏡の奥から冷ややかなまなざしでフェルナンドを見あげた。

「また、か。一度、正しい日本のドラマってやつを見てみたいもんだ」

不満げに言って笑うフェルナンドに、卓人はつられたようにほほえんだ。

「それで、なにが食べたいんですか？」

「あれがいい。野菜や肉をソースで炒《いた》めたパスタ。それから挽肉《ひきにく》を白くてふわふわした生地でつつんだ丸い食べ物」

フェルナンドは手で丸い形を作ってみせた。

「……それは中華料理です」

多分、焼きそばと中華まんのことを言っているのだろう。

「あ、あれはだめだからな。辛子がたっぷり入った真っ赤なスープ。腹を下してしまう」

「それはトムヤンクン……タイ料理です。大丈夫です、食材に唐辛子はありませんから作るのは不可能です」

「ライスを薄くスライスしたフォカッチャみたいなものはどうだ？」

「それは……ベトナムの生春巻きだと思います。ぼくにはライスペーパーを作る技術はありません」

「じゃあ、ほかになにがあるんだ？」

「ええっと、そうですね、ここのものを使って作れるのは、肉じゃがや味噌汁くらいですけど」

ほかにもチャーハンなら作れそうだが、考えればそれも中華料理だ。純粋な日本食で卓人が作れるものは意外と少ない。

「それでいい。作りかたを教えてくれ」

フェルナンドがキッチンの引き出しから包丁とじゃがいもの皮剝きを取りだす。

卓人はじゃがいもを数個つかんで男に手渡した。

「では、これの皮を剝いてください」

包丁と交換し、卓人は冷蔵庫から取りだした牛肉を見下ろした。

そういえば、スペインの牛肉は固くて煮物にむかない。ベーコンを使ったほうがいいだろうか……と考えている卓人の横で、フェルナンドが舌打ちした。

「痛っ」

「フェル……」

「まいった。牛のほうがあつかいやすいな」

皮剝きで指を擦ったらしい。

うらめしげにこちらを見て、親指の先を銜えている男を横目で見つめ、卓人は微笑した。

「いいですよ。あとはぼくがやりますから、あなたは休んでいてください」

そっと背中を押して流し台から離そうとしたが、首をめぐらしてフェルナンドがせつなそうに見下ろしてくる。

「二人でやったほうが早いじゃないか」

「……じゃあ、テーブルの用意をしてくださいますか？　グラスとか取り皿とか」

「了解」

フェルナンドはグラスや皿を取りだし、パティオに続く硝子戸にむかった。

「食堂に運ばないんですか？」

確かキッチンのむかいに立派な食堂があったように思うが。

「外で食おう。日が暮れて涼しくなってきたことだし、星を眺めながら」

卓人は引きつった笑いをうかべた。

「いやか？」

「い……いいえ、それも素敵ですね」

首を横に振る卓人を横目で一瞥し、フェルナンドは赤ワインのボトルを小脇にかかえてパティオへと出ていった。

星を眺めながらの食事……か。ロマンチストなスペイン人の思いつきそうなことだ。

卓人は眼鏡の縁を上げ、流し台の窓のむこうを見た。フェルナンドが石造りのテーブルをセッティングしている。器用にも床に転がっていたサッカーボールを爪先ですくい上げていた。

足の甲やひざでリフティングしながら、グラスやろうそくをならべている。

もう怪我のほうは大丈夫らしい。

肩をすくめて笑い、卓人は剝きかけのじゃがいもをつかんだ。今日の自分は気兼ねなくフェルナンドと話をしている。フェルナンドも自分にいろんな顔を見せてくれている。

ささいなことだが、とても嬉しかった。


「――これが日本食か」

腕を組み、感心するフェルナンドの前で卓人は心もとなげにうつむいた。

天人花の甘く濃密な匂いが充満する空間。

月とろうそくを灯《とも》した燭台《しょくだい》がパティオを仄明るく照らし、火影がフェルナンドの横顔に淡い翳りを作っている。

テーブルの中央にろうそくが灯され、卓人の作った料理を照らしだす。

牛肉の代わりにベーコンを使った肉じゃが、豆腐の味噌汁、あとはシャケを入れた大きめの三角おにぎり。

結局、これくらいしか作れなかった。

しかも、じゃがいもがマッシュポテトのようにつぶれてしまった。

スペインのガスコンロがきついのか、それともじゃがいもの質が違うのか。

「すみません、たいしたものが作れなくて。形も悪くて恥ずかしいです」

「上等上等。さあ、食おう」

フェルナンドは卓人のグラスにワインをそそぎ、テーブルに置いたバケットのパンを半分に割った。

「あの……パンも食べるんですか？」

卓人は男のとなりに腰を下ろした。

「駄目なのか？」

フェルナンドは肉じゃがをフォークですくい、バケットに載せて食べようとしている。

「あの……日本では、このおにぎり、つまりお米が主食なんでパンは必要ないんですが」

「米が主食だって」

大げさなほど驚き、フェルナンドはテーブルの三角おにぎりを見下ろした。大きく目をひらいていぶかしげに凝視したあと、フッと鼻先で嗤う。

「嘘だろ。米なんて野菜じゃないか」

「本当に主食なんです。日本では朝昼晩と米を中心に食事をするんです。おかず用の野菜とは違うんですよ」

「冗談きついな。三食も続けて食べたら胃がもたれてしまう」

あくまで野菜だと言い張るフェルナンドに、あきらめたように卓人は肩を落とした。

「米がいやならパンを食べてもいいですよ」

ワイングラスをつかみ、卓人は横目でフェルナンドを見た。視線を絡めたあと、フェルナンドはパンを戻し、おにぎりを手にした。

「米が主食なら米を食う」

「別にいいですよ。パンを食べてもいいって言ってるじゃないですか」

卓人は口先を尖らせた。

「日本食を食べる以上は日本式で食べる。だからすねるな」

そう言って、フェルナンドは卓人のほおを指の関節でつついた。

「すねてなんて……いませんよ」

卓人はうつむき、大きな三角おにぎりを両手でつかみ、唇に近づけた。

いったい自分は外国人相手になにをムキになっているのだろう。お米で作るスペイン料理は前菜の一種である。だからいきなり米が主食と言われて驚くのも無理はない。

ふと目線をむけると、フェルナンドがおにぎりを半分に割り、中身のシャケを取りだしている。フォークでつついてシャケだけ口に運んだあと、海苔を引き剝がそうとしていた。

「変な食べかたしないでください。これは一緒に食べないと…」

言いかけ、卓人ははっと彼を見た。指先に貼りついた海苔をフェルナンドは気味悪そうに見つめ、ぶるぶると手を振っているからだ。

「おい、この黒くて不気味なやつ、なんとかしてくれ。指にくっついて離れない」

顔をしかめ、フェルナンドが手のひらを卓人の前につき出す。卓人は苦笑した。

「これは振っても取れませんよ」

男の手をつかみ、卓人は濡れた布巾《ふきん》でぬぐってやった。

自分よりひとまわり大きな手、骨張った長い指。間近で見ると爪もひとつひとつが自分よりも大きくて、別の生き物にさわっている感じがした。

「いったいなんなんだ、それは」

「海草ですよ」

男から手を離し、卓人は眼鏡の奥の目を細めてほほえんだ。

「海草？　日本人はそんなもの食うのか」

目を見ひらき、男が大げさなほど驚く。自分の好きなものをそんなものあつかいされ、卓人はうらめしげに男を見た。

「髪の毛にいいって言われているんですよ。艶が出るって。本当かどうかわかりませんが」

「ああ、そうか。だから日本人の中でもおまえの髪は黒くて艶々しているんだ。しかもなめらかで名前どおり触り心地がいい」

フェルナンドが卓人の髪を指先に絡め、くしゃくしゃと撫でる。

「日本人は全員黒髪です」

「全員じゃねえだろ。金髪のサッカー選手や茶色い髪の観光客をたまに見かけるぜ？」

「あれは染めてるだけですよ」

そうだった。多くのスペイン人は日本人に生粋の金髪がいると思いこんでいる。

スペイン人は実際にその国の人間と知りあうまで他国の文化に興味をいだかない。だから外国に対する知識が極端に少ないのだ。関心がない分、東洋人への偏見や差別も少なく、その相手が好きか否かでつきあってくれるのでありがたいのだが。

「金髪がいないのも驚きだが、米に海草をくっつけて食べるとは。刺身といい海老の踊り食いといい、日本人は不思議な民族だな」

フェルナンドが肩をすくめて呟く。

それはお互いさまだと思った。

「でも、ぼくたちはスペイン人のように蛙《かえる》のフライなんて食べませんから……」

ひとりごとのように呟いた卓人の横で、フェルナンドがフォークに手を伸ばし、肉じゃがの皿を自分の前に引きよせる。

不安げにうかがうと、フェルナンドはマッシュポテト化した肉じゃがをフォークですくって食べ始めた。はたして口にあうだろうか。できるだけスペイン人の口にあうよう、醤油も味噌もうすく味付けしたつもりだけれど。

そんな卓人の危惧《きぐ》を振りはらうように、フェルナンドは皿の中身をあっという間にたいらげていった。

「美味《うま》い。もう少しもらっていいか？」

「それならこれを」

卓人はまだ手をつけていなかった自分の皿をさしだした。

口にあわなかったら困ると思い、少なめに作ったので余分な量はない。

「それはおまえの分じゃないか」

眉をよせ、フェルナンドが皿を戻そうとする。卓人はほほえみ、かぶりを振った。

「よかったら召し上がってください。ぼくは今までに何回も食べてますから。家でも一週間に一度は出てましたよ」

「じゃあスペインのオムレツやガスパチョのようなものか」

「ええ、家庭料理です。お袋の味と言って、それぞれの家庭で味付けがちがって……」

そこまで言って、卓人は唇をつぐんだ。家庭料理、お袋の味。配慮のないことを口にしたかもしれない。

卓人は気まずい思いで視線を落とした。

「気を悪くしたと思っているのか」

テーブルに肘をつき、男が卓人の横顔を見つめる。膝の上で手をにぎりしめ、卓人は笑顔で首を横に振った。

「いえ、そういうわけでは」

「よけいな気をつかうな」

フェルナンドが卓人の背中をぽんとたたく。

「そういえば、おまえの家族は？」

半分に割ったおにぎりをフォークですくいながら、フェルナンドが問いかけてくる。

「義父と母と異父弟と異父妹が一人ずついます。父親はぼくがまだ物心つく前に亡くなったので記憶にありませんが」

「幸せじゃなかったのか？」

目を細め、フェルナンドは卓人の口元についた米粒を取って自分の口に放りこんだ。

「いえ、ふつうに育ててもらいました。大学まで出していただきましたし」

気をつかうこともあったが、とりたてて困ったことはなかった。ただ義父の手前、母が自分にいろいろと要求してくるのは荷が重かったが。

「だろうな、おまえは他人から嫌われるタイプには見えない。うらやましい、俺なんて闘牛仲間から毛嫌いされてるんだぜ」

「それは…あなたに特別な才能があるから。ぼくは単に嫌われない程度の人間ですよ」

自分は容姿や知性や性格に他人を強烈に惹きつける魅力や個性があるわけでもない。

他人に不快感を与えない反面、代わりの人間がすぐに見つけられる人間。家庭でも学校でも会社でもそうだった。

だからこのひとから烈しく求められたとき、とまどいながらも心があたたかくなったのは事実だ。

それが、たとえめずらしいからという理由でも肉体的な関係だけを望まれているのだとしても。

そんなふうに考えながらうつむいていると、ふいに男の指がほおに触れる。毛先をかき上げた指先がくすぐるように肌を撫でた。

「どうした、食欲がないのか?」

「いえ」

作り笑いをうかべ、卓人はおにぎりを食べた。スペインの米は日本米とちがって大きくて固いが、その分やわらかくにぎったので食感に違和感はない。やはり家庭の味が出てしまうものなのか、塩かげんもシャケの味付けも母のものと同じだった。

「日本の空もスペインと同じなのか?」

卓人のグラスにワインをそそぎ、フェルナンドはふと思い出したように呟いた。

「同じ北半球ですから。緯度も近いですし」

卓人は上空を見上げた。月の周囲の雲がうっすらと光に染まって移動している。

日本より空気が澄んでいるのだろう。

月はよりいっそう冴え冴えと輝き、満天の星々は今にも地上に降り落ちそうなほどあざやかにまたたいていた。

「でも見える世界はちがいますね」

「どこが?」

テーブルに肘をつき、男が静かなまなざしで上空を見あげる。つられたように、卓人はもう一度夜空をあおいだ。

「東京は……空気が濁っていて、こんなにたくさんの星が見えないんです。空には同じだけの星があるはずなのに」

東京の夜空はこんなに暗くない。ネオンやビルの灯でいつまでも明るくて、星があることを考えることもなくて……。

日本に帰国していたら、自分はなにも意識せずにそこで生活していただろう。

昨日、帰国を遅らせることになったと電話で話したとき、まだ自分の事情を知らない母は『たっくん、本社栄転おめでとう』とはずんだ声で言っていた。

栄転……は、もうない。解雇された。あまりにも嬉しそうだった母になにも言えなかった。

母の落胆を思うと胸が痛む。今までも自分は要領が悪く、肝心のときにチャンスをのがしてきた。

公務員試験のときは面接日に地下鉄で病気のひとを助けている間に受けられなくなって失敗。

大学から企業を紹介されたときも、泣きついてきた友達に推薦枠をゆずって母を落胆させた。

今の自動車メーカーに就職し、ようやく安心させることができたのに……。

卓人は唇を噛みしめ、うつむいた。

フェルナンドのことは怒っていない。

ここにきたことも後悔していない。

けれど母の気持ちを考えると、もうしわけなさや今までのふがいない自分への自己嫌悪が胸の奥からつき上がるのだ。

今すぐ帰って母に会いたい。ごめんなさいと謝りたい。ふいにこみ上げてきた思いに卓人は息を震わせた。

「どうした？」

フェルナンドが顔をのぞきこんでくる。

「す……すみません」

まなじりからこぼれそうになる涙をこらえ、卓人はテーブルに手をついて立ち上がった。

「卓人、どうしたんだ」

フェルナンドがとっさに手首をつかんでくる。卓人はその手を払い、首を左右に振った。

「ごめん……なさい」

卓人はフェルナンドに背をむけ、キッチンに飛びこんだ。

鍵《かぎ》を閉め、扉にもたれかかってすわると、ひざをかかえてそこに顔を埋めた。伏せたまぶたの、睫毛に暖かな雫がたまっていく。

帰りたい。ひまわり畑にいたときはあれほど帰国したくないと思ったのに、今はすぐにでも帰ってしまいたかった。

今なら間にあうかもしれない。解雇を取り消してもらうことも可能かもしれない。まだ二日しか経っていない。東京に戻って、必死になって謝れば、元の生活に戻ることはできるかもしない。

だけど心はどうなのか？　フェルナンドを忘れられるのだろうか。

これからどうするべきなのか。どうしたいのかがわからない。わかっているのは、今なら失うものが少ないということだけ。

「——卓人？」

コンコンと窓硝子をたたく音が聞こえる。


それを無視し、卓人はまぶたを瞑って、記憶に残る日本の風景を懸命に思い描いた。

通勤帰りにぼんやりと眺めるのが好きだった副都心の高層ビル。

通学途中に自転車で通り抜けた玉川上水脇の小道。日曜日になると社員寮の裏にある公園で池を見ながら近くの老人福祉施設のおじいちゃんやおばあちゃんと話をするのが好きだった。

会社をやめて老人福祉施設で働かないかとスカウトされたこともあったっけ。

そうやって日本の思い出を意識的に思いだそうとするのだけれど、まぶたの裏には金色に染まっていたひまわり畑や自分をなやましげに見るフェルナンドのまなざしが浮かんで消えない。

オレンジとコロンのまじった匂い、腰から引き寄せるように抱きしめる腕の強さや重なった肌から伝わる体温、唇の熱さ、そして胸をせつなくさせるあの声……。

全身のありとあらゆる場所、五感に染みこんだフェルナンドの存在が身体のすみずみから甦り、自分がなにを望んでいるのか、彼をどう思っているのか、真実の気持ちがはっきりとわかる。

ぼくが心の底から望んでいることは――。

眼鏡を取り、卓人はしゃくりあげながら手の甲でまぶたをぬぐった。

だけどこの思いにすなおになる勇気がない。

フェルナンドのそばにいること。それは、多くのことを犠牲にして自分の人生そのものを変えなければならないことを意味する。

恋しいという、その気持ちのためだけにほかのすべてを捨てて。

そんなことは不可能だ。

なんの保証もないのに、心という形のないものにすがってどうすればいいのか。

眼鏡をかけ直し、卓人が重い息を吐いたそのとき、ふと、どこからともなく聴いたことのある音楽が聞こえてきた。

かぼそい弦の音、この旋律は確か『アルハンブラの思い出』だ。

廊下からかすかに、感傷的なギターの音が聞こえてくる。

フェルナンドがCDでもかけたのだろうかと思ったが、耳を澄ませば、時々半音がずれ、不安定な音色で流れていく旋律に卓人の胸は高鳴る。まさかまさか。

フェルナンドが演奏している――？

息を呑み、卓人は立ち上がった。

そっと扉を開けると、暗い廊下の奥から鮮明にギターの音が響いてくる。

やはりCDの音ではない。フェルナンドが弾いているのだ。

そう思ったとたん、鼓動がさらに大きく脈打つ。

ギターの音色に引きずられるように、卓人は廊下を進んだ。

人気のない石造りの広い家の中を、昼間とは違うアンダルシアのひんやりとした夜風に乗って、繊細で優しい弦の音が流れていく。

フェルナンドの演奏はけっして巧みとはいえない。むしろぎこちない。けれど哀愁をたたえた繊細な旋律が鼓膜から胸の奥に溶け、満たされたような気持ちになっていく。

卓人は吸い寄せられるように音のする方向にむかった。

長い廊下を歩き、扉の開いたフェルナンドの寝室の前までくると、いっそうあざやかな音が耳に染みる。

戸口に立ち、卓人は寝室を見た。

部屋に灯《あか》りはついていない。

月光に照らされて青白く染まっていた。

ちょうど窓硝子の枠に切り取られたような月影が床に映しだされ、その先で花瓶のひまわりが揺れている。

部屋の中央に置かれた大きなベッドにもたれかかり、床にすわって足を伸ばし、飴色《あめいろ》のフラメンコギターをかき鳴らすフェルナンドの姿があった。

一瞬卓人に視線をむけ、フェルナンドが目を細める。けれどそのまま抱きしめるようにギターをかかえ、フェルナンドは弦を爪弾き続けた。

ひんやりとした夜風に金髪がなびき、翳りのある男の目元に落ちていく。

卓人はそっとベッドサイドに歩み寄り、フェルナンドの前の床に腰を下ろした。

フェルナンドの演奏しているギターは、フラメンコの音楽や闘牛中に流れるパソドブレのように情熱的な激しさはない。

むしろシエスタの時間に、静かな陽だまりに包まれてゆったりとまどろんでいるような夢心地を与えてくれる。

このひとがこんな音楽を奏でるのが意外だった。陽にきらめく水路のようになめらかで、繊細な情感をただよわせたあたたかな音楽を聴いていると、魔法にかかったようにおだやかで安らかな気持ちになっていく。

ひざをかかえて座り、卓人はフェルナンドの横顔を見つめた。

きっとこのひとの本質はこの音楽に似ているのだろう。

優しくてあたたかで淋しい。他者を愛せないなんてことはない。ただ自覚していないだけで、きっと本当は誰よりも深く愛してしまう。そんな気がした。

曲の最後まで弾くと、フェルナンドはベッドにギターを立てかけた。

「少しは落ち着いたか？」

無造作に前髪をかき上げ、フェルナンドは斜めに卓人を見た。

「え、ええ」

うつむき、卓人はうなずいた。

「よかった。前に、アルハンブラの思い出が好きだと言ってたが、ギターが嫌いだったら次はなににしようか考えていたんだ」

自分のために、ギターを？ 卓人は目を瞬かせた。

「……ギターで十分ですよ」

「かっこよく詩でもささげようかと迷ったが、残念ながら詩作なんてできないから、こっそりロルカでも暗記しようと思ってたんだ」

フェルナンドがベッドの下から「ロルカ詩集」と題されたペーパーバックを取りだし、卓人のひざに放り投げる。

詩……という言葉に、卓人はこめかみが引きつるのを感じた。

そうだ。スペイン人は自作の詩を朗読するのがことのほか好きである。

今までに自費出版した詩集をスペイン人から何冊ももらった。

仕事中にいきなり詩を朗読する社員がいて驚いたこともある。まわりもそれを変だとは思わず、拍手して称えていたときはびっくりした。

ひざの上の本を卓人は複雑な気持ちで見下ろした。そんな様子を誤解したのか、にじりより、フェルナンドが不安そうに訊く。

「詩のほうがよかったのか？」

あわてて卓人は首を左右に振った。

「いえ」

「ついでにフラメンコでも踊ってやろうか？　セビジャーナスを教えてやってもいいぜ」

両手をわずかに上げ、フェルナンドが手首をまわしながら指を折り曲げていく。

春祭のとき、セビーリャの街角でみんなが踊っていた振りと同じだった。

「もういいから。踊らなくても、詩を朗読しなくても、本当になにも…」

「フラメンコがいやならアランブラ宮殿に連れて行ってやろうか？」

なおも自分の気分を盛りあげようとするフェルナンドが切なかった。

このひとは淋しいのだろうか。キッチンからここにくるときにしみじみと痛感した。

この大きく静かな家で、このひとはいつも独りで過ごしている。あたたかい家族も気を許せる友人も愛する恋人もなく。

そうして家を一歩出たあとは、ファンにかこまれ、闘牛場で緊迫した時間を過ごす。

いつ自分を罵倒するかわからない観客が見つめる中、自分の生死を懸けて――。

詩集を胸に抱いて、卓人は視線を落とした。

「いいのに、ぼくになんて気をつかわなくても。こうしているだけで楽しいから」

淋しいからって優しくしなくていい。

その優しさに酔い、その孤独に引きずられて戻れなくなってしまう。

フェルナンドが立ちあがり、床にすわった卓人の髪をくしゃくしゃと撫でてくる。

「やっぱりおまえにはひまわり畑のほうがよかったかな」

苦笑する男を見あげ、喉の奥からせり上がりそうになる嗚咽をかろうじて嚙み殺す。

卓人は立ちあがり、フェルナンドのシャツをわしづかんだ。

「もういいって言ってるのに！　これ以上優しくすると、今すぐここから出ていきますよ」

卓人はシャツごとフェルナンドの胸をたたいた。何度もたたこうとする卓人の背に手をまわし、なだめようとした男に身体を引き寄せられる。

「おい、どうしたんだ」

卓人の腰に腕をまわし、ベッドに腰を下ろしながら、フェルナンドがそっと下あごをつかんできた。

「怒らせるようなことを言ったのなら謝る。だから機嫌を直してくれ」

「もうやめてください。お願いだから、ぼくの機嫌なんて取らないで」

顔をのぞきこもうとする男から視線をずらし、卓人はシャツをつかんだまま、自分の額をフェルナンドの胸にあずけた。

フェルナンドを愛することはできない。

どれほど慕わしく思っても死にゆくだけのひとを愛することはできない。

たとえ飽きられなかったとしても、あとで必ず失うことがわかっている場所にすべてを捨てて踏みこんでいくことが怖い。だから——。

「優しくされると……淋しくなるんです」

そう、自分はただ孤独に気づいていないこのひとの本当の孤独さに淋しくなってしまうだけ。

「俺もそうだ」

耳元で囁き、フェルナンドが肩を強く抱きしめてくる。

「フェル……も？」

目線をあげると、目を細めてフェルナンドがうなずき、指の背で卓人のほおをつつく。

「おまえがいなくなったあと、自分が独りだということに初めて気づいた。食事中はおまえがとなりにいればと考え、ベッドに入ればおまえのなめらかな肌を思い出し、恋しさのあまり夜中にひまわりを採りに行ったんだ、この俺が」

　ほおに触れたフェルナンドの手のひらがやがて愛しげに肌をつつみこんでいく。

　その手のひらの大きさとぬくもりに鼓動が緩慢に脈打った。

「自分の気持ちに気づいて連絡しようとした矢先におまえが帰国する予定だと、納車にきた社員から聞いたんだ。そうして、気がついたら空港まで車をとばしていたわけだ」

　肩をすくめて言うと、フェルナンドは卓人の眼鏡を取って、音を立ててまぶたにキスしてきた。

「ここにいて欲しい。けど、おまえが帰国したいと言うなら、俺には止める権利はない。この間はどうしても引きとめたくてパスポートを焼いてしまったが……」

　そこまで言って、フェルナンドはかすかに濡れた卓人のまなじりを指先でぬぐった。

「やっぱり帰国したいのか？」

　両手で卓人のほおをつつみ、男が首をかたむけて顔をのぞきこんでくる。

　眼鏡がないせいか涙をこらえているせいかわからないけれど、なんだかぼやけて映るその双眸がとても愛しかった。

「ぼくの夢は……帰国したあと、お金をためて東京郊外に家を買って、優しく明るい女の子と二人で小さな犬を飼って暮らすことだったんですよ」

　卓人は責めるように言った。

「なんだ、あとは子犬を飼えばいいだけだ。東京じゃねえけど、もう家があるし、優しくて明るい女の子もいる」

　親指を立てて自分を差し、フェルナンドが肩をすくめて笑う。

「そんな女の子なんていませんよ」

卓人はうらめしげにフェルナンドを見あげた。

「細かなことは気にするな」

「……そんなに……淋しいんですか。そんなにぼくと一緒にいたいんですか？」

震える声で言った卓人に、フェルナンドは狂おしげに目を細めてほほえんだ。

「ああ、淋しい、おまえがいないと」

甘くかすれた声の囁きが耳に溶けた瞬間、卓人は胸の中でなにかがはじけるのがわかった。

フェルナンドは卑怯《ひきょう》だ――。

これでもか、これでもかと心に入りこんで、甘く熱い言葉や行動で胸を揺さぶろうとする。

淋しいと言われ、どうしてその思いを振りはらうことができるだろうか。

「フェル……」

まぶたを閉じ、卓人はゆっくりとフェルナンドの肩に首をあずけた。

男の背に手をまわし、シャツをにぎりしめる。

もう自分の気持ちに嘘はつけない。本当はどうしたいのか。とっくにその答えに気づいている。

卓人の首の裏に手をまわし、フェルナンドがこめかみにそっと唇を押しつけてくる。

あたたかい息が膚にふれ、胸が苦しくなった。

唇が離れると、まぶたを見ひらき、卓人はフェルナンドを見あげた。

フェルナンドが飽きるまででいい。その間の淋しさを埋めてくれたらそれでいいから。

「……そばにいてもいいですか？」

「卓人……」

目を細めて、男が笑みをうかべる。

なにも言わずフェルナンドは優しいまなざしで自分を眺めたあと、目を閉じてゆっくりと唇を近づけてきた。

ふわりとあたたかな吐息が唇に触れる。

卓人は浅く息を呑み、そっとまぶたを閉じた。

大きな手のひらに両ほおをつつみこまれ、あたたかな唇についばまれる。

「ん……っ」

何て優しいキスだろう。

「……っ」

息を詰め、唇の熱さに溶けていくように唇を重ね合わせる。

母に謝罪の手紙を出そう。人生は長い。少しくらい寄り道してもまたやり直せるはず。

このひとが自分に飽きたら、そのときこそ日本に帰国すればいい。

自分の内心にそう言い聞かせ、卓人はフェルナンドに唇をゆだねた。

「ん……っ……っ」

フェルナンドとベッドに座り、互いにむかいあうように座り、衣服を脱いでいく。

卓人は無意識のうちに彼のなめらかな髪に指を絡め、その肩に手をさまよわせていた。

心地よい恍惚とした感覚が唇から全身に広がっていく。

肌に染みてくる彼の体熱が愛しい。

唇から溶けこんでくる吐息のぬくもりが恋しい。

ただそれだけのために自分は枠からはみだし、人生を変えようとしている。

忘れようとしても否定しても胸を甘く疼かせるこのひとへの思い。その思いのままつっ走りたかった。

「フェル……」

卓人はフェルナンドのほおに手をそえ、唇を狂おしそうに食《は》んでくるその動きにこたえていった。

「ん……っ……っ」

首筋に胸にと熱っぽいくちづけが振り落とされる。きりのないほどくりかえされる甘い唇の動きに全身がほぐされていく。ぷっくりと膨らんだ乳首を指で弄ばれると、それだけで腰が悶えた。

やがてベッドの背に立てた枕にあずけるように身体をたおされ、広げたひざの間にフェルナンドが顔をうずめてきた。

「あ……だ…め……や……フェル」

腿のつけ根に息が吹きかかり、思わず卓人は身を固くした。

はしたなく潤んでいた性器の先端にそっとフェルナンドの舌先が触れると、猛烈な恥ずかしさに思わず唇を噛んでしまう。

「ん……ふ……っ」

けれど甘く奇妙な感覚がそこから電流のように脳までつきあがり、自分でも驚くほどなまめいた喘ぎを漏らしていた。

「あ……は……ああっ、ああ」

あたたかな舌に絡みつくようになぞられ、膚が粟立っていく。

こうされると、いつもうろたえてしまう。どうしてこんなに自分は敏感に反応するのか、と。

同性相手に信じられないほど感じている自分が不思議だった。

熱くしたたる蜜を舌ですくい取られ、ぐちゅぐちゅと音を立てて舐めとられる。そのたび、甘い痺れが背筋を駆けあがっていく。

卓人は首を縮め、腰をよじらせた。

「う……うう……っ」

「感じているのか？」

琥珀色の眸でフェルナンドが見あげてくる。

「す、少し……い、いえ」

顔をそむける。ほおが熱い。

自分はなにを正直に口にしているのか。

ふっと目を細めて笑い、男はジーンズの腰のポケットから瓶を取りだし、そこからしたたる雫を自分の指に絡めた。

そして再び卓人の性器に舌を絡めてくる。

肘でひざを広げられ、濡れた指に奥のはざまをさぐられていく。

「あ……ああっ」

くちゅりと淫靡な音を立てて指が窄まりをひらき、

粘膜のなかにわけいってくる。引きずりこんだ二本の指が内壁をひろげ、奥の粘膜を刺激していく。その生々しい体感。むず痒いような、痺れるような感覚に、ひくひくと腿がわななく。

思わず卓人は身をしならせた。

「ん……や……もうっ」

何度か触れられたのに、それでもこの異物感に慣れそうにはない。

「や……っ」

四肢をこわばらせると、自分の内側の肉がフェルナンドの指をきりきりと締めつけるのがわかる。

「あ……ふ……」

ぐちゅぐちゅと体内を嬲る淫らな音に羞恥が煽られていく。それなのに気持ちいい。もっとして欲しいと思ってしまう。

汗ばんだ額に髪が貼りつき、腰をよじるたびに内腿がふるふると痙攣した。

奇妙に、けれど甘く優しく蠢《うごめ》いている指の感触。

いつしかその揺らめきに酔わされ、自分でも知らない欲望をそこから引きずりだされそうな気がしてどうしようもなくなっている。

「あ……はあ……っ」

せがむような声をあげている。自分でもどうしてなのかわからないが。

「こうされるのが好きなのか？」

甘い声で訊かれ、恥ずかしくて反射的に首を左右に振りながらも、つきあがる快感に殺しきれない喘ぎを漏らしている。

「あぁ……あっ」

ほおが上気し、身体をしならせるたびにシーツの上を踵がずるりと滑ってしまう。

こうされるのが好き……なのだろうか。

かもしれない。

溺れるつもりはないのに、与えられる刺激に身をまかせればまかせるほど自分の喉から甘い息があふれてしまうのが止められない。

うれしくて、こうされることが幸せで。

「かわいい男だ、おまえほどかわいいやつ……他に知らない。あり得ないほど……愛しい」

指を抜き、フェルナンドは卓人を胸に抱き寄せようとした。

身をあずけかけた卓人は、その胸に巻かれた白い包帯に気づき、手で自分の身体をささえた。

「だ、だめです……これ以上のことは……傷の負担に……」

フェルナンドは何針か胸元の傷を縫っている。激しい行為なんてしたら傷がひらいてしまうではないか。

「なら、おまえからやってくれ」

上体を起こし、フェルナンドは卓人の腰骨を左右からつかんだ。

そっとうきあがらせて自分の上にまたがらせた。

「ぼくからって……むずかし……」

不安定さからのがれようとフェルナンドの肩に手をかけ、卓人は不安げにその顔を見下ろした。

たっぷりとほぐされ、キスや愛撫で弛緩されて火照っている身体は、もっともっとこの先の快楽を求めている。

それにこのひとが望むなら努力したいが、どうやればいいのか見当がつかない。

卓人は泣きそうな顔で唇を噛んだ。

「手伝ってやる。力を抜いて」

卓人の身体をかかえて後ろに手をまわした男が双丘を割ってそこに誘導しようとする。

「ん……っ」

息を呑み、肌を震わせながら卓人は男の導きにしたがった。

ひざがわななき、緊張でこわばる窄まりに硬い切っ先がふれる。

「や……く……ああっ」

粘膜をこじあけられていく痛みに身がこわばってしまう。

たまらず唇を噛み、動きをとめかけたが、内腿が震えて、引力に負けたように腰がゆっくりと落ちていった。

「あ……ああっ！」

ぐちゅりと音を立てて下から突き刺されていく。自分の体重ごと抉られていく痛みに、上体が弓なりにのけぞってしまう。

「あ……く……」

「大丈夫、俺にしがみつけ」

後ろにたおれそうになった身体をフェルナンドの腕がささえた。

「……っ……ああ」

貫かれたものが内臓を圧迫し、体内でじわじわと膨張していく。

その圧倒的な体感に息ができない。腰の奥からつき上がる苦痛が脳を灼くようだ。

「あ……ああっ」

このまま身をあずけて早く楽になりたい。


けれどフェルナンドの胸の傷が気になり、卓人は硬く目を瞑って懸命に今の状態を保つことしかできなかった。

皮肉にもその緊張が膨張しようとする男をいっそう締めつけていくのにも気づかず。

「いい……おまえの締めつけ……すごい」

粘膜にあらがって勢いを増す男の屹立《きつりつ》に粘膜がひろげられ、反射的に卓人は身をよじった。

「ん……苦し……ん……っ」

ひくひくと大きく全身を痙攣させ、身体を固くしたそのとき、ふっと耳にあたたかい息が触れた。

「大丈夫、大丈夫だから安心してしがみつけ」

耳元で囁き、男が腰を抱き寄せようとする。

「でも……あなたが」

肩を突っぱねようとした卓人の背に手をまわし、男が胸をあわせてくる。

「……だめ……っ」

逃げかけた腰にフェルナンドの腕が巻きつく。

かすかな移動がつながった部分に振動をあたえ、より深く男を呑みこんでしまう。

「……っ……ああ……！」

思わず唇を噛み、悲鳴を殺す。そんな卓人の髪を撫で、フェルナンドが優しく囁いてきた。

「もういい、卓人、もういいからもっと俺にまかせろ」

卓人はうすくまぶたを開いた。ぼやけた視界に、深く濃い色に染まった眸が見える。

「そんなに気をつかわなくていいから」

いじらしくてたまらないといった様子で琥珀色の目を細め、フェルナンドが小さく首を左右に振る。

「……フェル」

「おまえを見ていると切なくなる。切なくて切なくて……胸が痛い」

そう言ってフェルナンドが卓人の前髪を梳《す》きあげながら髪の生えぎわに優しく唇を這わせてくる。

切なさに胸が痛くなるのは自分もだけど。

いいのだろうか。このまま身をゆだねても。

問いかけるように見ひらかれた卓人の睫毛にフェルナンドの唇が触れる。

「大丈夫だ……大丈夫だから」

まぶたを甘く食まれ、大きな腕につつみこまれるように抱きしめられた。

「ん……っ」

あたたかいくちづけに緊張が解け、内壁に感じていた苦痛が少しずつ甘美な痛みへと変わっていく。

静かにフェルナンドの首に手をまわし、卓人はそっと肩にもたれかかった。

ああ、何て心地いいんだろう。ふたりの肌と肌がすきまなく密着し、身体の間でそれぞれの体温が溶けあっていくのがわかる。

そのぬくもりに細胞のひとつひとつが騒ぐ。と同時に甘い安らぎに全身が浸されていく。

「……ん……」

こめかみ、ほお、下顎へ進んだ男の唇が狂おしげに首筋を吸う。歯を立てられ、優しく咬まれ、舌がそこを這い、再び唇にふくまれる。やがて、ゆっくりと身体が突きあげられた。

「ああ……っ」

緩慢に抜き差しされていく。粘膜を摩擦しながら抉ってくる性器。つながった部分が甘ったるい熱を孕み、熟れた肉が彼をすっぽりと呑みこんでいく。

「あ……あぁ」

卓人はなやましげな声を漏らした。

ゆるやかな波が海原をうねるように自分の身体を押し上げていく律動。

身体の内側で男が脈動するたびに痺れとも疼きともいえない狂おしい快感が脳へとつき上がる。

そのとき——。

「……なにもいらない」

祈るように鼓膜に溶ける低くかすれた声。

うっすらと涙に滲《にじ》む目で見上げると、男の唇に睫毛を食まれた。


「おまえと闘牛以外……なにもいらない」

そのせつなげな囁きが熱風となって胸の中を通りぬけていく。

ぼくがそばにいたら、闘牛場で死ぬのをやめてくれますか？

問いかけたかった。けれど口にするのが怖くて、祈るような気持ちで卓人はフェルナンドの背に懸命にしがみつく。

うれしかった。闘牛だけしかなかった心の内側に、少しでも入れてもらえたことが。

ひとつにつながり、こすれあう皮膚の間から腿に濡れた雫が落ちていった。

内側を抉る男の熱にこのまま馴染《なじ》んでいきたい。男の動きにしたがい、下から煽られるまま、卓人は大きく身悶えた。

「あ……はあ……ああっ」

どこまでが自分の熱でどこからがフェルナンドの熱なのかその境界線がわからない。揺籃《ゆりかご》の中で身体

が揺さぶられているような、甘く狂おしい感覚の中に意識が溶け落ちていく。

「っ……フェル……あっ」

ベッドが大きく軋み、互いに本能のまま欲望をむさぼる獣になったように感じる。

このひとが恋しい。自分でも信じられないくらいに。

こうやって肌を重ねて内側にそのぬくもりを感じているだけで心も身体も果てしなく満たされていく。

そんなふたりの身体が揺れるたび、ベッドが軋み、枕元にいけられたひまわりの花びらも揺れていた。

卓人の吐く甘い息。フェルナンドがつく荒い息。そのたび、軋むベッド。

青白い月光に照らされた白い壁に刻まれた、二人の影とひまわりの影がいつまでもゆらゆらと揺れ続けていた。

6

六月に入り、アンダルシアは一日ごとに灼熱の季節にむかって陽射しの勢いが増していた。

熱気が街中にたゆたい、色濃い木々も、光の影の濃度も日本とはまるで違う。

甘い蜜のような時間を二人で送ったあとの、現実の日々がすでに始まっていた。

「卓人、こっちだ」

フェルナンドに連れられるまま、卓人は大きな屋敷の奥に連れられていった。

昨日、マドリードのサン・イシドロ祭にふたたび出場したフェルナンドはセビーリャに戻ってくるなり、近郊にあるアベルの家に呼びだされた。

今後の仕事の打ちあわせをしたあと、近隣の闘牛界のお歴々を集めたパーティに出なければならないらしい。

「パーティの前に、俺はアベルたちと今後の仕事の話をする。悪いが、しばらくここで待っていてくれるか？」

長い廊下を抜けて応接室までくると、フェルナンドはそこの扉を開けた。

「え、ええ、はい」

戸口に立ち、卓人は茫然とした顔で周囲を見渡した。

明々と煌めくシャンデリアが壁をうずめたアンダルシア風の模様タイルに反射し、どこかの宮殿に迷いこんだような気がする。

飴色のキャビネットに金色のマタドール像やトロフィーが並べられ、壁は闘牛の絵画や写真で埋められている。

四隅の天井にはそれぞれ牡牛の頭部が剝製《はくせい》としてかざられていた。

「どうした？」

首をかたむけ、フェルナンドが卓人の背中に手をかける。

「あの、やっぱりぼくは家で待っていたほうがよかったんじゃないですか」

ドレスコードにしたがってフェルナンドが用意してくれたベージュのスーツを着てきたものの、自分のような部外者がパーティに出席するのは気おくれがする。

アベルは貴族の出身で、代々闘牛に関わってきた名門の一人だ。

フェルナンドのアポデラード（マネージャー兼プロモーター）であると同時に大きな闘牛牧場をもち、闘牛学校も経営していると聞く。

「大丈夫だ。会場では俺がガードしてやる。最初のバルのようなことにはならないさ」

フェルナンドは卓人の腰を抱き寄せ、音を立ててこめかみにキスしてきた。

最初のバル…と言われ、ほおが熱くなる。

「あの、どうかあれは忘れてください」

うつむき、卓人は男の袖を引っぱった。

「あの夜だっけな、おまえと初めて寝たのは。子猫のようにしがみついてくるから、てっきり多少の経験があるとかんちがいしたよ」

「そ、それは……お酒に酔ってたからと言ったじゃないですか」

思わず腕をつかみ、卓人はその顔を見あげた。自分のほおが赤くなっているのがわかる。視線を絡め、フェルナンドが卓人から手を放して鼻を鳴らして笑う。

「――まいったな」

なぜか困ったような顔で両手をひろげたあと、フェルナンドは卓人の肩をつかんで大きな木製の扉に押しつけた。

「フェル……？」

両手を扉につき、上からおおうようにフェルナンドが自分を見下ろしてくる。黒い影が視界をさえぎり、卓人は目をまたたかせた。

「俺以外にそんな目をむけるな。パーティで眼鏡をはずしたりしたら、あとで蛙を食わせるからな」

なんの話かと思えば……。

卓人は内心で苦笑をうかべる。

「はずしませんよ。見えなくなりますから」

「眼鏡があっても絶対に他人を上目遣いで見るな。うすく唇をひらくのも禁止。まちがってだれかにほほえみかけたりしたら、おまえなんか骨の髄まで喰われるからな」

「わかりました」

「約束だぞ」

上体をかたむけ、フェルナンドが顔を近づけてくる。

唇をふさがれそうになり、あわてて卓人はフェルナンドの腕の下をくぐって、身体からすり抜けた。

「なに考えてるんですか。こんな場所で。ここはアベルさんの家ですよ」

いさめるように言って背をむけた瞬間、後ろから伸びた手に手首をつかまれた。

ぐいと身体を反転させられ、すばやく眼鏡をうばわれる。

卓人は息を詰めた。

「安心しろ。人目を気にする繊細な神経くらいもちあわせている」

長い腕に腰を抱きこまれ、ふたたび扉に押しつけられる。

「けど、困ったことにほかのスペイン人はそうじゃないんだよ。誰かが抱きあってようとキスしていようと白い目で見るような繊細なやつはこの国にいない。むしろ、悔しがって自分たちも負けじと濃厚なキスをご披露してくださる。それがスペイン人ってやつだ」

肩をすくめて冗談めかして言う男に卓人は観念したように肩で息を吐く。

確かにそのとおりだったたからだ。

「……でしたら、どうぞ」

どうせだれもいないし…と、苦笑に歪んだほおを大きな手のひらにつつまれた。

顔を近づけ、唇がふれるかふれないかの位置で止まる。

「それから、もうひとつ言っておく。絶対にだれかに肌をさわらせるな。そのときは蛙千匹だ。いいな？」

かわいい威《おど》し文句を吐いたあと、目を閉じ、フェルナンドがそっと唇をかさねてくる。

互いの息がふれあい、胸がさっと熱くざわめいていく。

うっすらと目をひらき、卓人は睫毛の間からそっと男のまぶたをのぞき見た。

唇を求めてくるとき、このひとは幸福そうな表情をする。

満ちたりた顔で唇をうすくひらいて美味《おい》しそうに自分の唇をついばむ。

そのとき、目元からいつもの淋しげな翳りが消えるのが嬉しくて、そんなに欲しいのならどうぞ好きなだけ味わってくださいと思ってしまうのだ。尤も、なやましくも心地よい唇の感触に陶然となってそれを確かめる余裕などなくなってしまうのだが。

まぶたを閉じ、いつしか卓人は指先を男のほおに伸ばしていた。

ひらいた唇のすきまから甘く息を吸いこむように男の舌が入りこんでくる。深く濃く根元まで舌を絡めあううちに呼吸が苦しくなり、肩や胸が荒く喘ぎ始める。

本当は他人の家でこんなことをするのは恥ずかしい。

けれどいつまでこのひとと一緒にいられるのかわからないと思うと、一瞬一瞬が愛しく、時間の許すかぎりふれあっていたい…と思ってしまう。

ひとしきり唇を味わったあと、フェルナンドは卓人の頭を抱いてつむじにキスを落とす。

「卓人、明日は家でゆっくり過ごそうな。明後日からはしばらくオフがなくなる」

そうだった——。

来週になれば本格的な闘牛シーズンが始まり、このひとは興業の旅に出かける。

スペイン全土を車で移動する旅。自分もそれに同行する予定になっている。

果たして自分はいつまでその日々につきあうことができるのだろうか。

空港で再会し、一日だけ一緒にしようと思ったのが、数日になり、ついには無期延期のような形になってしまった。

しかし実際のところ卓人には数カ月の時間しかない。

スペインに滞在できるビザの期限が切れてしまうのだ。それが切れると卓人は強制的にこの国から追いだされる。

就労ビザを延長させたいためにフェルナンドに雇

って欲しいと頼むのは筋ちがいだし、マタドールの下で卓人にできる仕事はない。

それに、できればフェルナンドとは最後まで今の対等な関係のままでいたかった。

「ところで、卓人、おまえ、俺の闘牛をどう思う？」

扉にもたれかかり、ふと思いついたようにフェルナンドが言う。

「えっ？」

「おまえからの感想を聞いたことがない。セビーリャのときも昨日も」

突然の質問に卓人は困惑した。

「好きじゃないのか？　俺の闘牛は」

「い、いえ、そんなわけでは。ただ素人のぼくにはなにかを言う資格はないと思って」

とっさに反論した卓人を皮肉めいたまなざしで見下ろし、フェルナンドが苦い笑みを漏らす。

「つまり、おまえを感動させる闘牛ではなかったというわけか」

「そんな……。感動もなにも、本当にぼくはただの素人ですから」

卓人はフェルナンドから視線をそらした。

昨日、卓人が闘牛を見ていないことをフェルナンドは知らない。

招待券をもらって闘牛場に行ったものの、またこの間のように事故が起こったら……と思うと、怖くて座席に座れなかったのだ。

終了後にフェルナンドが無事に正面玄関から退場していくのはこの目で確かめている。

けれど、それまでの時間、通路のすみにしゃがみこむことしかできなかった。

マタドールの家族や恋人は闘牛中に聖母の前で無事を祈ると聞くが、自分もそうしたほうがいいのだろうか。

だがキリスト教徒ではないし、神も聖母も信じていないフェルナンドの手前、勝手にそんなことをするのもおこがましい気がする。

卓人は上目遣いでフェルナンドを見上げた。

「どうした？」

卓人の下あごをつかみ、フェルナンドが目を細める。甘い琥珀色の眸を見つめ、卓人は小さく息を吸いこんだ。

今のうちに頼んだほうがいいだろうか。

闘牛場で死ぬのをやめて欲しい、と。なんでもするから、自分がこの国にいられる間はフェルナンドのためになんでもするから。

「あの……あとであなたにお願いしたいことがあるんだけど」

おそるおそる顔色をうかがうように言う卓人に、フェルナンドが片眉を上げる。

「めずらしいな。おまえが俺に頼みごとをするなんて」

「ひとつだけ。それだけでいいから」

フェルナンドのジャケットの袖をつかみ、卓人はすがるように言った。

「ちょうどよかった。俺もおまえにひとつだけ頼みがあったんだ」

肩をすくめてフェルナンドが言ったそのとき、足音が聞こえた。振りかえると書類を持ったアベルの姿が見える。

「フェルナンド、待たせたな。卓人、きみもきてくれたのか。今夜はゆっくり楽しんでいってくれ」

アベルが小脇にかかえていたポスターを広げる。

「卓人、きみにも一枚あげよう。明後日のポスターが届いたんだ」

「……どうもありがとうございます」

「見てごらん、フェルナンドを。惚れ惚れするようないい男だと思わないか？」

縦長のポスターにはフェルナンドと黒髪の男の顔写真とともに白い闘牛場の絵が描かれている。

白い衣装を着た写真のフェルナンドはうっすらとほほえんでいた。

そのとなりに写っている黒髪の男は、先日フェルナンドと殴りあいの喧嘩《けんか》をしたセバスティアンというマタドールである。

「この写真にしたのか？　うつむいているほうが気に入っていたのに」

腕を組み、ポスターをのぞきこみながらフェルナンドが不満げに呟く。

「セバスティアンが深刻な顔をしているんだ。きみを明るくしないと、ポスターが暗くなってしまうだろう。そう思わないか、卓人」

同意を求められ、卓人は小さくうなずいた。

「そうですね」

明後日、フェルナンドはこの男とともに先日亡くなったカルロスというマタドールの追悼闘牛大会に出場する。

場所は彼が殺されたセビーリャのレアル・マエストランサ闘牛場。

「きみもくるんだろう？」

「え、ええ、はい」

その日はカルロスの兄のセバスティアンがフェルナンドを指名したため、二人で一騎討ち《マノ・ア・マノ》の勝負をすることになっている。

一騎討ちとはふだん三人で二回ずつ行う闘牛を、二人で三回ずつ行うことを言う。

同じ実力と人気のマタドール同士で組み、互いの優劣を競いあうのだ。

黒髪の男がフェルナンドに勝負を申しこんだのは先日のことへの復讐《ふくしゅう》だろうか。

「アベル、お喋《しゃべ》りはこのへんにして、さっさと仕事の話をしよう」

フェルナンドは親指を立て、むかいの書斎を指差した。

「ああ、そうだな。今後のスケジュールを確認してくれ。グラナダ、アリカンテ、ブルゴス、アルヘシラス、パンプローナ……」

「パンプローナ？　だめだだめだ。あそこは断ってくれ」

「伝統的な場所なのに……いいのか？」

卓人は応接室に入りかけた足を止めた。

めずらしい気がしたからだ、フェルナンドが闘牛を断れと言うのが。

「言ってるだろ。牛追い祭の牛とは闘いたくない、と。人間と街中を走ったあとで気が昂っているし、石畳で足も弱くなっている」

責めるように言うフェルナンドの肩をかるくたたき、アベルがなだめる。

「フェルナンド。あそこは観客も同じだ。牛追い《エンシェロ》に興奮したあとで闘牛なんてまともに見ていない。派手な見かけだましの技だけ披露しておけば満足するだろう」

「そういうのがいやだから断れって言ってんだよ。いくら金払いがよくたって——ああ、そうだ、卓人、悪いが、一時間ほどそこで待っていてくれ」

振りかえって卓人にひと声かけると、フェルナンドが仕事の話をしながらアベルとともにむかいの書斎に入っていく。

そういうのがいや、か。

フェルナンドらしい。

彼はマタドールとしてのプライドが驚くほど高い。

それを卓人は尊敬している。

彼は、自分のようにたまたま内定をもらった企業に安易に入社したわけではない。

姿勢が違う。それを痛感するたび、卓人は自分が恥ずかしくなる。

会社をやめたことに後悔はないが、悔いがあるとすれば、働く場所があればいい、有名な企業だから…という浅はかな気持ちで働いてきた四年間の歳月だろう。それは会社にもうしわけないことだし、生きることや働くことという当たり前のことを真剣に考えたことのなかった自分が情けない。

命がけで闘牛に打ちこむフェルナンドを好きになり、悩み、苦しんだおかげで自分は、初めてそのことに気づいた。

それだけでも彼と出会えてよかったと思う。

ポスターをかかえて応接室に入り、卓人は窓辺に近づいた。

硝子戸のむこうには大きなパティオが広がっている。

今日のパーティ会場が生け垣の奥に見えた。

まばゆい陽光、数えきれない花々の華やかな色彩、糸杉や棕櫚《シュロ》の木、白い大理石の噴水からあふれる繊細な水の矢がきらめきながら水盤に落ちていく。

大きなテーブルに料理がならべられ、客が楽しそうに談笑したり、ダンスをしている。

何のパーティかは知らないけれど、祭好きのスペイン人はこんなふうに年中どこかの家に集まって大騒ぎをすることが多い。

卓人は窓から視線をそらし、ふと長椅子の脇に置かれていた分厚い本を見た。

ロルカ全集……。

フェルナンドがもっていた詩集と同じ名の著者の本である。

ロルカはスペインを代表する劇作家であり、詩人で、二十世紀初頭の内戦中に銃殺されたアンダルシア出身の男だ。画家のダリやマタドールとも親交があったと聞く。

そういえば、今までスペイン人の本を一度も読んだことがなかった——。

卓人はぱらぱらとページをめくった。ふとそこに書かれた「闘牛」と「死」という文字が目に飛びこむ。

スペインは死が国民的な見世物となる唯一の国です（**España es el unico pais donde la muerte es el espectaculo nacional**）——。

それは「ドゥエンデのからくりと理論」という論文の一説だった。

ドゥエンデという、スペイン芸術にひそむ魔性についてロルカが講演したときの論文である。

ドゥエンデはギリシャ神話の芸術の神ミューズに

象徴されるような天上美の芸術とは対照的な悪魔的な芸術の情念を差す——という話をどこかで聞いたことがある。

スペインでは、闘牛、フラメンコ、絵画、オペラ……というすべての芸術界において、マタドールはマタドールの、フラメンコダンサーはフラメンコダンサーの、画家は画家の、魂の中にそれぞれのドゥエンデをかかえている。

そして、スペインの国民はドゥエンデに共鳴し、熱狂し、ときには命すら懸けてしまう。と、書かれている。

読みすすめるうち、しだいにむなしくなって卓人は本を閉じた。

スペイン人は死ととなりあわせの悲劇的な芸術に血を騒がせる。

スペインでは死によってすべてが始まる。スペイン人にとって、死は終わりではない。

スペイン人が死に惹かれる魂をもつ国民だとすれば、フェルナンドが闘牛場で死ぬことを望むのは当然のこと……かもしれない。

卓人がふとそう思ったとき、ふいに窓硝子をたたく音が聞こえた。

はっとして振りかえると、硝子戸のむこうにセバスティアンが立っている。

少し長めの黒髪を後ろに流し、浅黒い肌と黒い眸をもつ男が応接室をのぞいていた。先日と違い、彼のあごには無精ひげが生えている。

「また会えたな」

もう一度そこをノックしたあと、そう言いながら男が硝子戸を開いた。黒いジャケットと革のパンツが南米系男性特有の、彫りの深い端整な顔立ちによく映えている。

卓人は本を置き、上目遣いに男を見た。

「フェルナンドは？」

「アベルさんと話をしていますが」

「それならちょうどよかった。きみにひとこと謝りたかったんだ。この前は見苦しいところを見せてすまなかった。弟の死を悼んでくれていたのに」

セバスティアンが中に入り、ソファの脇に立つ。うつむき、卓人は首を左右に振った。

「いえ、お気になさらないでください」

このひともそうなのだろうか。

弟の死を哀しんでいたように思ったが、このひとも心にドゥエンデをかかえているのだろうか。

「明後日はきみもきてくれるのか？」

セバスティアンが闘牛のポスターに視線をむける。卓人は不安げに男を見上げた。

「あの……さしでがましいことを聞きますが、一騎討ちの相手に彼を指名したのは、先日のことへの復讐からですか？」

卓人は遠慮がちに、しかしはっきりとしたスペイン語で言った。

「復讐？　どうして」

「いえ、すみません、変なことを口にして」

「あいつのことは嫌いだ。しかし俺にもトレロとしてプライドがあるからね、復讐のために勝負をもちかけないよ」

セバスティアンは長椅子の肘掛けに腰を下ろし、テーブルのポスターに手を伸ばした。

「……あんなことをされたから、お嫌いなんですか？」

話をするのは二回目。まったく親しくもない、フェルナンドのライバルとこんな話をしていていいのかわからなかったが、卓人は先日感じた疑問をいくつか投げかけてみたかった。

「いや、もともと嫌いなんだ。顔も態度も技も気に喰わないが、一番イヤなのは勝つこと……いや、死ぬことしか考えていないあの根性だ」

「根性？」

「ああ、俺たちは誰でも闘牛場での死に憧れている。そして愛する者に看取られたいと。だがあいつのは憧れじゃない。本気だ。その執念だけで闘う。ほかの闘牛士の恐怖心を煽るように」

セバスティアンはポスターに映っているフェルナンドの顔を冷ややかに見下ろした。

「初めて見たのはあいつが十六歳でデビューしたときだ。あのとき、一緒に出たベテランのトレロが亡くなったんだよ。あいつの命知らずな技に圧倒されて怖くなったらしい。それから今日までに何人も死んだ。怪我人は数知れず」

闘牛場で死ぬのが本望。だから何の恐れもない。いつ死んでもいい。

彼は十六のときからそんな殺伐とした気持ちで飄《ひょう》飄《ひょう》と危険な技をくりだし、一緒に出るマタドールに恐怖心を植えつけていたとは。

これからもフェルナンドはずっとそんな闘牛をくりかえしていくのだろうか。

闘牛場で死ぬ、その日まで。

考えただけで血の気が引きそうになった。

「あいつを見ていると、ふつうの神経のトレロは生きた心地がしなくなり、闘牛場で怖くなるんだよ。恐怖を感じたトレロは足がすくみ、獣の前でひるんでしまう。その一瞬のすきをついて牛が攻撃してくるわけだ」

「それは……フェルのせいでは……」

「ああ、あいつのせいじゃない。あいつは自分の思うままに闘牛をしているだけだ。それこそ、いつ死んでもいいような危なっかしい闘牛を。ここで死にたい、ここで死にたい、最高にかっこいい形でここで死ぬと言わんばかりの闘牛ばかりして。まわりがそんな彼に圧倒されるだけだ。俺の弟もそうだった。弟の弱さがフェルナンドの狂気に負けた。それだけのことだ」

セバスティアンは壁にかざられた牛の剝製に視線をむけたあと、その横に並べられている最も大きな額縁にふちどられた、隻眼の黒髪の闘牛士の写真をコンと拳でたたいた。

「闘牛は残酷だよ。死の恐怖を感じた者に死が訪れ、命を惜しまない者に死は訪れない」

　卓人は息を呑んだ。

「つまり、命への執着がないことが彼には幸運だったわけですか」

「そうだ、だからフェルナンドは常人にはできないことも軽々とやってのけられた」

　では、死なないでと頼まなくても大丈夫なのだろうか。

　このままでも彼が安全ならば。

「だけど、あんなものが本物の闘牛だとは思わない。他人に恐怖を与えるような人間の闘牛に、観客が感動するわけがない。あいつの闘牛に観客は興奮する。だけど感動する者はいない」

「……っ」

「あいつもそれはわかっている。だからまだ死ねないと思っていたようだ。まだ最高の闘牛士になっていない。だから死ねないと」

　そういえば、フェルナンドは問いかけてきた。自分の闘牛に感動したことはあるかと。

「あのバカなりに……闘牛に関してだけは必死だからな。親父への意地とでも言うのか」

　首を左右に振り、ひとりごとのように言ったあと、セバスティアンは肩をすくめてほほえんだ。

「尤もきみが現れてあいつも少し変化したようだね。先週のマドリード……あのときからあいつの動きが変わり始めた」

　先週といえば、フェルナンドが負傷した日のことだが。

「それは、どうして……でしょうか」

「死ぬのが怖くなったんだよ」

　卓人は息を止めた。

　死ぬのが……怖くなった――？

「愛する者、失いたくない者ができたとき、だれでもその相手と一緒にいたいだろう？　一分でも一秒でも長く」

　うっすらと笑みをうかべて言うセバスティアンを

卓人は呆然とした顔で見つめた。

そんな卓人のほおに手を伸ばし、セバスティアンは冷ややかに笑った。

「マカレナの聖母は……あいつの母親だ。母親から捨てられたあいつにとって、希望の聖母が母親だった。無償で慈しみ、ただただ慈愛で守ってくれるような存在……今はきみだ」

要するに——自分のせいでフェルナンドは闘牛場で恐怖を感じるようになった。

この男はそう言っているのだ。

「愛……が……彼の不幸なんですか」

「違う、愛を持てて幸せになれたんだよ。あいつもようやく生きることに執着するようになったんだ。人間らしくなってきた。本人がそのことを自覚しているかしていないかはわからないが」

男の言葉が耳の奥で鳴り響き、心臓がなにか鋭い刃物で抉られるような気がした。

「今後、あいつの課題はどうやって恐怖を乗り越えていくかだが、その変化の先に本物の闘牛士の姿がある。闘牛場で死を恐れ、観客から罵声を浴びた父親。その記憶があいつの心を蝕み、無謀なことをさせてきた。だがきみと出会って、あいつは恐怖を感じるようになった。今後が楽しみだ」

どうしてこのひとは明るい顔でそんなことが言えるのだろう。

こちらは頭が真っ白になり、なにも考えられないというのに。

「どうしよう。もしものことがあったら」

がくがくとひざが震え、卓人は泣きそうな顔で男を見あげた。

「大丈夫。あいつは技術も高いし、反射神経もいい。やすやすとやられたりしないよ」

「……え、ええ」

無意識のうちに相づちを打っていたが、思考は麻《ま》痺《ひ》していた。

「明後日はきみも見にきてくれよ。あいつがどんな闘牛をするか楽しみだ」

そう言って、セバスティアンはパティオに出ていった。彼に気づいた客たちが取りかこみ、その姿が人波の中に消えていく。

まぶたの奥が熱くなり、しだいに視界が白く濁ってくる。

闘牛場で死ぬつもり。

彼のその思いが皮肉にも今まで彼の命を守っていたとは——。

「……っ」

卓人は手のひらで口元を押さえた。

自分が彼の邪魔になるなんて考えもしなかった。死にたくないという人間の防衛本能が闘牛では危険を招くなんて、いったいだれが想像できるだろう。

もしも彼が死んだら？

自分のせいで危険な目にあったら？

恐怖を感じて惨めな結果になったら？

死ぬよりも惨めな闘牛をするほうが怖いと、彼ははっきり言っていたのに。

眼鏡を取り、卓人はぐしゃぐしゃに濡れた顔を手の甲でぬぐった。

「もっと……はやくわかっていたら」

悲鳴にも似た声が嗚咽とともに滲みでた。

自分の存在がフェルナンドを追いつめるとわかっていたら、絶対にスペインには残らなかった。どんなに好きでもどんなにつらくても、どんなに淋しいと言われても。


「卓人、どうしたんだ。昨夜からずっと物思いに沈んでいるようだが」

ふいに声をかけられ、卓人はハッとわれにかえった。

見渡せば、見慣れたフェルナンドの寝室。

バスローブ姿のまま、ベッドに横たわって、長い時間、ぼんやりとしていたらしい。

目線をずらすと、枕に肘をついて横たわったフェルナンドと視線が合う。

焦げ茶色のシャツのボタンを半分ほどはずし、ジーンズを穿いた男がけだるそうに前髪をかき上げている。

「……すみません、うとうとしていて」

卓人は上体を起こし、はだけたバスローブの襟元を戻した。

窓から強い六月の陽射しが入りこみ、乾いた風が寝室の中を通り抜けていく。

窓の外の蕩けるような光線と熱気は、見ているだけで目が痛くなる。

あのあと、アベルの家から戻ってきたのは今朝になってからだった。

シャワーを浴びてベッドに横たわりフェルナンドのシャワー音を聞きながら、夜が明けていくさまをぼんやり眺めていた記憶は残っている。

けれどパーティでなにをしていたのか、いつ眠り、いつ目覚めたのかはほとんど覚えていない。

ずっと、あのことが頭から離れなかったせいだ。

昨日の、セバスティアンとの話が。

卓人がいなくなって初めて淋しさに気づいた、卓人と闘牛以外なにもいらないと言ったフェルナンド。

嬉しかった……。人を愛せないと言っていたフェルナンドがそんなふうに言ってくれて。

しかし彼に芽生えたその感情が危険を呼びこんでしまうのなら、自分の取るべき道は決まっているのではないだろうか？

「そろそろ起きないと」

卓人が眼鏡を取ろうとベッドサイドに伸ばした手をフェルナンドが横から止めた。

そのまま手首を引っぱられ、胸の上に頭を抱き寄せられる。

「今日はゆっくり過ごす約束だろ？」

互いの鼓動と息を感じるほど密接に抱きしめられ、

卓人はまぶたを瞬かせた。

　フェルナンドの、くっきりとした形のいい双眸。蜂蜜色の蠱惑《こわく》的なまなざしは自分を見つめるとき、一瞬たりともその視線を動かそうとはしない。それを見ているとたまらなくせつなくなって、いつも自分のほうが絡んだ視線をそらしてしまう。

　息を殺し、卓人はかすかに眸をずらした。

　今、やらなければならないのは……。

　死なないでと頼むのではなく、自分を捨ててもらうことではないだろうか。

　おそるおそる戻した卓人の視線に、フェルナンドが静かな声で話しかけてきた。

「……昨日なにがあったんだ？」

　フェルナンドはそっと指の関節で卓人の目元を撫でた。

「えっ？」

「アベルの家でだよ。一人でいたときに泣いていただろう？」

　耳元で囁かれた言葉に、卓人は作り笑いをうかべる。

「泣いてなんて……いませんよ」

「嘘をつくな。目元が赤くなっていた。また、日本が恋しくなったのか？」

　卓人をかかえたまま起き上がり、フェルナンドがあごに手をかけてくる。

　顔を引きあげられると、ぼやけた視界の中にせつなげに細められた双眸が見えた。

「やっぱり育った国のほうがいいのか？」

「フェル……」

　卓人は困惑して目を大きく見ひらいた。

「おまえは俺と違って先のことを考えて行動している。本当は明日を知れないトレロと暮らすのがつらいんじゃないか？」

　形のいい唇に苦い笑みをうかべ、フェルナンドが手のひらでほおをつつみこむ。

「……どうして、急にそんなことを」

突然の言葉にわけがわからず、卓人はいぶかしげに男を見あげた。

「俺のせいで泣いてたんだろ？　帰国させないから。頼みを聞いて欲しいと言ったのは、帰国したいってことか？」

「いえ、ちが……」

卓人は言葉に詰まった。

このひとは大きくかんちがいしている。けれどセバスティアンと話した内容をそのまま口にすることはできなかった。知ればフェルナンドは自尊心を深く傷つけられるだろう。それにこのひと自身が自分の変化を自覚しているかどうか。

「……あ、あの」

「ん？」

首をかたむけ、フェルナンドが片眉を上げる。卓人は視線をずらした。

「いえ、その……あなたはどうなんですか？　ぼくが帰国したら、ぼくを忘れて今までどおり暮らしていけますか？」

気がつけば喉からそんな言葉が出ていた。

今、自分がいなくなればフェルナンドはこれまでどおりの命知らずの闘牛をするのだろうか。まだ間にあうのなら自分はすぐにフェルナンドの前から消える。

「――いや」

フェルナンドが小さくかぶりを振る。

「この肌のぬくもり、優しい笑み、すねたときの唇、たどたどしいスペイン語、どれもしっかりと身体が記憶している。忘れるのは無理だ。そんなたやすい気持ちでおまえを好きになったわけじゃない。おまえは違うのか？」

真剣な声で訊かれ、泣きたくなった。

もう遅い。卓人が忘れられないようにフェルナンドも忘れるのは無理だ。一度知った感情というものを消すことはできないのだ。

逃げてはいけない。

逃げられない場所まできている。

だとすれば、自分はなにをすればいいのだろう。

このひとを助けるために。

「……ぼくも無理です。だから可能なかぎり、ここにいようと思っています。昨日はそんなことで泣いたんじゃないから」

ほほえんで言った自分の返事に、男は安堵したように口元をほころばせる。

「よかった。おまえがいなくなると、フェルナンドくんが哀しむからな」

「フェルナンドくん？」

「そう、トレロじゃないフェルナンドくんだ。母親から捨てられ、父親からも見捨てられ、つまんなくて誰からも愛されてこなかったフェルナンドくん。彼を愛してくれるのは卓人くんだけだ」

「……っ」

そうだ。このひとの孤独な魂は一人の人間として与えられる愛情をずっと求めていた。


長い間、そんな自分に気づかず、闘牛場で生死を懸け、仲間に恐怖を与えながら。

「尤も……卓人くんはトレロのフェルナンドさまは好きじゃないらしいが。一度も感動したと言ったことはない」

卓人は顔をこわばらせた。

「いえ、尊敬を…」

「いいって、無理しなくても。フェルナンドさまはスペイン全土からもてまくってるし、卓人くんなんかいなくても同じだよ」

冗談めかして言ったあと、フェルナンドは卓人の首の裏に手をまわし、自分の肩に引きよせた。長い指先が髪や背をやわらかく撫で、愛しそうに自分の身体を慈しんでくる。

「そう……親父も稼ぎだけは愛してるし」

ひとりごとのように呟かれた言葉に、卓人は顔を上げた。

「あの、あなたは……どうしてずっとお父さまを養い続けているんですか？」

フェルナンドが眉をひそめる。

「親だからというのは理由にならないか？」

「それにも限度があるはずです」

昨日、パーティ会場で小耳にはさんだ。

このひとは余分な金のほとんどを父親にあげる。父親はそれを酒と賭け事と女に使い、このひとはそれを知りながら、また父親に金を渡すのだと、だれかが話していた。車椅子用の車もそうだ。父親のために用意した。足が悪いのが演技だと知りながら、その茶番につきあうように、足の悪い人間でも運転できる車をわざわざ用意した。

「しかたないだろ。あいつの引退の原因が俺なんだから」

卓人から身体を離し、フェルナンドはごろりとベッドに横たわった。

「あいつは、子供ができたせいで、闘牛が怖くなり、無様な闘牛をして観客に罵倒されたあげく、大怪我をしてトレロをやめたんだ。足をひきずっているパフォーマンスをして、酔っ払って、やりきれないやりきれないと言い続けて」

「でも、それはあなたのせいでは……」

「あいつは酔ったときに言う。息子がいなければ成功していたと。自分の弱さを他人のせいにしやがって。実に情けない男さ」

両手を広げ、フェルナンドは声を上げて笑った。明るい笑顔をうかべているが、泣いているようにも見えるのはどうしてだろう。

「そのくせ明日は自慢げに闘牛場にやってくるんだ。あれは俺の息子だ、親父の血を引いているからあんなふうに活躍できるんだとみんなに言いまくるだろう」

起きあがり、フェルナンドはベッドの背にもたれかかった。

このひとは父親を愛している。ものすごく激しく、心の底から。

永遠の片思いのように。ヒーローだった闘牛士の父。だが自分のせいで引退してしまった。今は落ちぶれた惨めな父。

それでも彼からの愛が欲しくて欲しくてしかたない。それがこの人の歪みだ。

バカ、飲んだくれ、情けない男……と、口では悪く言っているけれど、自分で気づいていないだけで、本当はとても愛している。

フェルナンドに愛がないなんて嘘だ。

そういう感情に気づかないようにするのが、決して幸福とはいえない幼少期を過ごしたこのひとの防衛手段だったのだろう。

いつでも死ねると言っているのも、きっと同じ。

「ずっと親父の弱さを憎んできた。けれど、今はその気持ちが理解できる」

手を伸ばし、フェルナンドは卓人のほおを手のひらでつつんだ。

愛しげに何度も指先でほおの感触を確かめたあと、ふっと目を細めて笑う。

「想像もしなかった、大事なものができると、闘牛場に出るのが怖くなるなんて――親父が感じた恐怖がこれなのか」

独りごとのような呟きに、卓人の心臓は緩慢に脈打ち、ほおの筋肉がこわばった。

このひとは自覚している。

卓人は泣きそうな目で男の横顔を見た。

「前に……頼みを叶えてくれると言ったよな？」

「え、ええ。ぼくにできることでしたら」

「俺は親父とは違う。どんなに恐怖を感じても逃げる気はない。だから――」

まぶたを瞑り、フェルナンドが腰に手をまわしてくる。骨が軋みそうなほど抱きしめられたそのとき、耳元に甘くかすれた声が鼓膜に溶けた。

「俺の死体をもらってくれ」

「……な」

一瞬、なにを言われたのかがわからなかった。

徐々に言葉の意味を理解し、自分の顔から血の気が引いていくのがわかった。

「おまえにもらって欲しいんだ」

フェルナンドは無邪気な笑みを見せる。

唇がわななき、声も出ない。

目眩を感じたが、男の胸に抱きこまれていた身体が崩れることはなかった。

「そして俺の死体を親父に届けてくれ」

「……っ」

卓人は信じられないものでも見るように男の顔を直視した。

なにを言っているのか、この男は――。

まさか、フェルナンドは明日の闘牛で？

「頼む。やっと見つけたんだ、トレロではなく、ただのフェルナンドに死ぬなと言ってくれる人間を。だから俺の最愛の人間として、トレロとして死ぬ俺の死体を親父に……」

最愛の人間として……。


卓人はかぶりを左右に振った。

「いやです……そんなこと」

胸の動揺を抑え、卓人はできるだけ冷静な口調で言った。それでも音がしてきそうなほど動悸《どうき》は脈打っている。

このひとはなんて残酷なことを言うのか。

自分は無様な闘牛はしない。

そのくらいなら華々しく死んだほうがマシ。

このひとがそう思っているのはわかっていた。

大切に思ってくれているのもわかる。卓人のせいにするくらいなら、潔くマタドールとしての人生を終えたいと思っているのだろう。

だからこんなことを言ってくるのだ。

けれど――。

それは一番与えて欲しくない愛の形だ。

たったひとつ、それだけは欲しくない。

卓人は眸から涙がひと雫流れ落ちるのに気づいた。

「頼む、おまえの腕で眠りたいんだ。トレロとしての最後は闘牛場だと最初から決めていた。でもただの人間としての最後だけはずっと見つからなかった」

「フェル……」

「やっと見つけた。やっと愛せた。親父以外の人間を愛せるなんて。こんなにも他人を愛しいと思うのは初めてだ。今、俺がどれほど幸せなのかわからないのか」

「……っ」

「トレロとして死ぬためだけに生きてきたのに、親父にトレロの誇りを見せつけ、親父を苦しめたスペイン人たちに本物のトレロの死を見せるためだけに生きてきたのに」

やはり……そうなのか。この人はこんなにも父親の愛に飢えていたのか。

「なのに、おまえと会えた。だから死ねる。もう思い残すことはない。頼む、俺の死体をもらってくれ。そして親父に死体を届けて、俺の生き様を伝えてくれ」

もう一度頼んでくる男に、卓人は全身が氷のように冷たくなるのを感じた。

「ごめんなさい……ぼくには…できない」

そう告げることしかできなかった。

すっと男の腕が身体から遠ざかる。

うつむき、卓人は胸の前で手をにぎりしめた。

このひとが一番望んでいることは、自分が一番望んでいないこと。

自分たちは思いあっているのに。それこそ熱く激しく互いを求めているはずなのに。

育った環境が違うせいか国民性が違うせいなのかわからない。

ただ、お互いの内側になにか決定的に異質なものが存在し、自分たちは永久に理解しあえないように感じた。

「……わかったよ。もういい」

頭上に深いためいきの気配を感じ、ベッドが軋んで男がそこから降りるのがわかった。

「フェルナンド……」

卓人は涙に濡れた顔を上げた。

顔を背け、フェルナンドが無造作に前髪をかきあげる。

「悪かった。今の話は忘れてくれ」

そう言って、フェルナンドが廊下にむかう。

その後ろ姿に胸が軋んだが、卓人は声をかけることができなかった。

「……フェル」

手のひらで口元を押さえ、卓人はこみあげてくる慟哭に耐えた。

耳の奥では夜のひまわり畑で笑いながらフェルナンドが言った言葉がこだましている。

『親父は真剣に言ってるぜ。俺をジージョのように散らせるつもりだと』

ジージョはみずからのマタドールとしての生を完結させるため、自殺にも似た形で牛の角につっこんでいったらしい。

フェルナンドもそんなふうにやるのだろうか。父親の果たせなかったことを。

ジージョと同じ二十一歳で。

スペインは死を見世物にした唯一の国――。

フェルナンドは父親を罵倒した観客に最高に勇敢で悲劇的な死を見せつけ、その汚名をそそいでやりたいのだろう。父親の目の前で。

きっと、あのひとはそのためにマタドールになった。だから、どんなに頼んでも日本人の自分にはフェルナンドが闘牛場で死にたいと思う気持ちを止めることはできない。

放っておけば、世界で一番好きなひとが自分の前から消えるかもしれないのに。

「……いやだ。耐えられない」

強く自分を抱きしめたひとがいなくなる。

一緒にひまわり畑を見たのに。

ギターを弾いてくれて、何度も何度も唇や身体を重ねて……。

けれどその声も腕のぬくもりも唇の熱さも、この世から消えてしまうのだ。

「そんなの、絶対に……いやだ」

卓人は枕をつかみ、フェルナンドの去っていった扉に投げつけた。扉にぶつかり、静かに床に落ちていく。

行き場のない哀しみが絶望に変化し、いつしか怒りとなっていた。そんな感情で自分をふるい立たせなければ、どうにも身動きが取れないのだ。

卓人はベッドから降りてバスローブを脱ぎ捨てた。

「もううんざりだ。生きるだの死ぬだの、そんな大げさな世界には耐えられないよ」

眼鏡をかけ、卓人は壁にかけていたシャツをはおり、スーツに身をつつんだ。

今度こそ日本に帰ろう。気持ちに勢いがある今のうちに。自分がふつうに暮らしていける場所に。

闘牛もマタドールも生も死もスペイン人の魔性もなにもかも、もうたくさんだ。どうだっていい。

卓人は荷物を入れておいたクローゼットを開けた。自分のもち物は数枚の衣服と書類鞄しかない。心さえ、この感情さえなければいつでも簡単にここから去れたのだと思うと、気持ちがかるくなってきた。今までの服と食事代を払えば、これで本当に終わり——。

フェルナンドはいつか死ぬ。自分が本気で日本に帰れば、本気で追ってくることはないだろう。

「そう、彼はどうせ死ぬひとだし……」

それがわかっていて好きになったけれど、死体をもらって欲しい——なんてひどいことを言うひとのそばにはいられない。

たとえフェルナンドが明日死ななくても、闘牛場で死ぬと決意しているかぎり、いつかその日は必ずやってくる。その間不安をかかえ、喪失を恐れて過ごすのは耐えられない。

ベッドに現金を置き、卓人は風で飛ばないようにそれを押さえようとサイドテーブルにあったロルカの詩集に手を伸ばした。

その本はめったに活字を読まないあの男が唯一もっている詩集だ。たまに読んでいたのだろう、一カ所だけ開きやすくなっている。

la cogida y la muerte（怪我と死）。**a las cinco de la tarde**（午後五時）。

そこには友人のマタドールの死を嘆くロルカの詩が載っていた。

午後の五時に死んだマタドール。柩《ひつぎ》が彼の寝床となり、彼の傷が太陽のように燃えていた、そして、死んだマタドールのことを見る者は永遠にいない。もうすでにいなくなったのだから――と、ロルカが嘆いている。

これをフェルナンドが読んでいた。

多分、ここで独りで……。

卓人は首を左右に振り、ふいにこみ上げそうになるせつなさを払った。

「関係ないことだ……ぼくには」

本を閉じ、卓人は現金の上にそれを置いた。

そう、もうなにを知っても心を騒がせたりしない。彼の孤独に同情しない。

愛している。だけどだからこそ、あんな残酷なことを言う人についていくことはできない。

卓人は鞄をつかみ、フェルナンドの出た廊下ではなくバルコニーへとむかった。

バルコニーには館の外に出られる石造りの階段があり、そのまま仮設の闘牛場をつっ切れば裏口にたどり着く。

彼と会わないまま、ここから立ち去りたい。

そう思ってバルコニーに出たとたん、カッとまばゆい陽射しが目を貫く。

「……っ！」

照りつける太陽に全身が焙られ、かるい目眩を感じて卓人は思わずその場にしゃがみこんだ。

吹き渡る熱風、紺碧の空。ちょうど真上から太陽が降りそそぎ、コンクリートの床に自分の濃い影がくっきりと描かれている。

なにか重いものが背中にのしかかり自分の身体がこのまま床に溶けていくような気がして、卓人は虚ろなまなざしで自分の影を見た。

日本にはない光と影の濃い輪郭……。

闘牛場では、円形の砂場をこの光と影の境界線がちょうど真っ二つに区切っている。

スペイン人は、闘牛場での光と影の境界線を生と死の分かれる場所と言う。

あざやかな、そのコントラストの上でマタドールと獣が生死を懸けて闘うのだ。

手を伸ばし、卓人は自分の影のラインを指先でなぞった。

あのひとは死ぬかもしれない。まばゆい太陽の下、闘牛場の喧噪につつまれて。

ぼんやりと黒い影を見ているうちに、刹那、その影のむこうに見える……ような気がした。

飛び散る血しぶきと悲鳴。そして闘牛場の影に呑まれ、フェルナンドの身体からゆっくりと命が脱け落ちていく姿が——。

卓人は大きく左右にかぶりを振り、硬くまぶたを瞑った。

明日、その悲劇が起こればスペイン中が彼の死を嘆き、称え、銅像を立て、伝説にするだろう。

マタドールのフェルナンド・ペレスは永遠に人々の心に残り、語り継がれる。

それが彼の望む最期ならば、きっとフェルナンドは幸せそうにほほえんで闘牛場に散っていくだろう。

「よかったじゃないか、フェルナンド。本望だろ、それで満足なんだろ」

吐き捨てるように呟き、卓人は床に手をついた。

嘘つき——。

まだセビジャーナスを教えてもらっていない。

アルハンブラ宮殿にも連れていってもらっていない。子犬も飼っていない。それなのに、死体をもらって父親に届けてくれなんて、あのひとはなんてひどいことを言うんだろう。

彼が闘牛場で死ぬなら、自分がここにいてもいなくても変わらない。結果は同じ……。

目を閉じたまま、卓人は声を上げて笑った。

嬉しくも楽しくもないのに乾いた笑いが喉の奥からこみ上げてくる。

もういい。もうここから出て行こう。耐えられない。


フェルナンドの家を出るとき、車庫に彼の車がなかった。

どこに出かけたのかわからない。けれどちょうどよかった。顔を見たらつらくなる。

卓人はタクシーを呼び、セビーリャへとむかった。

白い夾竹桃の花、オレンジや椰子の木々、目が痛くなる太陽の光。

初めてこの街にきたときは、この街の空のあまりの青さに驚いた。何て濃密な色だろう、と。それから陽差しが生む光と影のコントラストにも。

こんなにも濃い色彩で暮らしている人間と、日本人とでは感覚が違ってもしかたがないのか。だからフェルナンドと一緒にはいられないのか。

卓人はぼんやりと車窓を眺めた。

川べりの道を進み、やがてタクシーが白亜の闘牛場の前に差しかかる。ここの王子の門から、華やかに凱旋退場したフェルナンド。そのときの喧噪が嘘のように、門が閉ざされた今はシンと鎮まりかえっている。

その対比も「光と影」なのだろう。この国はなにもかもが、強烈な光と影に分かれている。プラド美術館の絵も、ひまわり畑の昼と夜も、それからシエスタの時間とそれ以外の時間も。

人の心もそうかもしれないフェルナンドも。陽気で気さくで優しいラテン系という顔の裏に、死に憧れた孤独で翳りのある顔をあわせ持っている。

彼の影……。それを思うと、また胸がきりきりとしぼられるように痛くなってきた。

その影ゆえに、彼は卓人にあんな願いを訴えてきた。それなのに拒否してしまった。おそらくふつうのスペイン人からも絶望的なほど孤立した場所で生きている彼のたったひとつの願いを拒んだのだ。

闘牛士だからこその、彼の孤独や淋しさに気づいて心惹かれた。だからこそ彼も自分を必要としたのに。それならば、彼のために自分ができることはひとつしかないのではないか。

「……っ……フェル……ごめん……」

彼の願いを受け入れるのはとてもつらくて、身が引き裂かれそうだ。けれど——やはりそれが彼への愛の証明なのだろうか。

卓人は身を乗りだし、運転手に声をかけた。

「すみません、待って、お願い……お願いです……駅にむかうの、やめて……ください」

「あ、ああ。ひきかえすのか？」

路肩に車をよせ、運転手がふりかえる。

ひきかえす？　どこに行けばいいのか。

卓人は放心したような顔で外を見た。

街角の建物には聖母像のタイル絵が描かれ、その脇に、明日の闘牛のポスターが貼られていた。セバスティアンとフェルナンドの一騎打ち。

「聖母……そうだ……彼の守護聖母……祈らないと。教会に、マカレナ教会にむかってください」

再発進したタクシーは川べりの道をまっすぐ進み、黄色と白が印象的な教会の前に停まった。

車から降り、古い扉を開けて聖堂に入っていく。外とは対照的な薄暗さ、ひんやりとした乾いた空気、白百合の甘い香りに混じり、古い建物特有の黴くささや、教会特有の乳香の匂いが漂う。その奥に、マカレナの聖母がたたずんでいた。

黄金の冠をかぶり、金色の刺繍がほどこされたエメラルドグリーン色のローブをはおり、愛しいものを抱き留めるように両手を広げて、憂い満ちた眸から涙を流している聖母像。

祈禱席に座り、卓人は聖母像をじっと見あげた。フェルナンドに似ていると言われたが、自分ではそうは思わない。この聖母はもっと慈悲深い美しさに満ちている。人が救いを求めたくなるような。

救い……。彼の言葉はそうだったかもしれない。フェルナンドの甘くかすれた声が甦ってくる。

『やっと見つけたんだ、トレロではなく、ただのフェルナンドに死ぬなと言ってくれる人間を』

明日、死ぬのだろうか。本気で？

(どうしよう、本当に明日散るつもりだったら)

やはり見届けるべきなのか？　卓人がいないと、一人の人間としてのフェルナンドを愛している人間がいない。彼の死体を父親に届ける人間も。ほかにだれもいないと言っていたのに。

だが想像しただけで全身が震える。怖くて、やりきれなくて。卓人は涙混じりに聖母を見あげた。

死を恐れない、愛も知らないと言っていたが、その逆ではないだろうか。本当の彼は切ないまでに愛を求めていたのではないだろうか。

そうでなければ、父親に死体を届けて欲しいなんて言わない。父親をバカにした観客たちの前で、最高に英雄的な闘牛士の死を見せつけようなどと考えないはずだ。本当に彼が欲しいのは、英雄としての「死」ではなく「生」ではないのか？

「わからない……教えてください、ぼくはどうすればいいんですか……どうすれば……」

立ちあがってすがるようにふらふらと前に足を進めたとき、卓人は最前列の祈禱席で手を合わせている男に気づき、はっと目を見ひらいた。

「……あなたは……っ……！」

松葉杖を床に置き、一心に聖母にむかって祈っている男。さっき、卓人が教会に入ってきたときから、ここでずっと祈っていた人影だった。

「……っ……おまえさん……フェルの……」

男が顔をあげる。端正な、中年男性。やはりそうだった、フェルナンドの父親だ。

「どうしたんだ、こんなところにきて。あのバカ男にいいかげんに愛想が尽きたのか」

卓人が手にした旅行バッグをいちべつし、父親が問いかけてくる。

「いいえ、そういうわけではありませんが……」

涙に濡れた卓人の顔がろうそくに照らされる。父親は立ちあがり、卓人の肩をポンとたたいた。

「一緒にここで祈るか、あいつの無事を……」

「あなたも……彼の無事を祈って？」

「当たり前だろう。いつも祈ってるさ。あいつの無事、それからあいつの活躍を」

「では、死を望んでいるわけじゃないのですね」

ほっとしたような卓人の言葉に、いきなりなにを言うんだという顔で父親が苦笑いする。

「当然だろ。一流になったあいつが英雄として輝く姿を楽しみにしてるんだから」

「でもフェルは……父親は……自分がジージョのように二十一歳で死ぬのを望んでいると」

「あのバカ……本気にしてたのか」

「本気に？」

「ああ……デビューの前日のことだ。俺は父親のような惨めな闘牛士にはならないと、あいつが憎たらしいことを口にしたもんで、ムッときて、俺も言ってやったのさ、そういうことは、ジージョみたいに銅像を立ててもらってから言えと」

くしゃくしゃと髪をかき、父親は息をついた。

「闘牛士は誰だって自分の死を思い描くものだ。俺もそうだった。『血と砂』みたいに闘牛場で愛する者の前で散りたいと。だが、まさか本気とは」

「本気ですよ、明日、彼は死ぬ気です。だからぼくはどうしていいかわからなくて」

また涙が流れ落ちてくる。父親は息をつき、松葉杖を拾うと卓人の胸にグイと押しこんだ。

「え……あの」

「行くぞ」

ポケットから車のキーをだし、早足で教会の出口にむかう。やはりふつうに歩けるらしい。路上に停めていた車を開けると、卓人に助手席に座るようにとうながす。フェルナンドが父のためにと、卓人に注文した車椅子用の車だった。

「あいつは本当にバカだ。俺の茶番を知っていて、こんな車を造り、わざわざ贈ってくれる。傷に効く奇跡の水だからと、南フランスの興業帰りに、聖地ルルドで汲んでくることもある。俺と、性悪女との間にできたガキとは思えないほど、いい子だ」

車を発進させ、父親はぼそりと呟いた。

このひとも、本当は息子をとても愛している。複雑で歪な関係かもしれないが、この父親と息子は心の底から相手を愛し、慈しんでいるのだ。

「それなら、どうして本心を言ってあげないのですか。彼はあなたの愛を求めているのに」

横顔にむかって言うと、父親がかぶりを振る。

「駄目なんだ……愛したらあいつが駄目になる」

「……え……駄目にって」

「あいつは優しい。清らかで、まっすぐだ。だからもっと餓えさせないと、とことん孤独にして、俺に反発させないと。あいつの闘争心……俺を追いやった観客への憎しみをあいつのなかで燃えあがらせないと。でないと……闘えなくなる」

では、この父親はわざと息子を突き放していたのか。わざとフェルナンドに自分を憎ませて、闘牛場で彼が活躍できるように。

「なら、彼に……愛なんて必要ないんでしょうか……愛してはいけないんでしょうか」

父親はふっとおかしそうに鼻先で嗤った。

「かもな。……だがもう遅い。あいつはおまえさんを愛した。それが闘牛にも現れ始めた。死への恐怖、人間らしい心の揺れ、迷い、不安……」

「じゃあ、すぐにでもぼくが消えないと」

「無駄だ、あいつの前からおまえさんが消えても同じだ。いったん芽生えた恐怖は消えない」

「そんな……」

「それが大人になるということだ。若き英雄には……もうなれないということだ」

「では……フェルは……」

「あいつも……その意味に気づいているはずだ。このむこうにあいつがいるのなら」

「このむこう？」

「そうだ、未来に進む勇気があるのなら」

父親がそう言ったとき、道路の先に大きな黒々とした牛の看板が見えた。近くに闘牛牧場があるというマークだ。広大な牧場の草むらに黒い闘牛用の牛が放し飼いされている。

「ここは、アベルが所有している牧場だ」

車は牧場の入り口にむかったが、門のなかに入ろうとすると、牧童が呼び止めにきた。

「おいっ、そこは進入禁止だぞ！」

「アベルの許可はとってある。フェルナンド・ペレスのスタッフだ」

「アベルさまの？　わかった、なかに進め」

牧童が去り、父親は奥に続く道に車を進めた。

「……いつのまに許可をとったのですか？」

「そんなわけねーだろ」

「え……じゃあ不法侵入では」

「まあまあ、細かなことは気にすんな」

卓人の肩をぽんぽんとたたくと、父親は五分ほど奥に進み、小さな闘牛場の前で車を停めた。そのかたわらには、優雅なコテージが建っている。

「見てこい、フェルが練習しているかどうか」

「……練習？」

「大きく前に進みたいとき、あいつは必ず本物の牛を使って練習をする。明日の牛は、アベルの牧場の牛だ。だから……ここにいる」

「……あなたは……まさかこれまでも影から」

「当然だ。あいつは……俺の希望、俺の夢だ」

「じゃあ伝えてください、彼に、そのことを」

「いや、いいんだ、これからも憎まれ続ける。それが俺の立場だ。反面教師として。代わりに、おまえさんが愛してやれ。あいつの希望になって」

父親が卓人を車の外に出した。そのとき、骨に響くような振動が地面から伝わってきた。

大地をとどろかすような振動。フェルナンドがいる。そう確信し、卓人は仮設の闘牛場にむかって、塀から身を乗りだした。

「……っ」

練習用の闘牛場。その中央にたたずむ男の影。フェルナンドだった。彼の黒い影が揺れている。

手をかざして視線をむけると、赤い布を持ったフェルナンドと黒い牡牛の姿がはっきり見えた。

艶やかな褐色の素肌を陽光に晒し、黒い細身のズボンを穿いてフェルナンドが赤い布を揺らし、実践のように闘牛をしている。

「フェル……」

明日のためのトレーニング。自分の死を飾るために？　それとも生きるために？

卓人に気づかず、フェルナンドが突進してくる獣相手に赤い布をひるがえしている。

優雅でしなやかな動き。初めて見たときのことを思い出した。風を巻き起こすような、彼の布の揺らめき。自分も吸いこまれそうになった。あのとき、確かに心を揺さぶられた。けれどカルロスの死がショックで、その感動も忘れてしまって……。

灼熱の太陽が降りそそぐなか、ザ、ザ……とフェルナンドが踏みしめる砂の音と、そこを駆けていく獣の足音だけが異様なほど響きわたる。

全神経を集中し、鋭利な目で獣を見据えながら、フェルナンドは牡牛を布のなかに巻きこみ、相手と戯れるように自分のまわりを旋回させていた。

今までとは違う。卓人は息を殺した。

背を伸ばし、獣が身体のラインぎりぎりのところをすり抜けるたび、前や後ろに巧みに布を動かす姿は、獣と一緒にいる時間を楽しんでいるようだ。

なにか新しいことに挑戦しようとしているのか。

彼の表情は生き生きとしている。卓人といるときのように楽しそうだ。幸せそうにも見える。

けれど彼がくりひろげている技は、今までよりもずっと危険だ。それにより美しく、心を揺さぶってくる。死を飾るためなのか。それとも生きるためなのかわからないが……彼の姿に、死への渇望は感じない。死を前にした殺気も。

伝わってくるのは、どこまでも幸福そうなやわらかさ。それにみずみずしい生命の力のようなものだけ。太陽にむかって咲き誇っていたひまわりの花のようにまっすぐで、このアンダルシアの空のように純度の高い青い色のような闘牛。

息をするのも忘れ、卓人はその姿を追った。

魂の底から、生きる歓びや幸せを訴えかけてくるもの――といえばいいのだろうか。

それが熱い情熱の塊となって卓人の胸に伝わってきて、いてもたってもいられなくなりそうだ。

自分が今ここに生きている幸福感、歓び、その「生」をはっきりと実感させられる。だから胸が強く揺さぶられてしまうのか。

それからどのくらい彼を見ていたのか。脚が棒のようになって、痛みを感じ始めたころ、フェルナンドは闘牛の練習を終え、卓人に気づかないまま、かたわらに建ったコテージに入っていった。

「あ……」

その背を見送ったあと、卓人はうずくまり、そこでじっと固まったように嗚咽を噛み殺した。

(すごかった……彼の闘牛。好きだ、なにもかもが。そこにむかう姿もひっくるめて……どうしようもないほど好きだ)

そうしたまま十数分ほど己の想いをじっと確認していると、ふいに頭上から声をかけられた。

「――卓人……なにやってるんだ」

はっと顔をあげると、そこにフェルナンドが立っていた。コテージでシャワーを浴びてきたのか、フェルナンドはバスローブをはおり、金髪の毛先から水をしたたらせていた。透明な水滴が陽光にきらめき、端麗な容貌が神々しいほど美しく見える。

「さっき、牧童が、俺のスタッフがどうのと言っていたが、おまえだったのか。よくここが」

「それは……あなたのお父さんがここに」

「親父が？　……まあ、いい。こんなところにいたら熱射病になる。コテージに俺専用の休憩所があるんだ。こい、なにか冷たいものでも飲んでいけ」

「フェル……ナンド」

「ジュースでももってこさせよう。腹は？」

コテージに卓人を連れていくと、フェルナンドがベッドに腰をかけ、内線電話に手を伸ばす。

「待って……フェル、その前に聞いて」

卓人はベッドサイドに進み、フェルナンドの前に立ってほほえみかけた。

「あなたの死体をください」

突然の卓人の言葉に驚いて目を見ひらいたあと、フェルナンドがぶっきらぼうにかえす。

「無理すんな、そのことはいいと言っただろう」

「いえ、ぼくは最後まであなたを見届けます。あなたが闘牛場で死んだときぼくが死体をもらいます。そしてお父さんに届けますから」

ベッドに腰をかけ、卓人はフェルナンドのほおに手を伸ばした。触れるとほおに軽い弾力があり、手をそえるとぬくもりが伝わってくる。

「さっきの闘牛、すごくよかった。初めて見たときのもよかったけど、今の闘牛はもっと好きだ。あなたの生の輝きがぼくの胸を揺さぶって……ぼくも生きているんだって実感して……」

喉が詰まる。涙腺がどうにかなってしまったのか、視界が白く濁ってきて、フェルナンドの顔を見たいのにどんどんぼやけていく。

「さっき、はっきり気づいた。とっくにあなたの闘牛に感動していたって。闘牛はあなたの生き方そのものだから。ぼくが会社をやめ、人生を見つめ直そうと思ったのも、生きる意味を考えるようになったのも、みんなみんな、あなたに出会って、闘牛士としての生き様を見せつけられたからで」

卓人は泣きながら言葉を続けた。

「だからこれだけは知っていて。これから先……どんなにかっこ悪くてもどんなに惨めな闘牛をしても、ぼくのあなたへの思いは変わらない。怪我をして、寝たきりになったら……ぼくが介護する。そして……もしものとき……は」

だめだ。喉が詰まって言葉が出てこない。けれどこれだけは言わなければ。

「もしものときは……あなたのお父さんと一緒に埋葬する。彼もただのフェルナンドとして、あなたを愛しているから……誰よりも愛して……本当は無事でいてくれることを強く祈っているから」

真摯な声で訴えるように言うと、フェルナンドはふっと目を眇めた。

「……知ってる」

「だったらどうして……」


「だから見せたい。あいつに伝説になる息子の生き様を。今日までずっとそう思っていた」

「……っ」

そこまでが限界だった。唇を嚙み、卓人はフェルナンドの胸に顔をうずめた。背中にまわされた手が優しく肩や腕を撫で、さらに涙があふれてくる。

「俺が散ったら、どこに埋葬してくれるんだ？」

あごをつかまれ、顔が引きあげられる。卓人はほおを濡らしながらその眸を見つめた。

「ひまわり畑……じゃだめですか？」

唇をわななかせながら言った言葉に、フェルナンドが淡くほほえむ。

「ああ、あそこがいい」

よかった。いいと言ってくれて——。

卓人は窓の外で燦然と輝く太陽に視線をむけた。太陽が黒く燃えているように見える。

「五十度の太陽に灼かれながら、ひまわりで眠るなんてすてきですね。とても幸せだ。ぼくはあなたを失うこともないし、あなたは淋しくない」

独りごとのように呟いた卓人に、フェルナンドが息を呑む。

「まさか、おまえも一緒に？」

「ずっと一緒にいたいって言いましたよね」

「バカな。なんでおまえが。そのときは帰国しろ」

「いやです。淋しいって言ったじゃないですか。ぼくがいないと淋しいって！　だったら一緒に」

卓人はフェルナンドの肩をたたいた。

「それとこれとは別だ。心中する気はない」

「そんな……やっとあなたの死体をもらう決意をしたのに！　一緒に眠ると言ったら、あなたが喜んでくれると思ったのに」

どうして喜んでくれないのだろう。ひまわり畑で一緒に眠りたいと言っているだけなのに。

「自分の問題におまえを巻きこむ気はない」

「自分勝手だ。巻きこんでいるのに」

卓人はフェルナンドの胸からのがれようと身体をもがかせた。暴れる卓人の腰を腕に抱きこみ、肩をたたいてフェルナンドがなだめようとする。

「おちつけ、卓人」

卓人はフェルナンドのほおを思い切りはたいた。

「ぼくはあなたが飽きるまででいいから……いられるかぎり、そばにいようと決意して…だって淋しい……って……言ったから」

涙腺がゆるんでまぶたに熱い涙がたまった。

「それは……あなたに生きていて……欲しかったから で……そのために自分の人生を変えて……なのに明日死ぬって…それならあなたの願いをかなえて一緒に眠ろう……て……」

喉の奥から嗚咽がこみあげてくる。卓人はフェルナンドの胸をたたき続けた。

なにも見えない。このひとのいない世界にいる自分が見えないのだ。真っ暗で音もしなくて、自分を保つこともできなくて、多分心が死んでしまう。だから一緒に連れていって欲しかった。

「未来が見えない……あなたがいない世界が見えない……。さっき幸せそうに闘牛をしているあなたを見て、ぼくも幸せを感じた……あなたが幸せなまま闘牛場で死ぬのなら……ぼくも幸せに逝ける……」

卓人は流れ落ちる涙をかまうこともなく、焦点のあわないまなざしで遠くを見た。

「だから一緒に……眠らせて」

しゃくりあげながら、眼鏡をはずし、卓人はフェルナンドの胸に顔をうずめた。

「そんなにつらいのか。俺がいなくなるのは」

苦い呟きが聞こえる。卓人はうなずいた。

「……ん」

「俺がいないと生きていけないのか？」

すすり泣き、卓人はこくんとうなずいた。

「あのひまわり畑で一緒に眠りたいのか？」

卓人は懸命にうなずき続けた。男の深いためいきがこめかみにふれる。

「——負けたよ」

観念したような声の響きに顔をあげると、琥珀色の眸がこの上もなく優しく自分を見ていた。

「おまえにすべてを捨てさせたのは俺だ。一緒にひまわり畑で眠ろう」

「フェル……じゃあ」

かすかにほころんだ唇をそのままふさがれる。

愛しげに唇をすり寄せられ、涙の雫を吸われ、熱っぽく唇が唇をさまよっていく。

「ん……っ」

卓人は男のほおに手を添え、自分も同じようにその唇をついばんだ。

どちらからともなく唇をこじ開けて舌を絡めあう。互いの決意を誓いあうように熱っぽく競いあって呼吸をうばい、それぞれの身体をかきいだきながら何度も何度も唇を溶けあわせていく。

呼吸が足りずに意識がくらみそうになったそのとき、ふいに唇が離れる。見あげると、フェルナンドが首の裏を抱き、耳元で囁きかけてきた。

「恐怖を感じて惨めな闘牛をするのが、俺にとって死ぬよりもつらいことは知っているな？　親父のようにに惨めになりたくないというのが俺の原動力だということは……」

男の問いかけに卓人はうなずいた。

「でも、惨めな闘牛をするよりも俺がつらいのは、おまえを苦しめることだ」

卓人の両ほおを手のひらでつつみこみ、琥珀色の眸がひどく淋しそうな色をうかべた。

「俺に生きていて欲しいんだな」

優しく訊かれ、卓人はうなずいた。

決まっているではないか。もっともっと一緒に過ごしたいし、またひまわり畑を眺めたいし、子犬を飼いたいし、いやというほど抱いて欲しいし、何度もキスして欲しい。だけどそれよりもなによりも、フェルナンドが生きていてくれるだけでいい。

卓人は祈るようなまなざしで男を見つめ、フェルナンドが切なそうな目で自分を見る。

どのくらい見つめあっていたのか、ふいに彼が鼻で笑い、卓人の髪をくしゃくしゃと撫でた。

「言っておくが、俺はカルロスの追悼大会ごときで命を散らす気はないぞ。あの憎たらしいセバスティアン相手に。あんなやつらのためにおまえまで死なせたら、世紀のマタドール——フェルナンド・ペレスの名がすたる」

突然の言葉に、卓人は息を殺した。

「俺は別にジージョのように死ぬ気はない。あんなやつ、俺はとうに超えている」

「え……」

「俺は俺だ。だれかの真似をして死ぬなんてまっぴらだ。死ぬのは、精一杯生きたあとだ。まだまだスペイン中を熱狂させせないと。もっと幸せにならないと。まだまだこんなもんじゃない」

「……っ」

「そういうわけで、おまえにはもう少し俺の闘牛人生につきあってもらう」

微笑し、フェルナンドが尊大に命令してきた。

違う。このひとは本気で死ぬ気だったはずだ。

視線をそらし、フェルナンドはもう一度卓人の髪を乱暴に撫でてきた。

「いいな？」

その声が耳にふれた瞬間、どっと堰を切ったように卓人のまなじりから涙があふれる。

「ひまわり畑で一緒に眠るのは……そうだな、俺がめちゃくちゃ活躍して、いやっていうほど稼いで、その金で二人で世界一周をして……幸せ過ぎて、したいことがなくなってからでいいだろ？」

卓人はぽとぽとと音を立てて流れる涙をぬぐうこともせず、ただ放心したような顔をしていた。

「すまなかった。おまえの苦しみに気づかなかった自分が情けないよ。こんな未熟なトレロが闘牛場で観客を感動させられるわけがない。もっとちゃんと生きていかないとな」

額の髪をかきやりながら、フェルナンドが髪の生え際に唇を落としてくる。

「おまえを好きになって……闘牛場で恐怖を感じるようになってよかった。でなければなにも気づかなかった。生きる喜びも苦しみも、闘牛をする幸せも……悔しいが、親父を愛していたことも……」

「フェル……」

「なによりもおまえといることがこんなにも幸せで、こうしているだけで泣きたくなって、愛する人間のために生きたいと思うこともなかった。そして自分が幸せに生きていくために闘牛がしたいとも」

フェルナンドは卓人の身体を抱きしめ、首筋に顔をうずめてきた。あたたかな息がふれ、ホッとして身体の力が抜けていく。

自分だけが悩んでいたのではない。このひとも答えを探そうとしてくれた。

相手にとって二人にとってなにが最適なのか。

対岸に手の届かない大きな川の両岸から相手に歩みよろうとお互いが前に出たとき、初めて手と手をつなぎあわすことができたのだ。そう思うと、胸がいっぱいになって、フェルナンドにしがみつくことしかできなかった。

「明日はおまえのために闘う。勝つためでもなく、死や敗北を恐れるのでもなく。ただ、おまえと生きていく未来のために」

卓人の額の髪をかきやり、狂おしげにフェルナンドが唇を落としてくる。皮膚から染みこんでくる唇の熱さが全身に溶け、あたたかな生命の温度に魂まで満たされていく。

「見せて……最高の姿を……」

もう一度、誓いあうように深く唇をかさねる。絡みあい、互いの熱が口内で溶けあっていく。ようやく自分たちを隔てていた見えない壁がそこから崩壊していくのを感じた。


その日、セビーリャのマエストランサ闘牛場は春祭の華やぎとは対照的な喪服姿の観客で埋められていた。闘牛場と同じ名のセンチメンタルな旋律のパソドブレが演奏されるなか、二人のマタドールが黄色い土の上を入場していく。

頭上では信じられないほどの太陽の光。

闘牛場には光と影の境界線がくっきりと砂の上に刻まれている。フェルナンドが関係者用のカードをくれたので、卓人はマタドールが待機する防御壁の近くで闘牛を見ることになっていた。

黒い衣装を身にまとったフェルナンドはいつになく凜々しく見える。美しい容貌、神々しいほどしなやかな体躯に引きしまった黒が見事に映えていた。

「どうだ？　俺と同じ目線から見る闘牛場は」

行進を終えたフェルナンドが肩からかけていたケープを取り、卓人の席の前にふわりとかける。エメラルドグリーンの地色に金糸の刺繍で縫い取られているのはフェルナンドの守護聖母、希望のラ・エスペランサだった。この色は、エスペランサという色

だと、衣装の仕立屋が教えてくれた。

　希望を感じながら、卓人は空を見あげた。

「下から見ると、空に包まれているように見える。大きな愛に守られているようだ」

「ああ、守られている、名前のない神に」

「名前のない神？」

「見てみろ」

　フェルナンドは卓人の肩に手をかけ、闘牛場の真ん中でくっきりと分かれた光と影の境界線を指差した。太陽のあたる場所と影になった場所。

「アベルが教えてくれた。闘牛場では、人間と獣の間に名前のない神がいると。そして生と死のあの境界線の上で生き残れるのは、名前のない神に選ばれた、神の子だけなんだ、と」

　名前のない神――それに選ばれた神の子だけが生き残れる。

「俺には……それがおまえだから」

　そっと耳元でフェルナンドが囁く。胸が熱くなるのを感じ、卓人はその境界線を見つめた。

　スペインは死を見世物にする唯一の国――。

　それは死を、面白おかしく見世物にするという意味ではない。人間ならだれにでも訪れる死というものを見据え、実感し、そこから生の煌めきをさがしていくことだと思うようになってきていた。

　きっとこれからもっとスペインを好きになっていくだろう。日本人であることに変わりはなくても、これから生きていく新しい故郷として。

「そうだ、明日からおまえに仕事をやる。ビザがないと困るだろ？」

　帽子をかぶり、ピンクのカポーテをつかみ、フェルナンドが振りかえる。

「あ、でも、仕事は自分で…」

「犬の世話を。子犬を飼いたい。もちろん、こっちの大型犬の世話を怠ってもらっては困るが」

　フェルナンドが親指を立て、自分を指差したそのとき、闘牛の始まりを告げるラッパが響いた。

一瞬、不安が胸をよぎる。

フェルナンドが生きる決意をしたといっても、もしも――がないとはかぎらない。それが今日でないとは、自分にもフェルナンドにもわからないのだ。

でも、多分、大丈夫だ。

卓人は自分の内心に言い聞かせた。二人で眠るのはずっと先だとフェルナンドが言った。その言葉を信じて自分は彼を見守り続けよう。

「じゃあ、行ってくるから。そうだ、感動的な闘牛ができたときには、おまえに牛の耳をやるよ。期待して待ってろ」

フェルナンドはそう言ってカポーテをつかんで闘牛場に降り立った。

牛の耳……。卓人は内心で引きつったが、顔には出さなかった。気持ちはありがたいのだが、自分が牛の耳をもらってどうすればいいのか。

卓人は自分の前にかけたケープをにぎりしめ、闘牛場に視線をむけた。

彼を信じてここにいればいい。待っていろ(Esperanza)

――と言ったあのひとの言葉を信じて。

*

緑豊かなピレネー山脈から、みずみずしくさわやかな夏の風が吹き降りてくる。その日、卓人はフェルナンドと聖地ルルドにきていた。

どんな病や怪我にも効くという奇跡の水を聖女が発見した地。何て綺麗な空気の場所だろう。

そんなふうに感じながら、卓人は用意していたボトルに、奇跡の泉の水をそそいだ。

「卓人、おまえまで茶番につきあうことはないのに。親父の足は見せかけだって知ってるだろ」

「でも……喜んでいたから。フェルが南フランスに行くと、この水を汲んできてくれるって」

父親のためだけでない。卓人はフェルナンドのためにも汲んでおきたかった。彼の未来、この先、彼が無事であるようにと奇跡を願って。

そんな卓人に後ろからフェルナンドが抱きつき、耳元にキスしてくる。

「本当にかわいいやつだな。惚れ直しそうだ」

「たのむから……くっつかないで。毎日、何百回キスしたら気がすむんだよ。ここは聖地なのに。敬虔な気持ちで過ごそうよ」

毎日これだ。肌が溶けそうなほど密着し、ふたりでいる間、キスをくりかえしてくる。

「ルルドの聖女は病気の人間には寛大だ。恋の病に苦しむ俺をほほえましく見守ってくれるさ」

またそんなラテン系的発言を……と思いながらも、最近ではそうした言動に慣れてきつつある。

ルルドに行こうと彼から急に誘われたのは昨夜だった。近郊の街での闘牛を終え、一日だけ、休みがとれたので、広大なピレネー山脈の裾野にある緑豊かな聖地にやってきたのだが。

「さすがに聖地はなにもかもが美しいね」

青い空、心が豊かになりそうな雄大な山々。清涼感に満ちた空気を肺に染みこませると、体中が浄化されたような感覚に満たされていく。

ふたりで聖堂を見学しているうちにピレネー山脈が淡い夕暮れに染まり、教会の前の広大な敷地に巡礼にきた人々がろうそくを手に集まり始めた。

「名物のろうそく行列だ。参加するか？」

「あ、うん」

フェルナンドに誘われ、ろうそくを手に行列のなかに加わる。ルルドにある泉は、怪我や病気に効くとして世界中から重傷者や病人がやってくる。ざっと千人以上にもなった行列には、寝たきりの病人を乗せた担架や、車椅子の怪我人も大勢いた。そして彼らを介護する付添人たち。

「すごい巡礼者の数だな。聖なる泉の水を浴びたところで、俺が闘牛場で怪我をしなくなることもないし、親父があのパフォーマンスをやめることもないだろうけど、一応は汲んでいかないとな」

ぼそりと呟くフェルナンドの横顔を、卓人は見あげた。それでもこのひとは、父親のため、いつも水を汲んでいた。その姿こそが尊く美しい奇跡だ。

「奇跡だよ、フェルのその気持ちが。みんなもそうだ。誰かを助けたい、この人に元気になって欲しいと願って、ここにきている。その気持ちの美しさ、その想いこそが奇跡に感じられるんだ」

フェルナンドがうなずき、ほおにキスしてくる。

「そうだ……この気持ちも奇跡だ……親父に対しても……そしておまえに対しても」

彼がそんなふうに言うのがうれしかった。

人を思いやる気持ち、愛する気持ち、それが一番美しい奇跡だと思える自分たちふたりが。

「卓人……火を」

フェルナンドは自分のろうそくに灯した火を、卓人のろうそくに近づけ、そっと火を移した。


卓人の手のなかで、揺らめくろうそくの美しい火。

願わくば、彼の闘牛中の火も消えないことを。

見あげると、夜空に星がまたたき始めている。降りそうなほどの星々。

明日もまたスペインには灼熱の陽が降りそそぐだろう。けれど今、自分たちはひとときの休息を求めて、こんな場所にきている。

(どうかまた明日もフェルが無事ですように)

卓人は祈るようにろうそくの火を見つめた。

明日、太陽の下で、またフェルナンドの生と死のドラマが始まる。
卓人の見守る先——灼熱の闘牛場にはあざやかに赤い布を閃かすフェルナンドの姿があるだろう。
光と影の境界線——名前のない神のいる場所で、生きていく彼の姿が。

あとがき

こんにちは。お手にとって頂き、ありがとうございます。今回の舞台はスペイン。内容は「日本人会社員、闘牛士宅、びっくり滞在記」みたいな感じでしょうか。十一年前、雑誌用に書いた時の、担当様から「スペイントリビア」「闘牛入門」というリクエストが始まりです。主人公は、ラテン系の破滅型マタドールと、健気な日本人リーマン。闘牛士ものは、自己満足的なオンリージャンルのように、他社さんや他ジャンル、同人でも書いていますが、記念すべき第一作がこちらです。昨年取材した部分も加え、ノベルズ用に大改稿しましたが、当時の情熱と初々しさは残っています。また他作品と共通しますが、闘牛入門的な要素は、この作品で特に強調した感じになっています。

雪舟薫《ゆきふなかおる》先生、カラーもモノクロも麗しくて、見ていると切なくなりますね。フェルも卓《たく》人《と》も雪舟先生のイメージから生まれたキャラです。本当にありがとうございました。

現担当様、ご尽力頂き、心から感謝しています。前担当様にもこの場を借りて感謝を。スペインにいるリアル闘牛士一家、元闘牛士の下山《しもやま》さん、関係者の皆様にも御礼を。

なにより読者の皆様、本当にありがとうございます。私の暑苦しい二十年近い闘牛愛に満ちたこの一作、少しでも楽しんで頂けたらうれしいです。

初　出

Esperanza —名もなき神の子—	小説リンクス２００３年１２月号／２００４年2月号掲載作品を大幅修正改稿

この本を読んでの
ご意見・ご感想を
お寄せ下さい。

〒151-0051
東京都渋谷区千駄ヶ谷4-9-7
(株)幻冬舎コミックス　リンクス編集部
「華藤《かとう》えれな先生」係／「雪舟《ゆきふね》 薫《かおる》先生」係

リンクス ロマンス

Esperanza —名もなき神の子—

2015年5月31日　第1刷発行

著者……………華藤《かとう》えれな
発行人…………伊藤嘉彦
発行元…………株式会社　幻冬舎コミックス
〒151-0051　東京都渋谷区千駄ヶ谷4-9-7
TEL 03-5411-6431（編集）
発売元…………株式会社　幻冬舎
〒151-0051　東京都渋谷区千駄ヶ谷4-9-7
TEL 03-5411-6222（営業）
振替00120-8-767643
印刷・製本所…株式会社　光邦
検印廃止

ISBN978-4-344-83174-2 C0293
Printed in Japan

幻冬舎コミックスホームページ　http://www.gentosha-comics.net